군림천하 34

1판 1쇄 발행 2017년 6월 12일
1판 3쇄 발행 2021년 3월 26일

지은이 ㅣ 용대운
발행인 ㅣ 신현호
편집장 ㅣ 이호준
편집 ㅣ 송영규 최종건 정재웅 양동훈 곽원호 조정범 강준석
편집디자인 ㅣ 한방울
영업 · 관리 ㅣ 김민원 조인희

펴낸곳 ㅣ ㈜ 디앤씨미디어
등록 ㅣ 2002년 4월 25일 제20-260호
주소 ㅣ 서울시 구로구 디지털로 26길 111 JnK디지털타워 503호
전화 ㅣ 02-333-2513(대표)
팩시밀리 ㅣ 02-333-2514
E-mail ㅣ papy_dnc@dncmedia.co.kr
홈페이지 ㅣ www.ipapyrus.co.kr

값 9,000원

ISBN 979-11-6140-449-3 04810
ISBN 978-89-267-1535-2 (SET)

君臨天下

용대운 대하소설

군림천하

4부 천하의 문[天下之門]

34

회인거인(回人去人) 편

PAPYRUS
파피루스

目次

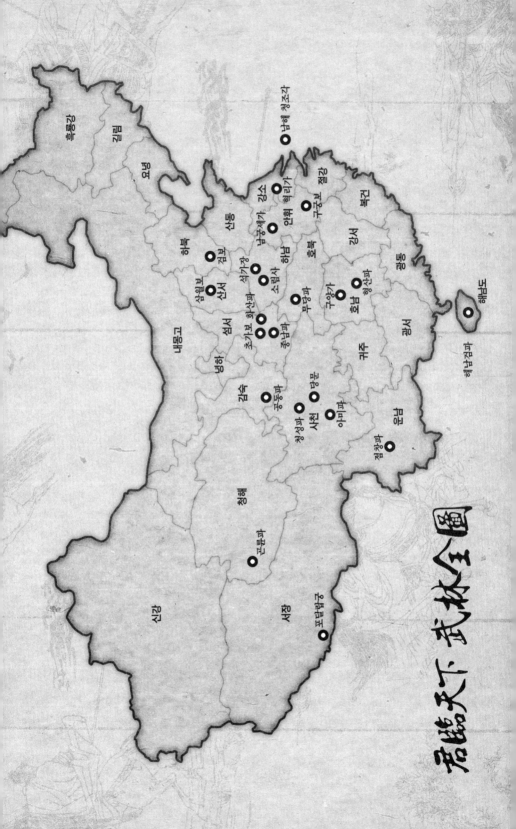

제 346 장

무골난마(無骨亂麻)

제346장 무골난마(無骨亂麻)

첫 번째 대결이 뜻밖에도 응계성의 승리로 끝나자 장내의 분위기는 조금 전과 많이 달라졌다.

대결이 시작될 때만 해도, 아무리 요즘 서안에서 명성을 얻고 있는 소벽력일지라도 화산파의 일대제자 중에서도 세 손가락 안에 꼽히는 고수인 북문도를 당해 낼 수는 없다는 것이 대부분 사람들의 생각이었다.

더구나 소벽력은 한쪽 다리를 제대로 쓰지 못하는 치명적인 약점이 있었다. 무공이 대단치 않은 하류 무사들을 상대할 때는 소벽력 특유의 섬뜩할 정도로 강력한 공격 때문에 그러한 단점이 두드러지지 않았지만, 강호 무림 어디에 내놓아도 일류고수로 손색이 없는 화산파 일대제자와의 싸움에서는 도저히 넘을 수 없는 커다란 장벽을 마주한 것이나 마찬가지였다.

그럼에도 불구하고 소벽력은 믿기 힘든 승리를 거두었다.

그 격렬함과 처절함이 보는 이의 눈을 휘둥그레 뜨게 했지만, 사람들은 그보다는 화산파가 자랑하는 매화사절의 한 사람이 제대로 실력 발휘도 해 보지 못하고 처참한 몰골로 패한 사실에 더 주목했다.

이번 회람연에 임하는 종남파의 자세와 각오가 어떠한 것인지를 여실히 알 수 있기 때문이다.

그들은 문파의 체면이나 위신을 크게 중시하지 않는 것 같았다. 그들에게 필요한 것은 오직 승리뿐이며, 그것을 위해서는 시정잡배들이나 사용하는 수법을 거리낌 없이 펼칠 수 있을 뿐 아니라 몸의 사소한 부상 따위는 신경도 쓰지 않는 게 분명했다.

명문정파의 제자라고 하기에는 확실히 문제가 있는 행동이고 사고방식이었으나, 그들이 지금까지 보여 준 놀라운 성과를 생각해 보면 그들이 어떠한 각오로 무너진 문파를 일으켜 세웠는지를 미루어 짐작할 수 있었다.

'이거였구나. 불과 일 년 전까지만 해도 본산마저 빼앗긴 채 철저히 무너진 줄 알았던 종남파가 그 짧은 시간에 다시 일어나 강호를 석권하게 된 밑바탕에는 그들의 이러한 단호한 마음가짐이 있었던 게 틀림없다!'

이것이 응계성과 북문도의 혈투를 지켜본 모든 사람들의 한결같은 생각이었다.

그러한 사실에 감동을 받은 사람도 있고, 회의를 느끼거나 불만족스러워하는 사람도 있었다.

검단현은 물론 후자의 입장이었다.

'바보 같은 놈.'

그는 응계성이 보여 준 승리에 대한 집요함이나 불같은 투혼에는 신경도 쓰지 않았다. 다만 북문도가 자신의 기대를 저버리고 너무도 허무하게 패하고 만 것이 못내 답답하고 한심스러울 뿐이었다.

'다리병신인 놈과 싸우면서 접근을 허용하다니……. 북문도, 그 한심한 놈은 대결의 기본 요소도 기억하지 못했단 말인가?'

원래 북문도와 응계성의 싸움은 시작 전부터 이미 결말이 정해져 있는 것이나 마찬가지였다. 아무리 응계성이 기발한 수법을 준비해 왔다고 해도, 북문도가 철저히 거리를 둔 채 자신이 익힌 검법을 차분히 펼쳤다면 응계성은 제대로 접근도 해 보지 못하고 패하고 말았을 것이다.

한쪽 다리가 불구인 것은 일정 수준 이상의 경지에 오른 무림인들에게는 도저히 극복할 수 없는 치명적인 약점이나 마찬가지였다. 북문도의 신법이라면 응계성이 전력으로 쫓아다니려고 해도 충분히 간격을 유지하면서 자신의 실력을 온전히 발휘할 수 있었다.

그런데 북문도는 상대를 경시하여 거리를 벌리는 데 별다른 신경을 쓰지 않고 있다가 양패구상을 각오한 매서운 반격에 무심코 접근을 허용하고 말았던 것이다. 결정적인 공격은 응계성의 박치기였지만, 이미 접근을 허용했을 때부터 승부는 판가름 난 것이나 마찬가지였다.

첫 승을 따낼 것을 믿어 의심치 않았던 북문도의 패배에 검단현은 입맛이 씁쓸했으나, 결코 실망하거나 좌절하지는 않았다.

응계성은 비록 북문도를 상대로 승리를 거두었으나, 자신 또한 심각한 부상을 입어 다음 대결에 출전할 수가 없는 상태였다. 그렇다면 이번 회람연의 방식으로 볼 때 결국 무승부나 마찬가지라고 할 수 있었다. 연승식의 가장 큰 이점을 상실했으니 종남파가 승리했다고 해도 실제로 얻은 것은 별로 없는 셈이었다.

검단현은 종남파에서 다음 상대로 누구를 내보내든 이번 회람연의 결과는 바뀌지 않을 거라고 확신했다. 오늘 종남파는 이 자리에서 커다란 좌절을 맛볼 것이다. 그리고 회람연에서 비참하게 패한 그들이 본산으로 돌아갔을 때, 그들은 더욱 큰 좌절에 절망하고 말 것이다.

그 생각을 하기만 하면 절로 입꼬리에 미소가 지어졌으나, 지금은 꾹 눌러 참을 수밖에 없었다.

검단현의 시선이 슬쩍 한쪽으로 향했다. 아까부터 그를 쳐다보고 있었는지, 한 사람의 강렬한 시선이 정면으로 검단현의 시야에 들어왔다.

그 사람은 회람연이 시작될 때부터 계속 딱딱하게 굳은 얼굴로 검단현을 주시하고 있었다. 검단현이 자신을 볼 때까지 다른 어떤 것도 신경 쓰지 않겠다는 단호한 의지가 담긴 모습이었다.

검단현은 그와 시선이 마주치자 살짝 고개를 끄덕였다.

'이번이 마지막 기회요, 평 장로. 이번에도 나를 실망시키면 당신은 늙어 죽을 때까지 화산파에서 단 한 발자국도 밖으로 나갈

수 없는 신세가 될 거요.'

그의 동작이 끝나기가 무섭게 그 사람은 자리에서 벌떡 일어나 성큼성큼 앞으로 걸어 나왔다. 그 모습이 어찌나 결연해 보였던지 화산파 제자들은 물론이고 주위의 모든 시선이 그에게로 집중되었다.

그는 비쩍 마른 체구에 유난히 큰 손을 가진 초로의 노인이었다. 몸집은 그리 크지 않았으나 어깨가 길고 딱 벌어져 있어서 결코 허약해 보이지 않았다.

초로의 노인은 딱딱하게 굳은 표정을 하고 있었는데, 흡사 생사결(生死決)을 앞에 둔 사람처럼 비장해 보이기까지 했다.

그를 본 중인들은 일제히 고개를 끄덕였다. 서전을 패한 화산파에서 승기를 되돌려 놓기 위해 자신 있게 내세울 법한 인물이 등장했음을 인정한 것이다.

그 노인은 화산파의 장로인 철장비응 평수형이었다.

평수형은 일반인들에게는 그리 널리 알려진 인물이 아니었으나, 화산파에 대해 잘 알고 있는 무림인들이라면 누구나가 화산파의 숨은 실력자 중 하나로 인정하고 있는 뛰어난 고수였다.

그가 실력에 비해 강호에 널리 알려지지 않은 것은 그의 화급한 성격 때문이었다. 고강한 무공을 지니고 있으면서도 곧잘 화를 내고 흥분하는 성정 때문에 제대로 실력을 발휘하지 못하고 자신보다 약한 고수들에게 패하는 일이 생기자, 전대의 장문인이었던 검중선 사마원이 별도의 허락을 받지 않는 한 그가 외부 활동을 하지 못하도록 규제해 버렸던 것이다.

사마원의 의도는 평수형이 외부 활동보다는 수행에 더 힘을 쓰며 급박한 성정을 누그러뜨리기를 기대한 것이었으나, 평수형의 성격은 나이를 먹어도 그다지 변하지 않았다.

그리고 결국 검단현의 부름으로 모처럼 화산을 내려왔다가 급한 성정으로 인해 또다시 치명적인 실수를 하고 말았다.

얼마 전에 평수형은 평소 친분이 두터웠던 해정설과 함께 일대 제자 네 명을 거느리고 노해광을 제거하기 위해 산해루를 습격한 적이 있었다. 그때 산해루에는 종남삼검의 유일한 생존자인 전풍개와 그의 친우로 보이는 노인 한 사람이 머물러 있었다.

전풍개가 비록 종남파의 최고 어른으로 대접받고 있는 전설적인 인물이긴 하지만 평수형은 그를 어려운 상대라고 생각하지 않았다. 그런데 그가 미처 전풍개에게 손을 쓰기도 전에, 해정설이 대수롭지 않게 생각하며 별로 신경도 쓰지 않았던 옆자리의 인물에게 맥없이 제압당해 버린 것이다.

해정설은 몇 초 싸워 보지도 못하고 너무도 어이없이 상대의 검에 목덜미를 내주고 말았다. 상대가 반격 한 번 하지 않고 이리저리 피하기만 하는 것 같아 순간적으로 방심했다가 단 일검에 그런 꼴을 당한 것이다.

그제야 그자가 자신들에 뒤지지 않는 무서운 검객임을 알았으나, 이미 일은 끝나 버린 후였다. 두 사람은 나중에야 상대가 바로 장성제일의 검객이며 한때 강북 무림을 뜨겁게 달구었던 황성고검 나력지임을 알고 가슴을 쳤으나, 그건 너무 뒤늦은 후회였다.

해정설이 상대에게 제압당하자 평수형은 화도 나고 다급하기도 해서 물불을 안 가리고 무작정 전풍개에게 덤벼들었다가 제대로 실력 발휘도 해 보지 못하고 쓰러져 버렸다. 평수형으로서는 그야말로 치가 떨리도록 수치스러운 순간이었다.

검단현에 의해 구원을 받고 숙소로 돌아온 평수형은 처음에는 화도 나고 창피하기도 해서 방 안에 틀어박혀 꼼짝도 안 했으나, 결국에는 솟구치는 노화를 억누르고 마음을 가다듬을 수밖에 없었다.

'이렇게 비참한 꼴로 본 파로 돌아갈 수는 없다. 적어도 무공 하나에 평생을 바쳐 온 내 세월이 헛것이 아니었음을 증명해야 한다.'

그래야만 자기 자신은 물론이고 화산파에도 떳떳할 수 있을 거라고 생각했다.

때마침 종남파와 회람연을 열기로 했다는 소식을 듣게 되자 방문을 박차고 나온 평수형은 창피함을 무릅쓰고 검단현을 찾아가 몇 번이고 기회를 달라고 사정했다. 하나 검단현은 끝까지 그에게 가부(可否)를 말하지 않았다.

오늘 아침만 해도 평수형은 이대로 검단현의 눈 밖에 난 채 비참한 모습으로 돌아가야 하나 하는 걱정에 잠겨 있었다. 그때 친우인 해정설이 그를 다독거렸다.

"단현이 비록 냉정한 성격이기는 하나, 일의 경중(輕重)을 파악할 줄 알고 사리가 분명한 사람이네. 이번 회람연이 그 어느 때보다 중요한 자리인 만큼, 자네에게도 반드시 기회가 있을 걸세."

그 말 한마디에 용기를 내어 부끄러움을 무릅쓰고 회람연에 참석했던 것이다. 다른 제자들의 동정 어린 시선을 받는 것은 참으로 고통스러웠지만, 그는 '기회가 올 것이다. 내게도 반드시 기회가 올 것이다.'라는 말만을 속으로 되뇌며 자리에 꿋꿋하게 앉아 있었다.

그리고 마침내 그의 기다림은 보답을 받게 된 것이다.

검단현의 승낙을 얻고 앞으로 걸어 나가는 그의 머릿속에는 오직 한 가지 생각만이 가득 차 있었다.

'절대로 흥분하지 않는다. 절대 조급함으로 내게 찾아온 소중한 기회를 날리지 않을 것이다. 절대로……'

그는 대청의 중앙으로 가서 우뚝 섰다. 그러고는 신광이 이글거리는 눈으로 종남파 진영을 쏘아보았다. 누가 상대로 나서든 자신이 쉽게 흥분하지만 않는다면 필승의 자신이 있었다.

종남파의 주력이 모두 자리를 비운 지금, 껄끄러운 상대는 전풍개뿐이었다. 종남파의 최고 어른인 그가 벌써부터 나설 리는 없지만, 그가 나서도 좋았고 그가 아닌 다른 누가 나온다 해도 두렵지 않았다.

전풍개가 나선다면 정말 멋진 설욕전을 벌여 일전의 수치를 씻을 수 있을 것이고, 다른 자가 나선다면 단숨에 자신의 철장(鐵掌) 아래 누워 있게 만들어 줄 것이다.

마침 그때 종남파에서 한 사람이 어슬렁거리며 앞으로 걸어 나오고 있었다.

그를 본 평수형의 눈빛이 매섭게 번뜩였다.

'전풍개의 제자인 하동원이라는 자로군. 신검무적의 사숙이며 무영검군의 사제라고 남들은 떠받들어 줄지 몰라도 실제 무공은

사형인 무영검군보다 훨씬 처진다고 했지.'

평수형은 사전에 몇 번이고 귀가 박히도록 들은 종남파 인물들의 신상 명세를 떠올리고는 이를 질끈 깨물었다.

'약한 상대라고 해도 방심하지 않는다. 북문도 같은 멍청한 짓은 한 번으로 족하다. 흥분하지도, 경시하지도 않는다. 오직 내가 가진 무공을 충실히 펼치는 것에만 집중할 것이다.'

평수형이 재삼 마음을 가다듬고 있을 때, 산책이라도 나온 사람처럼 느긋한 표정으로 그의 앞까지 다가온 하동원이 배시시 웃으며 포권을 해 보였다.

"안녕하십니까? 저는 종남파의 이십대 제자인 하동원이라는 무명소졸입니다."

신상명세서에 적힌 대로 유들유들하고 낙천적인 성격임이 분명했다.

회람연의 중요성을 누구보다 잘 알고 있을 텐데도 전혀 긴장하거나 두려워하는 빛을 보이지 않았다.

평수형은 하동원의 사람 좋아 보이는 얼굴을 뚫어지게 주시하며 마주 포권을 했다.

"화산파의 이십육대 제자인 평수형이오."

하동원이 스스로를 무명소졸이라 칭했기에, 그도 또한 굳이 자신의 별호를 밝히지 않았다. 그 점만 보아도 평수형은 급한 성격만 아니라면 누가 봐도 명문정파의 장로다운 인물이었다.

하동원은 무엇이 그리도 좋은지 연신 싱글벙글 웃고 있었다. 그 모습이 밉살스러울 법도 하건만, 워낙 표정에 구김살이 없어서 그다지 거부감이 들지는 않았다.

평수형은 이런 중대한 비무에 나오면서 이렇게 사심 없는 웃음을 짓고 있는 사람을 본 적이 없었다. 적어도 무슨 꿍꿍이속을 감추고 있거나, 상대를 조롱하는 의미의 미소는 아니었다. 그저 이런 자리에 참석하게 된 것이 기쁘고 설레는 듯한 순수한 웃음이었다.

아마 다른 자리에서 만났다면 그의 이런 미소에 호감을 느꼈을지도 몰랐다.

하나 아쉽게도 이곳은 화산파의 미래를 결정지을 수도 있는 중요하고도 막중한 대결을 벌이는 장소였고, 이 대결은 평수형 개인으로서도 절대로 질 수 없는 너무도 중요한 한 판이었다.

그런 의미에서 평수형은 약간의 아쉬움을 느꼈다.

명문정파의 장로라는 자리가 마냥 편하고 남들의 부러움을 사는, 좋기만 한 자리는 아니었다. 장로의 위치에 서게 되면 단순한 행동 하나, 말투 하나에도 신경을 써야만 했다. 자연히 사람을 상대하는 것이 쉬울 리 없었다.

상대의 말 한마디 한마디에 담긴 의미를 파악해야 했고, 행동속에 또 다른 복선이 숨겨져 있지 않은지 고민 아닌 고민을 해야 했다.

그러니 사람 만나는 것이 재미있을 리 없었다. 마음을 터놓고 지내는 친우는 손가락으로 헤아릴 정도였고, 그마저도 서로 간에 아무런 사심이 없다고 할 수는 없는 사이였다.

그래서인지 몰라도 이렇게 해맑은 웃음을 지을 수 있는 사람이라면 한 번쯤 흉금을 터놓고 사귀어 볼 수 있지 않을까 하는 생각이 들었던 것이다.

하나 시기가 너무 나빴다. 게다가 상대는 자신이 반드시 꺾어야 할 종남파의 고수였다.

거기까지 생각이 미친 평수형은 그와 더 말을 나누는 것이 부담스러워졌다. 그래서 그는 차갑게 굳은 얼굴로 무뚝뚝한 음성을 내뱉었다.

"준비하시오. 나는 태을미리장과 죽엽수를 주로 사용하겠소."

하동원은 여전히 입가에 미소를 지우지 않으면서 예의를 잃지 않고 정중한 음성으로 대답했다.

"드디어 화산파의 제대로 된 비전(秘傳)을 상대할 수 있게 되어 기쁘군요. 저는 본 파의 유운검법과 성라검법에, 몇 가지 만들어 낸 수법들로 평 대협의 눈을 어지럽힐까 합니다."

평수형은 다소 의외라는 표정을 했다.

"직접 무공을 창안했다는 말이오?"

하동원은 멋쩍은 웃음을 흘렸다.

"그냥 잔재주일 뿐입니다. 공연히 펼쳤다가 오히려 망신만 당하지 않을까 걱정입니다."

계면쩍어 하면서도 은근히 자신의 무공에 자부심을 가지고 있는 듯한 그의 표정은 천진난만한 어린아이 같아서 누가 보기에도 호감을 가질 만한 것이었다. 아마 그와 별로 친하지 않은 사람이라도 그의 이런 표정을 보게 되면 어깨를 살짝 치며 친근감을 보였을지도 몰랐다.

평수형은 양손을 천천히 들어 올렸다.

이어 오른손을 활짝 편 채 앞으로 천천히 내뻗으며 회전시켰다.

태을미리장의 예전초식인 태을현현(太乙顯顯)이었다.

하동원도 그에 맞서 허리춤에 차고 있는 장검을 뽑아 들고 가볍게 휘둘렀다. 검날을 옆으로 틀어 평수형의 우측 상방을 노린 유운출곡의 일식이었다. 복잡한 변화를 대부분 생략하여 예전초식으로 사용하기에 부족함이 없는 것이었다.

처음의 살벌한 대결과는 판이하게 이번에는 두 파의 고수들이 정중하게 서로에 대한 예의를 갖추며 예전초식을 교환하자 지켜보던 많은 중인들이 흡족한 표정을 지었다.

'그래. 명문정파들 간의 비무는 의당 이래야지.'

그들의 마음속에는 공통된 생각이 떠올랐다.

'이제 비로소 명문정파들 사이의 제대로 된 비무를 보게 되겠구나.'

뒤이어 비무가 시작되었다.

그리고 중인들은 놀라지 않을 수 없었다. 그들의 예상을 완전히 깨는, 전혀 뜻밖의 싸움이 벌어졌던 것이다.

선공을 시작한 사람은 평수형이었다. 원래 병기를 든 무림인과 맨손 고수의 싸움에서는 병기를 든 쪽이 먼저 공격을 하는 것이 일반적이었다. 맨손의 고수는 필연적으로 상대에게 접근을 해야 하는데, 상대가 수비를 하고 있는 상태에서 접근전을 펼치기에는 어려움이 적지 않았기 때문이다.

하나 평수형은 그런 단계를 초월한 실력자인 데다 하동원이 좀처럼 먼저 움직일 기척이 없자 서슴없이 선제공격에 나선 것이다.

물론 그 이면에는 하동원을 실력으로 누를 확고한 자신감이 깔려 있었다.

평수형은 철장비응이라는 외호답게 강력한 장력은 물론이고 신법에 관해서도 화산파에서 몇 손가락 안에 꼽히는 절정의 실력을 보유하고 있었다. 그래서 그가 일단 몸을 움직이기 시작하자 하동원의 눈에는 그저 뿌연 잔영(殘影)만이 어른거릴 뿐이었다.

'정말 빠르군.'

하동원은 속으로 감탄하면서도 자연스런 동작으로 오른쪽으로 몸을 회전시켰다.

그의 이런 판단은 아주 정확한 것이었다. 평수형의 신형은 어느새 하동원의 좌측 옆구리 쪽으로 바짝 다가서고 있었는데, 하동원이 반대쪽으로 회전하며 자연스레 그의 공격 방향에서 비켜섬과 동시에 자신이 공격할 수 있는 공간이 만들어졌던 것이다.

하동원은 가벼운 일검을 날렸다. 손목만을 이용한 공격이었는데, 무척 빠르고 경쾌해서 쾌검의 달인을 보는 것 같았다.

평수형은 하동원의 검이 비록 빨랐지만 별다른 경력이 실리지 않았다는 것을 한눈에 알아보았다. 아마 생사를 다투는 결투였다면 주저하지 않고 그 일검을 무시한 채 공격을 퍼부었을지 몰랐다. 그랬다면 가벼운 상처 정도는 입게 될지 몰라도 그 대신에 상대에게 치명적인 타격을 가할 수 있었을 것이다.

하나 지금은 그 정도로 절박한 상황은 아니었다. 그래서 평수형은 슬쩍 몸을 뒤로 물려 상대의 공격을 받아 준 다음 재차 앞으로 신형을 날렸다.

검에 별다른 위력이 없는 것과 달리 하동원의 동작이나 반응 태세는 무척이나 빠르고 탁월했다. 특히 평수형이 공격하는 방향을 귀신같이 알아차리고 대응을 하는 것에는 평수형도 내심 감탄하지 않을 수 없었다.

'이자는 대체 얼마나 많은 상대와 싸웠기에 공격에 대한 반응이 이토록 능숙한 것일까?'

그것이 설마 사형인 성락중에게 하도 많이 패한 하동원이 나름대로의 고심 끝에 만들어 낸 자신만의 고수 대응법임을 평수형이 어찌 짐작이나 할 수 있겠는가?

평수형은 몇 번이나 공격에 나섰다가 하동원의 예리하고 날카로운 반격에 뒤로 물러서야 했다. 그런데 그런 상황이 반복되자 평수형은 이내 하동원의 반격이 거의 진력이 실리지 않은 다분히 형식적인 것임을 알아차렸다.

처음에는 빠른 속도를 유지하기 위해 일부러 많은 진기를 끌어올리지 않은 것인 줄 알았는데, 그뿐 아니라 하동원이 펼치는 모든 검초들이 빠르기만 할뿐 진력이 제대로 담기지 않은 허초(虛招)에 가깝다는 것을 깨달은 것이다.

그것을 알게 되자 평수형의 마음속에는 불끈 화가 치밀어 올랐다.

'이자가 지금 나를 농락하는 건가?'

자신과 문파의 명예를 걸고 나름 비장한 결심으로 출전한 평수형으로서는 마치 장난을 하는 듯한 상대의 가벼운 반응에 실망과 분노가 동시에 일어났다.

'침착하자. 화를 내서는 안 된다.'

평수형은 솟구쳐 오르려는 화를 억누르며 본격적으로 진력을 끌어올렸다. 상대가 자신을 희롱할 생각이었는지, 아니면 원래 그런 실력밖에 되지 않는 것인지 더 이상 신경 쓰지 않고 자신의 전력을 다하기로 마음먹은 것이다.

꽈릉!

당장 그의 손에서 나오는 경력의 위력이 판이하게 달라졌다. 마치 뇌성이 이는 듯한 음향과 함께 세찬 장력이 구름처럼 일어나자 하동원은 당장 수세에 몰리게 되었다.

처음에는 제법 그럴듯한 공방(攻防)을 주고받는 듯하던 두 사람의 대결이 갑자기 일방적인 흐름이 되자 지켜보던 중인들은 옅은 실망감을 느껴야 했다.

'신검무적의 사숙이라고 해서 기대했었는데, 화산파의 장로에게는 아직 미치지 못하는 모양이군. 역시 종남파의 약점은 고수층이 너무 얇다는 것이구나.'

일단 본격적으로 전력을 기울이기 시작한 평수형의 공격은 정말 무서워서 제법 넓은 대청 안이 삽시간에 그의 손에서 흘러나오는 경기에 휩쓸려 버릴 것만 같았다. 그에 비해 하동원은 이리저리 몸을 피하기에 급급했는데, 그나마 간간이 보이던 반격도 제대로 하지 못했기에 그가 쓰러지는 것은 시간문제로 보였다.

지금 평수형이 펼치고 있는 것은 태을미리장으로, 복잡하고 현묘한 가운데 날카로운 위력을 담고 있는 절학이었다. 평수형은 이 태을미리장으로 상대의 눈을 현혹한 다음 자신의 장기인 뛰어난 보법으로 상대의 사각 지역으로 파고들어 죽엽수로 승부를 보는 수법을 즐겨 사용했는데, 지금은 태을미리장만으로 충분하다고 판단했는지 그 외의 다른 무공은 펼칠 생각도 하지 않고 있었다.

그만큼 태을미리장에 담긴 그의 공력은 맹렬하고 강력했다. 변화무쌍함을 특징으로 하는 태을미리장이었지만, 일단 평수형이 전력을 기울이자 그 위력은 화산파 최고의 장공이라는 자하신장(紫霞神掌)에 못지않았다.

금시라도 쓰러질 듯 위태롭던 하동원의 반응이 달라지기 시작한 것도 바로 그때부터였다. 거의 제대로 휘두르지도 못하고 있던 장검을 바닥에 집어 던지더니 뒤로 물러서기는커녕 오히려 평수형의 앞으로 바짝 다가서는 것이었다. 그 동작이 어찌나 빠르고 민첩하던지 지금까지 일방적으로 몰리고 있던 자라고는 믿기지 않을 정도였다.

평수형은 상대의 접근을 뻔히 보았으면서도 피하거나 꺼리지 않고 오히려 내심 쾌재를 불렀다.

'그렇지. 숨겨 둔 수가 몇 개쯤 있을 줄 알았다.'

본격적으로 접근전을 펼친다면 수공(手功)에 뛰어난 자신에게 절대적인 승산이 있음은 너무도 분명한 사실이었다. 더구나 검법의 고수가 검을 버리고 맨손으로 달려든다는 것은 그만큼 상황이 좋지 못하다는 방증이었다.

평수형은 내뻗던 손을 일부러 거두어들여 상대가 좀 더 자신에게 가까이 접근하게끔 허용한 다음, 간격이 좁혀지자 다시 질풍처럼 장력을 휘둘렀다. 아예 가까이 다가오게 거리를 최대한 좁혀서 나중에 상대가 다시 뒤로 물러서고 싶어도 도망치지 못하게끔 하려는 생각에서였다.

그런데 상황은 그의 예상과는 조금 다르게 진행되었다. 수공에는 별다른 조예가 없을 줄 알았던 하동원이 양손을 교묘하게 움직여 평수형의 손목 부위를 공격한 것이다. 그 바람에 평수형은 마음먹은 대로 장력을 펼치기 힘들었다.

일부러 그런 것인지, 우연인지 모르지만 그가 손바닥을 내뻗으려는 부위마다 하동원의 손이 먼저 다가와 그의 손목이나 팔목 부위를 가격하고 있었다. 그것을 피하려고 팔을 거두어들이면 어느새 하동원이 바짝 다가오며 어깨를 들이밀었다. 그 바람에 평수형은 공격에 유리한 위치를 자꾸 빼앗기고 말았다.

평수형의 눈초리가 꿈틀거렸다. 하동원의 동작이나 위치를 선점하는 방식이 아주 교묘하면서도 체계적인 것임을 알아차렸던 것이다.

'종남파에 이런 식의 접근전 무공이 있었던가?'

당초 예상으로는 어렵지 않게 상대의 몸에 장력을 격중시켜 승부를 냈어야 했는데, 상대의 묘한 동작에 계속 제대로 된 공격을 펼치지 못하고 있었다. 언뜻 보기에는 우스꽝스러운 것 같아도 하동원의 동작에는 독특한 현오함이 있음을 알아차린 평수형은 흐트러지려는 마음을 바짝 가다듬으며 태을미리장 본연의 복잡하고 정교한 위력을 되찾으려 했다.

하나 좀처럼 평상시의 모습을 찾기 힘들었다.

그것은 하동원이 너무 바짝 붙어 있는 데다 그가 내뻗는 손길마다 평수형의 공격 흐름을 교묘하게 끊어 놓았기 때문이다. 게다가 가끔씩 어깨와 몸통으로 밀쳐 올 때마다 평수형의 중심이 흔들려서 제대로 된 공격을 하기가 더욱 힘들어졌다.

언뜻언뜻 몸이 서로 닿을 때마다 느껴지는 하동원의 몸은 금강동인(金剛銅人)처럼 단단하면서도 탄력이 넘치는 것이어서 적어도 신체의 단련과 내가공력(內家功力)에 있어서만큼은 결코 자신에게 뒤처지는 것이 아님을 느낄 수 있었다.

'과연 믿는 구석이 있구나.'

평수형은 두 사람이 너무 바짝 붙어 있어서 오히려 공격을 펼치기가 힘들다고 판단하고 거리를 떼어 놓으려 했으나, 그것도 쉬운 일은 아니었다. 평수형이 움직이려 할 때마다 엉겨 붙다시피 바짝 붙어 있는 하동원의 몸이 슬쩍슬쩍 진로를 방해해서 도저히 제대로 된 신법을 펼칠 수가 없었다.

자신이 자랑하는 빠른 신법이 무용지물이 되어 버린 것이다. 그 결과 '비응'이라는 외호가 무색하게 평수형은 하동원과 바짝 붙어서 계속된 드잡이질을 해야 했다.

평수형은 진땀을 뺄지 몰라도 보는 사람들은 어안이 벙벙한 표정들이었다.

그도 그럴 것이 화산파의 장로와 종남파 장문인의 사숙 간의 대결이라고는 믿기지 않을 정도로 볼품없는 대결이 계속되고 있었기 때문이다. 마치 무공을 전혀 모르는 시정잡배들이 서로 멱살을 붙잡고 싸우듯이 바짝 붙어 있는 두 사람이 계속 헛손질만 하고 있으니, 진정한 고수들 간의 수준 높은 격전을 기대했던 중인들로서는 실망감이 들 수밖에 없었다.

그중에서도 검단현은 다른 누구보다도 잔뜩 인상이 구겨져 있었다.

검단현은 평수형의 꼴사나운 모습에 처음에는 화가 났으나, 이 내 그보다는 하동원의 수법이 무척이나 교묘하고 뛰어나다는 것을 알아차렸다.

'저런 식의 지근거리에서의 박투술은 처음 보는군. 평 장로가 생각을 잘못했어. 애초부터 저자의 접근을 허용하는 게 아니었어.'

저런 무공이 있는 줄 알았다면 평수형도 선뜻 접근전을 벌이지 않았을 것이다. 하나 둔하고 순진해 보이는 하동원에게 이런 특이한 무공이 있을 줄을 누가 상상이나 했겠는가?

평수형의 몸은 어느새 땀으로 흠뻑 젖어 있었다.

제대로 공격도 되지 않고, 그렇다고 떨어뜨릴 수도 없는 묘한 상황에서 벗어나기 위해 안간힘을 쓰다 보니 어느새 적지 않은 공력을 소모한 것이다. 그럼에도 여전히 하동원에게는 조금도 타격을 주지 못하고 있었다.

그렇다고 하동원이 일방적으로 우세한 것도 아니었다.

하동원의 얼굴도 땀으로 범벅이 되어 있었다. 공격은 아예 신경도 쓰지 않고 오직 상대의 손과 발이 움직일 공간을 선점하는 이 방식은 고도의 집중력과 체력을 필요로 하는 것이어서 그의 공력과 체력 소모는 세인들의 상상을 초월하는 것이었다.

그럼에도 하동원이 계속 버틸 수 있는 것은 이런 상황을 염두에 두고 만들어진 특이한 행공법(行功法)과 평상시에 부단하게 연마한 강인한 체력 덕분이었다.

언뜻 보기에는 뚱뚱하고 둔한 몸매 같아도 하동원의 전신은 고무공 같은 탄력과 질긴 근육으로 뒤덮여 있었다. 우연히라도 그의 벗은 몸을 본 사람들은 하나같이 고도로 발달되고 압축될 대로 압축된 강인한 근육으로 덮인 그의 엄청난 몸에 경악을 금치 못했다.

하동원은 그런 식으로라도 성락중 같은 기재에 비해 뒤떨어지는 자신의 재질을 보완하려 했던 것이다.

그의 그런 노력은 훌륭히 보상을 받고 있었다.

벌써 상당한 시간이 흘렀음에도 평수형은 하동원에게 단 한 번의 공격도 성공시키지 못하고 지친 기색이 역력했다. 하동원 또한 땀으로 목욕을 한 상태였으나, 그의 두 눈은 여전히 밝게 빛나고 있었고 얼굴 표정 또한 처음과 별로 달라지지 않았다.

중인들은 난생처음 보는 기이한 형태의 대결에 처음에는 실망의 기색을 보였으나, 시간이 흐를수록 생각이 달라지더니 나중에는 감탄하는 표정을 숨기지 않았다.

제아무리 놀라운 무공을 지닌 고수라 해도 하동원의 이런 수법에 걸려들면 제대로 된 실력을 발휘하기 힘들다는 것을 여실히 깨달았던 것이다.

하동원의 수법은 그 특이함만큼이나 비할 데 없는 묘용이 있었다. 물론 그 수법이 통하기 위해서는 서로의 숨결이 닿을 정도로 가까이 접근해야 하는 단점이 있지만, 일단 접근에 성공하기만 하면 그 어떤 고수라도 그를 쓰러뜨리기는 쉽지 않다는 걸 이곳에 모인 모든 고수들은 인정하지 않을 수 없었다.

다시 반각의 시간이 흐르자 이제는 누가 보아도 평수형이 완전히 지쳐서 언제 쓰러져도 이상하지 않은 상황이라는 걸 알 수 있을 정도가 되었다.

하동원의 처지도 그리 좋아 보이지는 않았으나, 그래도 평수형보다는 안색이나 표정이 나아 보였다.

그때 소요일사 유장현이 헛기침을 하고는 주위를 둘러보며 입을 열었다.

"흠. 더 이상의 대결은 무의미한 것 같군. 나는 이번 일전을 무승부로 하고 싶은데, 다른 의견이 있는 사람이 있소?"

화산파에서는 당연히 반대가 있을 리 없었다. 이대로 있다가는 체력이 바닥난 평수형이 제풀에 쓰러져 버릴 가능성이 농후했던 것이다.

종남파의 고수들 또한 이런 식의 승리를 원하지 않았는지 그의 말에 선뜻 찬성을 했다.

"이번 일전은 무승부요."

유장현의 선언이 있고 나서야 비로소 하동원의 몸이 평수형에게서 떨어졌다. 그렇게도 평수형이 벗어나고 싶었던 하동원과의 밀착된 간격이 비로소 벌어지게 된 것이다.

"헉헉……."

평수형은 허리를 숙인 채 몇 차례나 거친 숨을 몰아쉬고 나서야 간신히 어느 정도 신색을 회복할 수 있었다.

"그게…… 무슨 무공인지 알 수 있겠소?"

하동원은 땀으로 범벅이 된 얼굴에 엷은 미소를 지었다.

"무골난마(無骨亂麻)라는 것입니다."

"당신이 창안한 무공이오?"

하동원은 계면쩍은 웃음을 흘렸다.

"사형에게 하도 많이 패해서 억울한 마음에 엉겨 붙기라도 해야겠다고 생각하고 만든 겁니다. 원래는 철골난마(鐵骨亂麻)라고 이름 붙였으나, 사형께서 뼈 있는 사내가 쓸 무공이 아니라며 무골이라고 바꾸셨습니다. 치졸한 수법이라고 비웃으셔도 할 말이 없군요."

평수형의 얼굴에 쓴웃음이 떠올랐다.

"눈을 속이는 것도 아니고, 사파(邪派)의 수법을 쓴 것도 아닌데 치졸한 무공이 어디 있겠소?"

"그렇게 보아 주시니 감사할 따름입니다."

평수형은 승리를 자신했던 자신이 상대의 기이한 수법에 당해 무승부를 이루었다는 것에는 그다지 신경 쓰지 않는 모습이었다. 오히려 그는 다른 것이 궁금한 표정이었다.

"당신이 말하는 사형은 혹시 형산파의 오결검객을 꺾었다는 그 무영검군이란 분이시오?"

"그렇습니다."

"당신은 그 무공을 펼쳐서 귀 사형에게도 효과를 보았소?"

하동원의 얼굴에 천진한 미소가 떠올랐다. 개구쟁이를 보는 듯한 믿지 않은 미소였다.

"물론입니다. 사형께서 진저리를 치시며 그 뒤로는 두 번 다시 저와 비무를 하려 하지 않더군요."

"귀 사형과 나를 비교하면 어떨 것 같소?"

하동원은 뒤통수를 긁적거렸다.

"두 분 모두 상대하기 까다로웠습니다. 저로서는 그저 운이 좋았다고 할 수밖에 없습니다. 하마터면 제가 먼저 지쳐서 나자빠질 뻔했으니 말입니다."

하나 평수형은 그의 말과는 달리, 그가 자신보다 먼저 쓰러지지는 않았을 거라고 생각했다.

"만약 귀 사형과 내가 겨룬다면?"

하동원은 조금도 망설이지 않고 대답했다.

"두 분은 좋은 상대가 될 수 있을 겁니다. 저 같은 하수로서는 감히 두 분의 승패를 예상할 수 없지만 말입니다."

평수형은 한동안 하동원의 얼굴을 가만히 바라보고 있다가 혼잣말처럼 나직하게 중얼거렸다.

"하수라고 할 수는 없지."

이어 그는 검단현을 돌아보았다.

검단현의 딱딱하게 굳은 얼굴을 보자 평수형은 의외로 조용한 음성으로 입을 열었다.

"이번에도 자네의 기대를 어겼으니 면목이 없네. 나는 화산으로 돌아가 있겠네."

그는 검단현의 대답도 듣지 않고 휑하니 몸을 돌려 대청 밖을 향해 걸어갔다. 뒤에서 누군가가 그를 부르는 소리가 들렸으나, 그는 고개를 돌리지 않았다.

굳게 닫혀 있던 문을 열고 나오자 유난히 파란 하늘이 그의 시선을 찔렀다.

그제야 평수형은 오늘이 무척 좋은 날씨임을 깨달았다. 한동안 우두커니 선 채로 파란 하늘을 올려다보던 평수형은 문득 고개를 갸웃거렸다.

'이렇게 좋은 날을 다른 문파와의 싸움으로 보내야 한다니…….'

갑자기 평수형은 왜 화산파가 굳이 종남파와 이런 드잡이질을 해야 하는지 의구심이 들었다. 그래도 예전에는 두 문파 사이가 돈독해서 곧잘 왕래를 하던 적도 있다고 들었다.

물론 그건 아주 오래전의 일이었다. 까마득히 오래전에는 두 문파 사이에 왕래도 잦았고, 친하게 지내는 제자들도 적지 않았다고 했다. 하나 언제부터인가 두 문파는 서로 등을 돌린 채 적도 친구도 아닌 불편한 관계가 되어 버렸다.

평수형은 언제부터 그런 관계가 되었을까 생각해 보았다.

'그건 아마도 신검 조일화 조사…….'

더 이상의 생각은 하지 않았다.

다만 평수형은 문득 조금 전에 상대했던 종남파의 고수를 다시 만나고 싶다는 생각이 들었다.

그리고 아직 얼굴도 보지 못한 그의 사형도 궁금해졌다.

"좋은 상대가 될 수 있을 거라고 했지. 흐음."

얼마 전까지만 해도 그토록 그의 마음을 무겁게 짓누르던 승부에 대한 부담감은 어느새 씻은 듯이 사라져 있었다.

평수형은 나직하게 콧노래를 흥얼거리며 화산을 향해 걸음을 옮기기 시작했다.

제 347 장
명문제자(名門弟子)

제 347 장 명문제자(名門弟子)

정해는 재빨리 창문을 내려다보았다. 조금 전까지 펄럭이고 있던 푸른색 깃발이 옆으로 비스듬히 누워 있었다. 안색이 변해 황급히 반대쪽을 보니 매화 문양이 수놓아진 하얀색 깃발 또한 같은 모양으로 비스듬히 꽂혀 있었다.

그것을 본 정해는 자신도 모르게 안도의 한숨을 내쉬며 오른주먹을 불끈 쥐었다.

'두 번째는 무승부로구나. 이것으로 일승일무. 예상보다 좋은 출발이다.'

그가 있는 곳은 회람연이 벌어지고 있는 화월루의 맞은편인 산해루의 삼 층이었다. 이곳은 원래 노해광이 집무를 보던 곳이라 외인(外人)은 출입하기 힘들었지만, 오늘은 특별히 노해광의 허락을 받은 정해가 차지하고 있었다.

정해는 이곳에서 회람연의 결과를 지켜보는 한편, 서안에 배치된 노해광의 수하들을 감독하고 있었다. 오늘의 회람연을 위해서 노해광은 자신이 부릴 수 있는 대부분의 수하들을 동원했을 뿐 아니라 종남파에서 내려온 혈화창 우문화룡과 수신대원들까지 모두 끌어모아 정해에게 넘겨주었다. 그것으로도 모자라 장안부의 동지인 강엽을 소개시켜 주어 최악의 경우에는 관원(官員)들까지 동원할 수 있는 여지를 남겨 주었다.

오늘 하루뿐이지만 정해는 실질적으로 서안의 치안을 좌지우지할 수 있는 엄청난 힘을 얻게 된 것이다.

난생처음으로 막중한 권한과 무거운 책임을 떠안게 된 정해는 아침부터 지금까지 단 한순간도 쉬지 않고 정신없이 뛰어다녔다. 강엽에게는 어제 미리 찾아가서 협조를 부탁했고, 노해광의 수하들과 우문화룡을 비롯한 수신대의 인원들은 각자의 무공 수준을 고려하여 위험 요소가 있을 만한 곳에 분산 배치했다.

노해광이 걱정하는 것은 주위의 신경이 온통 회람연에 집중된 사이에 검단현이 무언가 다른 수작을 부리지 않을까 하는 것이었다. 정상적인 대결만으로는 만족하지 못하는 검단현이 극단의 조치를 취할 것을 우려하여 자신의 수하들을 총동원했을 뿐 아니라, 친분이 있는 자들에게 모두 연통을 돌려 협조를 구한 것이다.

그것으로도 부족하다고 판단한 노해광이 마지막으로 끌어들인 사람이 강엽이었다.

물론 강엽에게는 서안에 뜻하지 않는 혈겁이 벌어지는 최악의 상황에서만 협조를 구할 생각이지만, 일단 만약의 사태가 벌어졌을 때 관부의 도움을 받을 수 있다는 것만으로도 정해는 왠지 모를 든든함이 느껴졌다.

혹시라도 무림인들이 알게 되면 무림의 일에 관부를 끌어들였다고 질책을 할지 몰라도 정해는 오늘 아무런 사고도 일어나지 않을 수만 있다면 그러한 질책쯤은 기꺼이 감수할 각오였다.

그의 그런 노심초사가 작용했는지, 회람연이 벌어진 지 제법 시간이 흘렀음에도 아직까지 서안에 별다른 이상은 없어 보였다.

특별히 문제가 될 만한 일도 발생하지 않았고, 회람연의 경과도 좋아서 이대로만 일이 계속된다면 더 바랄 것이 없을 듯했다. 하나 정해는 이럴 때일수록 더욱 정신을 바짝 차리고 긴장을 늦추어서는 안 된다고 생각했다.

그리고 그의 그런 생각을 증명이라도 하듯이 누군가가 문을 박차고 집무실 안으로 뛰어 들어왔다.

"큰일 났네."

들어온 사람은 지일환이었다.

정해는 다급한 표정의 지일환을 보자 가슴이 덜컥 내려앉았다.

지일환은 장안부의 근처에서 대기하고 있는 상태였다. 만일 강염의 도움이 필요하게 되면 제일 먼저 그에게 연락하여 관부를 동원할 계획이었다.

다시 말하면 지일환은 장안부의 정세를 가장 먼저 파악할 수 있는 위치에 있었다. 그런 지일환이 급하게 달려왔다는 것은 장안부에 무언가 일이 벌어졌다는 것을 의미했다.

아니나 다를까? 지일환의 다음 말은 정해의 안색을 변하게 하기에 충분한 것이었다.

"갑자기 구역 순찰이 취소되었네. 순찰을 나가기 위해 대기하고 있던 관원들뿐 아니라 외부에 나가 있던 관원들까지 모두 지부로 돌아오고 있네."

구역을 순찰한다고 했지만, 그 관원들의 이동 경로는 정해가 지정한 몇 군데의 요지였다. 정해가 사전에 일을 방비하는 것이 좋다고 어렵사리 강염을 설득하여 오늘 아침부터 관원들로 하여금 순찰을 돌게 했던 것이다.

그 순찰이 취소되었다는 것은 장안부에 무언가 변고가 생기지 않고서는 불가능한 일이었다.

정해는 흔들리려는 마음을 가다듬으며 신중한 음성으로 물었다.

"강염 대인은 만나 보셨습니까?"

지일환은 고개를 가로저으며 답답한 표정을 지었다.

"장안부 바깥의 경비도 갑자기 삼엄해져서 감히 안을 기웃거릴 엄두도 낼 수가 없었네. 아무래도 자네에게 먼저 알려야 할 것 같아 무작정 뛰어온 것일세."

"잘하셨습니다."

정해는 그를 다독거리고는 이내 그와 함께 집무실을 벗어났다. 아무래도 자신이 직접 가서 강염을 만나는 것이 사태를 가장 정확하게 판단할 수 있는 길이라고 생각한 것이다.

지일환의 말대로 장안부는 오전에 정해가 다녀왔을 때와는 비교도 할 수 없을 정도로 경비가 강화되어 있었다. 평상시에는 두 명의 관원들만이 지키고 있던 정문에 여덟 명의 관원들이 살벌한 눈빛을 번뜩이며 철통같이 자리 잡고 있었다.

정해는 이곳까지 오는 도중 순찰을 돌던 관원들이 모두 철수한 것을 직접 확인하였기에 절로 마음이 급해질 수밖에 없었다.

그는 정문으로 다가가 강염을 만날 것을 청하려 했다.

하나 강염을 만나기는커녕 입구로 들어가는 것마저 거부당했다.

"불가(不可)."

아침나절만 해도 그를 순순히 들여보내 주었던 관원이 자신의 앞을 막아서자 정해는 자신도 모르게 눈살이 찡그려졌다.

"왜 안 된다는 것이오? 이유라도 알려 주시오."

"지부 대인의 명(命)이오. 그 이상은 말할 수 없소."

장안부 최고 관리의 명이라는 말에 정해는 순간적으로 가슴이 덜컥 내려앉았다.

"그럼 강 대인께 말씀이라도 전해 주시오."

"그것도 불가. 당분간 외부인의 출입은 물론 내외간에 어떠한 소식도 흘러나가지 못하게 하라는 지부 대인의 엄명이시오."

결국 정해는 뜻을 이루지 못하고 돌아설 수밖에 없었다.

'이 민감한 시기에 지부 대인이 갑작스런 명을 내려 장안부의 출입을 통제하고 외부로 나가는 순찰까지 취소하다니, 이게 과연 우연한 일일까?'

그의 예감은 그렇지 않다고 소리치고 있었다.

'이것이 만약 누군가가 장안지부를 충동질하여 벌어진 일이라면?'

자신들이 장안부의 이인자인 강염에게 접촉한 것처럼 다른 누군가가 강염의 상관인 지부 대인을 통해 무언가를 획책할 수도 있는 것이다.

정해는 진즉에 이런 가능성을 파악하지 못하고 강염의 협조를 구한 것만으로 만족한 자신의 방심에 자책했으나, 그 이상은 그의 능력으로는 불가항력에 가까운 일이었다. 노해광조차도 장안지부와 직접적인 접점이 없어서 강염을 통해 일을 진행하고 있지 않은가?

'누굴까? 과연 누가 장안지부를 움직여 일을 벌이려 하는 것일까?'

배후 인물을 짐작하는 것은 그리 어려운 일이 아니었다.

장안부의 주인인 지부와 안면을 통할 정도로 서안에 강력한 영향력을 행사할 수 있는 세력은 많지 않았다. 종남파가 세력을 잃은 사이 오랫동안 섬서성의 주인으로 행세해 온 화산파라면 장안부의 지부 대인과 어떤 식으로든 적지 않은 연결 고리를 만들어 두었을 것이다.

'역시 화산파인가? 그렇다면 이런 일을 한 의도는 무엇일까?'

정해의 머리가 그 어느 때보다 빠르게 굴러갔다.

노해광과 정해가 강염을 통해 얻으려고 했던 것은 최악의 상황에 대한 마지막 안전판이었다. 그리고 화산파는 이 안전판을 제거해 버린 셈이었다.

그렇다면 그들이 노릴 만한 것은 과연 무엇일까?

'사숙의 예측대로 장안의 이목이 회람연에 집중된 사이에 화산파에서 혈겁이라도 일으키려 하는 것일까? 아무리 검단현이 강경한 인물이라고 해도 그런 일을 벌일 수 있을까? 아니, 가능성 여부는 제쳐 두자. 나는 최악의 일을 염두에 두어야만 한다.'

정해는 검단현이 무언가 커다란 일을 계획하고 있다는 가정하에 자신이 움직여야 한다는 것을 깨달았다. 설사 아무런 일도 일어나지 않더라도 만약의 사태에 대비해 두는 것이 아무런 대비도 없이 가만히 있다가 일을 당하는 것보다 백배 나은 것이기 때문이다.

'검단현이 일을 벌이려는 곳을 알아야 한다.'

과연 그의 목표는 어디일까? 정해의 뇌리에 검단현이 노릴 만한 장소 몇 군데가 두서없이 떠올랐다. 모두 노해광에게 중요한 곳이었고, 그중 하나라도 잃게 되면 적지 않은 타격을 입게 될 것이다.

하나 왠지 정해는 자신이 무언가 놓친 것이 있다는 생각이 들었다.

'그곳들은 모두 중요한 요처들이다. 하나 과연 검단현이 그곳들만으로 만족할까? 지부 대인까지 동원하여 일을 벌일 정도라면 그로서도 최후의 상황까지 각오할 정도로 단단한 결심을 한 것일 텐데, 과연 그 정도를 노리고 일을 저지른 것일까? 보다 더 큰 목표가 있지 않을까? 그곳을 알아야 한다.'

정해의 커다란 눈이 쉴 새 없이 깜박거리며 여러 가지 빛깔의 안광이 어른거렸다. 그것은 무척이나 특이하고 인상적인 모습이었다. 그의 외호에 '궤령'이라는 단어가 들어간 것도 바로 그의 이런 모습 때문일 것이다.

'방보당? 방보당이 비록 사숙과 본 파의 자금을 담당하는 곳이기는 하나, 방보당을 치기 위해 굳이 지부 대인까지 끌어들이는 것은 소탐대실이다. 산해루? 산해루는 화월루의 지척에 있으니 그곳에서 소란을 일으킬 가능성은 거의 없다고 할 수 있다. 그렇다면 혹시 손가장? 하나 손가장은 이미 우리와 불가근불가원(不可近不可遠)의 관계에 있으니, 손가장을 없애 보았자 본 파에 타격을 줄 수는 없다. 그렇다면 어디인가? 정해야, 생각해라. 생각해…….'

그때 정해의 뇌리에 문득 한 가지 전혀 다른 생각이 떠올랐다.

'만약 내가 검단현이라면 관원들이 잔뜩 깔려 있는 장안에서 굳이 관원들을 철수시킨 다음 일을 벌일 필요가 있을까? 어떤 일을 벌이든 관원들을 이용했다는 의혹을 벗어나기 힘들 텐데? 아니, 그보다 굳이 이런 식으로 요란 법석을 떨면서 자신이 장안에서 일을 벌이려 한다는 걸 드러낼 필요가 있을까?'

그의 생각은 점점 구체화되었다.

'그렇다면 혹시 지부 대인을 사주하여 공개적으로 관원들을 불러들인 것은 우리의 이목을 장안에 집중시키려는 속셈이 아닐까? 사실 그는 장안이 아닌 다른 곳을 목표로 하고 있는 것이 아닐까? 검단현이 무리수를 두면서까지 노려야 할 장안 바깥의 목표라면…….'

정해의 머릿속에 한 가지 무서운 장면이 그려졌다. 단지 그것을 상상하는 것만으로도 정해는 손발이 떨려 와 자신도 모르게 한 차례 몸을 떨었다.

바로 그때였다. 누군가가 빠른 신법으로 다가와 그의 앞에 떨어져 내렸다.

"여기 있었군. 한참 찾았네."

퍼뜩 고개를 쳐든 정해는 그가 지일환의 친구인 마정기임을 알아보고 눈을 빛냈다.

"무슨 일이십니까?"

"누군가가 자네를 찾아왔네. 자네가 없다고 하자 서신을 주고 갔는데, 급한 일인 듯하여 자네를 찾고 있었네."

"그가 누구입니까?"

"그가 아니라 그녀일세."

"예?"

"젊은 여인이었네."

정해는 고개를 갸웃거렸다.

"젊은 여인이 저를 찾아왔다고요?"

"그렇다네. 자네가 없다고 하자 자네에게 꼭 전해야 한다며 편지 하나를 주고 갔네."

마정기는 손에 들고 있던 편지를 내밀었다.

"받아 보게."

정해는 귀신에 홀린 사람처럼 무심결에 편지를 받아 들고 펼쳐 보았다. 의외로 편지에는 여인이 아닌 남성의 힘찬 글씨가 쓰여 있었다.

정해는 그 필체가 어딘지 모르게 눈에 익은 것을 알고는 고개를 갸웃거리다가 갑자기 안색이 크게 변했다.

편지에는 짧은 글귀 한 줄이 적혀 있었다.

종남파 본산.

그 글귀를 보는 순간, 정해는 지금까지의 모든 일을 이해할 수 있었다. 왜 검단현이 지부 대인을 이용해 굳이 순찰하던 관원들까지 불러들였는지, 왜 회람연이 벌어진 지 한참이나 되었음에도 장안에서는 아무런 소란도 일어나지 않았는지, 그리고 왜 자신의 마음이 아까부터 그토록 불안했는지…….

아울러 눈에 익은 그 필체가 누구의 것인지도 알아차렸다.

그것은 바로 종남파의 배반자이며 지금은 화산파의 일대제자로 들어간 두기춘의 것이었다.

　　　　　　*　　*　　*

종남파의 일승일무로 끝난 두 번의 비무 결과는 중인들의 예상을 벗어난 것이었다.

종남파를 지지하고 있는 무림인들은 처음부터 종남파가 화산파를 앞서 나가자 표정이 한결 밝아지면서도 이런 상승세가 언제까지 유지될 수 있을지 미심쩍어 했다. 반면에 화산파를 지지하는 자들은 당혹감을 감추지 못하면서도 앞으로 나올 화산파의 고수들에게 기대를 품고 있었다.

화산파 진영은 의외로 덤덤한 모습들이었다. 비록 두 번의 비무에서 한 번도 승리를 거두지 못했지만, 그 때문에 충격을 받은 사람은 없는 것 같았다. 검단현만 해도 평수형이 무승부를 이루고 물러나자 잠시 표정이 좋지 않았으나, 이내 평상시의 신색을 회복했다.

그 원인은 남은 고수들에 대한 믿음도 있었지만, 두 번 연속 승리를 거두지 못한 것에 비해 막상 화산파에는 별다른 피해가 없기 때문이기도 했다.

이번 회람연의 비무는 단순히 누가 더 많이 승리했느냐를 따지는 방식이 아니었다. 마지막에 서 있는 자가 누구냐에 따라 최종 승부가 결정되는 방식이었다.

다시 말해서 다섯 번의 비무 중 네 번을 거푸 패한다 할지라도 마지막 출전자가 상대편을 모두 꺾는다면 승리는 그에게로 돌아가게 되는 것이다. 이긴 사람의 숫자보다 남은 사람의 숫자가 더 중요한 셈이었다.

승패와 관계없이 종남파와 화산파는 각기 세 사람의 출전자를 남겨 놓은 상태였다. 화산파가 전혀 불리한 상황이 아니었던 것이다.

그런 점에서 본다면 연승식을 택한 노해광의 선택은 현시점에서 판단 착오였음이 분명해 보였다. 아니면 종남파의 운이 그다지 좋지 않은 것이든지.

검단현은 어떤 것이든 종남파의 승리는 더 이상 없을 거라고 생각했다.

이번에 종남파에서 출전하는 인물은 검단현의 예측대로 소지산이었다. 소지산은 종남산에서만 주로 머물러 있어서 강호 무림에는 그 이름이 거의 알려져 있지 않았으나, 서안 일대에서는 대해검이라는 명호로 불릴 정도로 아는 사람들이 제법 많았다.

검단현은 그에 대한 정보를 최대한 입수해 둔 상태였다.

소문으로는 신검무적이 문파를 비울 때마다 문파의 안위를 맡길 정도로 가장 신임하는 사제라고 했다. 성격이 충직하고 입이 무거워서 그를 아는 많은 사람들은 그가 믿을 만한 인물이라고 평가하고 있었다.

무공 또한 상당한 수준에 올라 있다고 알려져 있어서 검단현은 그에 대한 일말의 경각심을 가지고 있었다.

하나 그렇다고 해서 그가 대세를 바꿀 정도로 강력한 패라고는 생각하지 않았다.

현재 남아 있는 종남파의 면면을 볼 때 가장 경계해야 할 자는 누가 뭐라 해도 전풍개였으며, 그다음으로 노해광 정도라고 할 수 있었다. 그중 노해광의 무공은 수준급이기는 하나 절정고수라고 하기에는 미흡한 것이어서 결정적인 장애물은 되지 못했다.

결국 지금 출전하는 소지산만 꺾게 되면 화산파의 고수를 막아 설 인물은 전풍개뿐이므로, 검단현은 더욱 회람연의 승리를 믿어 의심치 않았다.

소지산의 상대로 검단현이 지목한 사람은 매화사절 중의 최고수이며 일대제자 중에서도 유장령과 함께 최고의 인재로 꼽히는 매향 송인혁이었다. 장로급 고수를 출전시켜서 단숨에 승부를 결정지을 생각을 하지 않은 것은 아니었으나, 송인혁이라면 충분히 소지산에게 승산이 있다고 판단하여 그에게 기회를 준 것이다.

신검무적의 사제라고는 해도 아직 젊은 나이의 소지산을 상대로 화산파의 장로를 내보내기에는 주위의 눈치가 보이는 일이었고, 그건 다시 말해서 아직 검단현에게는 남들의 평판을 신경 쓸 정도로 마음의 여유가 있다는 뜻이었다.

송인혁은 자타가 공인하는 현재 화산파의 젊은 층에서 가장 뛰어난 실력을 지닌 고수였다. 그의 사부는 화산파의 수석 장로인 십지매화검객 선우정이었고, 선우정은 송인혁을 제자로 거둔 후 더 이상의 제자를 두지 않았다. 그만큼 그에게 만족했기 때문이다.

송인혁은 비단 무공뿐 아니라 인물됨이 헌앙하고 기질이 빼어나서 흠모하는 이들이 적지 않았다. 지금도 머리에 백건을 두르고 하얀 장삼을 입은 채 단정하면서도 품위 있는 자세로 걸어 나오는 그의 모습은 임풍옥수(臨風玉樹), 그 자체였다.

그에 비해 소지산은 머리카락으로 이마를 반쯤 덮은 모습이었고, 걸음걸이 또한 평범하기 이를 데 없었다. 얼굴도 그리 준수하지 않았고 기질도 특출나 보이지 않아서 외모만으로는 평범한 강호의 여느 무사와 다름이 없었다.

송인혁과 소지산은 일 장의 간격을 두고 서로를 마주 본 채 잠시 그 자리에 가만히 서 있었다. 송인혁은 별처럼 빛나는 시선으로 소지산의 얼굴을 가만히 보고 있다가 정중한 태도로 포권을 했다.

"나는 화산파의 이십칠대 제자인 송인혁이라 하오. 십지매화검객 선우정을 사사했소."

예의를 잃지 않으면서도 자신의 사부에 대한 자부심이 엿보이는 모습이었다.

반면 소지산의 반응은 평범했다.

"종남파의 이십일대 제자인 소지산이오. 선사께선 태평검객 임장홍이라 하오."

태평검객 임장홍!

실로 오랜만에 들어 보는 이름이었다. 이제는 기억하는 사람이 많지 않았지만, 한때는 종남파의 장문인으로 적어도 서안 일대에서는 모르는 자가 없었다. 비록 명문정파의 장문인답지 않은 변변찮은 무공 때문에 적지 않은 조롱을 받기도 했으나, 그를 아는 사람이라면 누구나가 정말 훌륭한 품성의 무인(武人)이었다고 입을 모아 말하곤 했었다.

신검무적이 천하에 그 명성을 떨친 이후, 그의 이름은 간간이 몇 안 되는 지인들 사이에서 거론되기도 했으나 대다수 사람들에게는 기억 저편에 묻어 둔 잊힌 존재였다. 그런 임장홍의 이름이 소지산에게서 흘러나오자 몇몇 사람들의 눈에 잠시 아련한 빛이 떠올랐다.

특히 임장홍과 몇 번이나 만난 적이 있던 금륜군자 고소명과 일도풍뢰 단리정천은 새삼 그에 대한 추억이 되살아나는지 표정이 야릇하게 변했다. 살아 있을 때는 그다지 환영받지 못하고 심지어는 천덕꾸러기 취급을 받던 그가 이제는 신검무적과 옥면신권을 비롯한 강호를 호령하는 불세출의 고수들을 키운 사부로서 재조명받는 인물이 되고 있었다.

인심의 변화무쌍함을 탓해야 할지 명성의 덧없음을 원망해야 할지 모르지만, 살아생전보다 죽은 후에 더욱 높은 가치를 평가받는 임장홍의 모습은 왠지 쓸쓸한 뒷맛을 남기고 있었다.

송인혁은 담담한 얼굴로 천천히 장검을 뽑아 들었다.

"본 파의 매화검법으로 귀 파의 절학에 한 수 가르침을 받고자 하오."

그의 검은 느릿하게 허공의 한 점을 찔렀다. 이십사수 매화검법 중 매개이도를 단순화시킨 매개일도(梅開一道)였다. 두 개의 검화가 각기 다른 방향에서 날아오는 무시무시한 매개이도가 변화를 하나로 줄이고 속도를 늦추자 평범하면서도 격조 있는 예전초식으로 변했다.

소지산도 검을 들어 답례를 했다.

"본 파의 유운검법으로 귀하의 청에 응하겠소."

검날을 비틀어 상대의 머리 위 허공을 노리는 유운출곡의 예전초식이었다.

예전초식을 펼친 후에도 두 사람은 서로를 응시한 채 좀처럼 움직일 줄을 몰랐다. 하나 장내의 누구도 지루함을 느끼거나 의아해 하지 않았다. 비록 검을 펼치지는 않았어도 이미 두 사람 사이에 보이지 않는 맹렬한 공방이 시작되었음을 알아차린 것이다.

검은 든 상태로 멈춰 있는 것 같아도 가만히 살펴보면 두 사람의 검을 든 손의 위치와 자세가 조금씩 바뀌고 있음을 알 수 있었다. 그것을 알아차린 몇몇 고수들은 무심결에 고개를 끄덕였다.

'이제 비로소 제대로 된 명문정파 고수들의 대결을 볼 수 있겠구나.'

사실 앞선 두 번의 비무는 그다지 정상적인 대결이라고 할 수 없었다.

첫 번째 비무는 변칙적인 공격으로 판가름이 난 뒷골목의 막싸움 같은 승부였고, 두 번째 비무는 보는 사람조차 진이 빠질 정도로 끈적끈적하고 지루하기까지 했던 해괴한 승부였다.

강호에 위명을 떨치는 양 파 사이의 비무라고는 믿기지 않을 정도여서 다소의 실망감을 느끼는 자들도 적지 않았다. 그런데 지금 송인혁과 소지산은 아직 본격적으로 검을 휘두르지도 않았음에도 많은 사람들로 하여금 기대감을 품게 만들었다. 그것은 그만큼 그들이 풍기는 기세와 분위기가 심상치 않았기 때문이다.

그리고 그들의 그러한 기대는 훌륭한 보상을 받았다.

누가 먼저라고 할 것도 없이 두 사람이 거의 동시에 몸을 움직였다. 그리고 그들이 그토록 보기를 원했던 수준 높고 격조 있는 대결이 시작되었다.

송인혁의 검은 물 흐르듯 유연하면서도 부드럽게 소지산의 옆구리를 파고들었는데, 그 동작이 어찌나 매끄럽고 자연스러웠던지 한바탕 춤사위를 보는 것 같았다. 매화검법 중의 매지만장(梅枝漫長)이 이토록 유려한 초식인 줄은 화산파의 고수들도 미처 몰랐을 것이다.

소지산의 검이 거의 동시에 송인혁의 어깨를 향해 날아들었다. 소지산이 펼친 것은 유운검법 중의 배운축월이었는데, 빛살처럼 빠르고 날카로운 초식이어서 마치 한 가닥 섬전이 쏘아져 오는 것만 같았다.

속도만 보자면 송인혁의 검이 먼저 닿기도 전에 소지산의 검이 상대의 어깨를 뚫어 버릴 게 분명해 보였다. 그럼에도 두 사람은 거의 동시에 검을 거두고 옆으로 몸을 움직였다.

검이 자신의 목덜미에 날아드는 데도 아랑곳하지 않고 상대의 이마를 향해 거침없는 반격을 가하던 첫 번째 비무와는 비교도 할 수 없는 부드럽고 유연한 대응이었다.

두 사람의 동작은 하나하나가 정교하면서도 부드러웠고, 절대로 거칠거나 상식을 벗어난 난폭한 초식 운용이 없었다. 상대의 치명적인 급소를 직접적으로 노리거나 자신의 몸을 돌보지 않고 오직 공격만 하는 무모함도 보이지 않았다.

그래서 치열함은 다소 떨어진 듯했으나, 대신에 현란한 검의 움직임과 민첩한 몸놀림, 그리고 시의적절한 초식 운용으로 볼거리는 훨씬 더 많았다.

자연히 지켜보는 사람들의 눈에는 흥미진진함과 만족감이 어릴 수밖에 없었다.

유혈이 낭자하고 살벌한 싸움은 보는 사람들의 마음조차 불안하게 만들기 마련이었다.

더구나 이번 회람연은 비록 양 파에게는 절대로 질 수 없는 너무도 중요한 무대였지만, 명목상으로는 엄연히 친선을 겸한 비무전이었다. 이런 자리에서 피가 난무하고 생사를 오가는 무시무시한 싸움이 벌어진다는 것은 잔뜩 기대를 가지고 양 파의 초청에 응한 사람들에게 썩 바람직한 일이 아니었다.

그런 의미에서 지금 두 사람의 대결 모습은 눈을 만족시키면서도 마음의 부담까지 덜어 주는 정말 바람직한 광경이었다.

송인혁은 당초의 말대로 매화검법만을 펼쳤다.

원래 매화검법은 스물네 개의 초식으로 이루어져 있었는데, 각각의 초식이 세 가지의 변초를 담고 있었다. 그래서 엄밀히 말하면 칠십이 초로 된 검법이나 마찬가지였다.

그 칠십이 개의 변초에서 파생되는 변화는 거의 헤아릴 수 없을 정도였다.

화산파 제자들 사이에서는 매화검법을 완벽하게 익히는 건 세상의 모든 일을 아는 것과 마찬가지로 불가능하다는 말이 정설(定說)처럼 전해지고 있었다. 그만큼 응용하기에 따라서 얼마든지 다양한 변화를 만들어 낼 수 있는 것이 매화검법이었다.

화산파에서 매화검법으로 가장 유명한 사람은 난매신검 해정설이었다. 해정설의 매화검법은 화려하면서도 아름다워서 그가 매화검법을 시전할 때면 마치 사방에서 매화꽃이 휘날리는 듯한 착각이 들 정도라고 했다.

하나 해정설의 검은 그 화려함에 비해 실속이 떨어져서 막상 다른 사람과 대결할 때는 그다지 효과적이지 않다는 것이 중론이었다. 실제로 해정설은 검법에 비해 싸움 실력은 많이 떨어지는 편이었다.

그 때문에 매화검법 자체의 위력에 대해 반신반의하는 자들이 많았다. 매화검법이 화려한 겉모습과는 달리 실전에서는 별다른 효용 가치가 없는 것이 아닌가 하는 의문에 휩싸여 매화검법을 등한시하는 화산파의 제자들도 적지 않았다.

하나 송인혁이 펼치는 매화검법은 해정설 같은 화려함은 없었지만, 깔끔하고 정교해서 상대하기가 쉽지 않아 보였다.

지금도 송인혁은 앞으로 곧장 일검을 내지르고 있건만, 소지산의 눈에는 수십 가닥의 검광이 자신의 상반신을 노리고 날아드는 듯한 착각이 들었다. 한 줄기로 뻗어 오는 듯 보이는 검의 끝이 미묘하게 흔들리며 상반신 중 어느 부위로도 공격 방향을 바꿀 수 있는 것이다. 단순함 속에 복잡하고 정교한 변화를 담고 있는 이 초식은 매염일선(梅艶一線)이라는 것인데, 송인혁이 펼치자 천하의 어떤 절초에도 뒤지지 않는 무서운 위력을 보이고 있었다.

아마 같은 매염일선 초식을 해정설이 펼쳤다면 폭발하듯 화려한 검광이 수놓아지는 가운데 상대의 상체 중 한 곳을 집중적으로 노려 왔을 것이다. 해정설의 입장에서는 매염일선의 '염(艶)'이 의미하는 바가 그러한 화려함이라고 생각했을 것이고, 자신이 펼치는 것이 매염일선의 진정한 묘의라고 믿고 있을 것이다.

송인혁의 사부인 선우정의 생각은 조금 달랐다. '염' 한 글자만 볼 게 아니라 '매염(梅艶)'으로 붙여서 생각하여, 결국 '매화의 요염함'이란 그러한 화려함이 아니라 은은한 가운데 풍기는 한 줄기 그윽함이라고 보았다. 직접적으로 상대의 눈을 현란하게 할 정도로 눈부신 공격을 가하는 것보다는 한 줄기 매화 향처럼 미묘하게 움직여, 상대로 하여금 어디를 노리는지 알 수 없게 하는 것이 매염일선의 극의라고 생각한 것이다.

이처럼 명문정파의 무공들은 익히는 사람이 어떻게 해석하느냐에 따라 전혀 판이한 무공으로 변화되고는 했다.

두 사람 중 누구 의견이 더 맞는지는 아무도 알 수 없지만, 선우정의 가르침을 충실히 받은 송인혁이 어떤 의도로 매염일선을 펼친 것인지는 이 자리의 누구라도 쉽게 알 수 있었다. 그리고 그 의도가 훌륭하게 적중하고 있다는 것도 눈앞에서 증명되고 있었다.

처음으로 소지산이 반걸음 뒤로 물러났다.

단순해 보일 수도 있으나, 그것이 의미하는 바는 적지 않았다.

소지산으로서도 송인혁의 이 일 초에 어떻게 반응해야 할지 판단하지 못했다는 뜻이었다. 더욱 중요한 것은 매염일선은 그 자체로도 뛰어나지만, 뒤를 이은 매염당당과 이어지는 연환식(連環式)으로서 진정한 위력이 있다는 점이었다.

과연 소지산이 뒤로 물러나자 송인혁의 검이 더욱 빠르고 날카롭게 그의 가슴팍을 향해 날아들었다. 검이 노리는 범위는 상당 부분 축소되었지만, 대신에 그 움직임은 더욱 영활해져서 마치 검 끝이 갈지(之)자로 흔들리는 것 같았다. 그 갈지자의 움직임이 어떻게 변할지는 누구도 예상할 수 없는 것이어서 도저히 피할 수 없을 것만 같았다.

소지신의 무심한 듯 깊게 가라앉아 있는 두 눈에 한 줄기 번갯불 같은 신광이 어른거린 것은 바로 그때였다. 소지산은 주저하지 않고 앞으로 성큼 크게 내디디며 수중의 장검을 곧게 앞으로 뻗었다.

소지산의 일검은 별다른 변화가 없었다. 오직 빠르고 정확하게 한 점을 노렸을 뿐이었다.

땅!

귀청이 찢어지는 듯한 음향과 함께 송인혁의 훤칠한 신형이 한 차례 휘청거렸다.

놀랍게도 소지산의 검봉은 갈지자로 흔들리며 날카롭게 파고들던 송인혁의 검봉을 정확하게 가격했던 것이다.

그 충격의 여파가 상당했던지 송인혁의 눈이 살짝 찌푸려졌다. 검봉이 마주친 순간 손아귀가 찢어지는 듯한 통증을 느꼈던 것이다.

'공력이 나를 능가하는구나.'

송인혁의 마음속 경계심이 더욱 커졌다.

송인혁은 처음 소지산을 보는 순간부터 그가 각고의 수련을 쌓아 온 놀라운 실력의 소유자임을 알 수 있었다. 맑고 차갑게 정제되어 있는 눈빛과 검을 잡고 있는 자세만 보아도 절대 자신의 아래가 아니었다.

'과연 신검무적이 아끼는 인물답구나.'

지금까지는 속으로 감탄하면서도 송인혁은 그를 상대할 자신감이 있었다. 몇 번의 검격(劍擊)을 나누면서 새삼 상대의 솜씨에 몇 번이나 놀랐지만, 그래도 자신이 전력을 다하면 충분한 승산이 있다고 생각했다.

하나 상대가 자신이 펼쳐 낸 매염당당을 검봉으로 막아서면서부터 송인혁의 그러한 자신감은 조금씩 흔들리기 시작했다.

검봉으로 검봉을 막는다는 것은 상대의 검이 어떻게 움직이는지를 완벽하게 파악하지 않고서는 불가능한 일이었다.

그런데 소지산은 검이 다가오는 그 짧은 순간에 검로(劍路)를 파악하고는 정확하게 검봉으로 막아 내었던 것이다. 그것은 송인혁으로서도 똑같이 따라 한다고 자신할 수가 없는 것이었다.

　더구나 검으로 부딪혀 본 결과 상대의 공력은 아무리 낮게 보아도 자신보다 반 수는 높아 보였다. 분명 비슷한 나이일 텐데 이렇게 공력의 차이가 난다는 것에 송인혁은 의아함과 놀라움을 동시에 느끼고 있었다.

　내공 수련이라면 자신도 다른 누구보다 충실히 닦아 왔다고 자신할 수 있었다. 게다가 전도양양한 그를 위해 사부는 물론이고 사문에서도 몇 차례나 영약(靈藥)을 하사하여 복용하였기에 적어도 젊은 층에서만큼은 공력으로 누군가에게 뒤진다는 생각을 해본 적이 없었다.

　그런데 불과 일 년 전만 해도 거의 무너지다시피 한 종남파의 제자가 자신보다 심후한 내공을 지니고 있으니 그가 당혹해하는 것도 무리는 아니었다.

　이번에 선공을 한 사람은 소지산이었다. 소지산의 검은 별다른 변화가 없이 곧장 송인혁의 앞을 향해 다가왔다. 그러다 송인혁이 검을 들어 막으려는 순간, 검이 세차게 요동을 지며 새하얀 검광이 꾸역꾸역 밀려들었다.

　그것은 마치 갑작스런 소나기로 인해 순식간에 산중(山中)이 운무(雲霧)로 뒤덮이는 듯한 모습이었다. 이것이 바로 유운검법 전반부 여섯 초식 중 가장 뛰어난 위력을 지닌 운무중첩이었다.

　"좋은 검법이오!"

송인혁은 자신도 모르게 감탄성을 내지르며 수중의 장검을 질풍처럼 휘둘렀다. 조금 전의 유려하고 매끄러운 동작보다는 한결 빠르고 민첩한 모습이었다.

그에 따라 그의 검이 수십 개의 검화를 그리며 사방을 어지럽게 수놓았다. 얼핏 보기에 무질서하고 두서없어 보이는 이 초식은 매화노방이라는 것으로, 수많은 허초 속에 여러 개의 실초를 포함하고 있어서 매화검법 중에서도 절초로 꼽히고 있었다.

차차차창!

검광과 검화가 거푸 충돌하며 요란한 마찰음이 장내를 뒤흔들었다. 지금까지와는 달리 그들이 격렬한 공방을 벌이자 장내의 분위기는 급격히 달아올랐다.

격조 있고 우아한 대결도 좋지만, 역시 무림인들에게는 어느 정도의 격렬함과 긴장감이 반드시 필요한 모양이었다. 조금 전만 해도 그들의 비무를 품격이 있다며 칭찬하던 중인들이 지금은 눈도 깜박이지 않은 채 정신없이 눈앞의 격전을 바라보고 있었다.

순식간에 두 사람은 십여 초를 주고받았다. 한 치의 양보도 없이 맹렬하게 검법을 전개하는 두 사람이 조금 전의 부드럽고 기품 넘치는 대결을 하던 자들과 같은 사람이라고는 믿어지지 않을 정도로 치열한 싸움이었다. 그럼에도 둘 중 누구 하나 부상을 당하지 않은 것은 그만큼 두 사람의 실력이 뛰어나기도 했지만, 서로 간에 상대에 대한 치명적인 공격은 자제하고 있기 때문이었다.

이토록 치열한 공방을 벌이면서도 아직 누구도 눈에 거슬릴 만한 거친 살수(殺手)를 쓰지 않는 것만 보아도 두 사람이 얼마나 뛰어난 무공의 소유자들인지를 미루어 짐작할 수 있었다. 그래서인지 지켜보는 중인들은 무인들의 결투다운 치열함은 느낄지언정 첫 번째 비무 때와 같은 살벌하고 가슴 섬뜩한 느낌은 받지 않았다.

오직 눈앞에서 펼쳐지는 놀라운 검법의 향연에 몰입하고 있을 뿐이었다.

송인혁의 매화검법은 확실히 대단한 경지에 올라 있었다. 매화검법의 최고수라는 해정설이 보았어도 놀라움을 금치 못했을 게 분명했다. 비록 해정설 본인의 검과 같은 화려함은 부족할지언정 검법 자체의 위력은 결코 못하지 않음을 인정하지 않을 수 없었을 것이다.

송인혁의 나이를 생각하면 정말 쉽게 믿어지지 않는 일이었다.

더욱 놀라운 것은 그럼에도 불구하고 송인혁이 조금도 우세를 점하지 못하고 있다는 점이었다. 오히려 시간이 흐를수록 조금씩 수세에 몰리고 있는 것 같았다.

아직 자세가 흐트러지거나 몸이 느려진 것은 아니었으나, 얼굴이 온통 땀으로 범벅이 된 채 이를 악물고 있는 모습은 그가 지금 자신의 모든 것을 끌어올려 최선을 다하고 있음을 나타내고 있었다.

그에 비해 소지산은 처음과 변함이 없었다. 무심한 듯한 눈빛과 속을 짐작하기 어려운 담담한 표정도 그대로였고, 깊고 안정적인 호흡 또한 마찬가지여서 가끔씩 가쁜 호흡을 내쉬는 송인혁과 확연히 비교가 되었다.

소지산 또한 유운검법만으로 송인혁을 상대하고 있었다. 유운검법은 진산월이 주로 사용하면서 당금 무림에서 가장 유명한 검법 중 하나가 되었다. 특히 서안에서 진산월이 유운검법을 펼쳐 절정고수들을 연파하면서 적지 않은 사람들이 그 광경을 직접 보았기에, 다른 어떤 검법보다도 서안 사람들에게 널리 알려져 있었다.

소지산의 유운검법은 진산월이 보여 준 것과 같은 무시무시한 파괴력은 없는 것 같았으나, 대신에 정교하고 현란한 움직임은 그에 못지않았다. 특히 검로가 반듯하면서도 변화는 오히려 많아 보여서 진산월과는 다른 소지산만의 독특한 점이 엿보였다.

같은 검법임에도 이토록 달라 보이는 것은 아마도 검을 펼치는 두 사람의 성정이 다르기 때문일 것이다. 성정뿐 아니라 검을 펼칠 당시의 심리 상태 또한 두 사람은 분명한 차이가 있었다.

서안에서 유운검법으로 한바탕 혈풍을 일으킬 당시 진산월은 사제인 응계성의 행방을 알아내기 위해 마음이 초조해 있었으며, 그를 숨기고 있는 무리들에 대한 분노로 살심이 크게 동해 있는 상태였다. 때문에 손속에 일말의 자비도 두지 않았으며, 그동안 쌓인 울분과 원한이 칼끝에 담겨 있어 보는 이를 섬뜩하게 만드는 살벌한 광경을 만들어 냈던 것이다.

그에 비해 소지산은 송인혁과 전통적인 방식의 비무를 벌이고 있으며, 그에게 어떠한 개인적인 감정이나 원한도 가지고 있지 않았다. 그래서인지 그들의 대결은 치열함은 있을지언정 반드시 상대를 쓰러뜨리고야 말겠다는 살벌함은 보이지 않았다.

또한 소지산은 이번 일전에서 당장의 승리보다는 자신의 검술을 점검하는 것에 더욱 비중을 두고 있었다. 그것은 다분히 다음 비무를 염두에 둔 포석이었으며, 그것은 그만큼 그가 송인혁과의 대결에 나름대로의 확고한 자신감을 가지고 있다는 뜻이기도 했다.

송인혁도 얼마의 시간이 흐르자 소지산이 자신과의 대결에서 전력을 다하지 않고 있다는 것을 알아차렸다.

자신을 향해 다가오는 유운검법의 위력은 막연히 상상했던 것보다 더욱 강력했다. 더욱 무서운 것은 그 유운검법의 흐름이 끊임이 없다는 것이었다.

매화검법 또한 유유(悠悠)하고 끊어질 듯 이어지는 검법으로 유명했으나, 유운검법의 도도한 흐름과 비교하면 약간의 손색이 있었다. 어떤 방법을 쓰더라도 그 흐름을 막거나 끊을 수 있을 것 같지 않았다.

때문에 송인혁은 소지산의 검을 상대하면서 시간이 흐를수록 질식할 듯한 답답함을 느끼고 있었다. 그런데 가끔 소지산의 검이 미묘하게 느려지면서 그러한 답답함이 해소되고는 하는 것이다.

처음에는 송인혁도 그러한 사실을 제대로 인지하지 못했다. 워낙 상대의 검이 뿌리는 기세가 날카로워서 솜털이 곤두설 정도로 바짝 긴장해 있었기 때문이다. 하나 그런 일이 두세 번 반복되자 송인혁의 가슴속에는 소지산이 일부러 검을 늦추어 자신의 숨통을 트여 주고 있는 것이 아닌가 하는 의구심이 들었다.

그 의심이 확신으로 변한 것은 그 직후에 벌어진 한차례 격돌에서였다. 그때 송인혁은 자신의 의심도 확인하고 약간은 기울어진 듯한 승부의 추를 되돌리기 위해 매화검법 중의 세 절초를 연거푸 펼쳐 내고 있었다.

파파파팟!

주위가 매화 문양의 검영에 휩싸이자 금시라도 어디선가 진한 매화 향이 화악 풍겨 나올 것만 같았다. 이 삼 초의 연환식은 송인혁으로서도 그야말로 젖 먹던 힘까지 끌어올린 최선의 공격이었다.

매향사일(梅香四溢)과 매영만리(梅影萬里)에 이은 매개천하(梅蓋天下)의 연환삼절초는 매화검법의 정수를 담은 것이어서 넓은 대청 안이 온통 매화꽃으로 뒤덮인 듯한 착각이 들었다. 지켜보던 중인들은 물론이고 화산파의 고수들까지 송인혁이 펼치는 매화삼절초의 가공할 모습에 눈을 크게 뜬 채 넋을 잃고 있었다.

그럼에도 소지산의 검은 조금도 흔들리지 않고 그 검화 속을 유연하게 헤집고 들어왔다. 무수한 검화 속을 파고드는 한 줄기 검광은 마치 격랑 속을 헤엄치는 한 마리 잉어를 보는 것 같았다. 무엇으로도 그 잉어의 유영(遊泳)을 멈춰 세울 수 없을 것만 같았다.

송인혁은 입술을 질끈 깨문 채 최악의 상황까지 각오하며 계속 검초를 이어 나갔다.

그 한 줄기 검광은 순식간에 매향사일과 매영만리의 검초를 뚫고 송인혁의 앞가슴을 향해 파고들었다.

언뜻 송인혁은 그 검광 속에 희미한 검영 하나가 어른거리고 있는 것을 보고 안색이 시퍼렇게 변했다. 지금까지 그토록 무서운 기세로 다가들던 검광이 실은 허초이고, 그 뒤에 진검(眞劍)이 숨어 있다는 것을 비로소 깨달은 것이다. 그것이 바로 유운검법 중

의 절초인 추운축전임은 몰랐지만, 그 숨겨진 검영이 본색을 드러
내는 순간 자신의 가슴이 피로 물들리라는 것은 너무도 분명하게
알 수 있었다.

이미 매개천하의 검초가 절반 이상 펼쳐졌음에도 여전히 그 진
검은 검광 속에 숨겨져 발출되지 않고 있었다. 그러다 매개천하의
변화가 모두 끝나자 드디어 진검이 움직였다.

팟!

그 진검은 아슬아슬하게 송인혁의 어깨와 목덜미 사이 공간을
찌르고 지나갔다.

송인혁은 모골이 송연해짐을 느끼고 자신도 모르게 주춤 물러
섰다. 운 좋게도 그 무시무시한 일 초가 자신의 몸을 비켜 간 것이
다.

하나 다음 순간, 그의 안색은 그 어느 때보다 핼쑥하게 굳어졌
다.

그 검광이 마지막 순간에 빗나간 것은 과연 자신의 운이 좋았
기 때문일까?

'운이라고? 그럴 리가 없다. 이자의 검은 처음부터 나를 노리
고 있지 않았다.'

그제야 송인혁은 지금까지 상대가 자신을 봐주고 있었음을 확
신할 수 있었다.

그 순간, 송인혁은 말로 표현하기 어려운 분노가 솟구쳐 올랐
다. 하마터면 치밀어 오르는 격분을 이기지 못하고 버럭 노성을
내지르며 그에게 달려들 뻔했다. 하나 이내 분노는 씻은 듯이 사

라지고 심한 자괴감과 패배감이 가슴 한구석으로 몰려들었다.

'더 이상의 승부는 무의미하다.'

송인혁은 질끈 입술을 깨물었다.

이번의 일전은 화산파는 물론이고 자기 자신에게도 너무나 중요한 싸움이었다. 하나 그렇다고 무인으로서의 마지막 자존심까지 버릴 수는 없었다.

송인혁은 돌연 검을 거두고 뒤로 물러났다.

눈이 부실 정도로 화려한 검화를 뿌리며 맹렬하게 공격하던 송인혁이 갑자기 검을 거두고 물러나자 중인들은 어리둥절한 눈으로 그를 바라보았다. 하나 몇몇 사람들은 이미 사태를 파악한 듯 표정이 제각각으로 변하고 있었다.

송인혁은 소지산을 향해 정중하게 포권을 했다.

"이 비무는 내가 패했소. 송 모는 스스로의 부족함을 알고 이만 물러나고자 하오."

소지산은 묵묵히 그를 보고 있다가 자신도 천천히 검을 거두어들였다.

"좋은 승부였소."

담담한 그의 말에 송인혁은 가슴이 쓰라렸으나 끝까지 의연한 모습을 유지했다.

"소 대협의 배려에 감사드리오."

송인혁이 스스로 패배를 자인하고 물러나자 한동안 주위에 웅성거림이 끊이지 않았다.

하나 누구도 그에 대해 이의를 제기하지 않았다. 자세한 내막을 몰랐던 사람들도 화산파 측의 침울한 분위기를 보고는 뒤늦게 사정을 깨달은 듯한 모습이었다.

하나 그들 중 누구도 아쉬움을 표하는 사람은 없었다. 어찌 되었건 이번 싸움은 오늘 벌어진 비무 중에서 가장 볼만한 대결이었고, 두 사람 모두 명문정파의 제자들다운 모습을 보여 주었기 때문이다.

심지어는 모처럼 보는 정말 멋진 대결이었다며 만족스런 표정을 짓고 있는 자들도 적지 않았다. 아마도 그들은 승패를 떠나서 승자와 패자 모두에게 박수를 보내 주고 싶은 심정이었을 것이다.

제 348 장
창천백일(蒼天白日)

제348장 창천백일 (蒼天白日)

회람연의 비무가 절반이 지나갔음에도 여전히 종남파의 우위는 계속되고 있었다. 특히 일대제자들 중의 최고수인 송인혁마저 패하자 화산파의 분위기는 눈에 띄게 어두워졌다.

송인혁이 승리했다면 승패가 똑같아져서 승부의 추를 원점으로 돌려놓을 수 있었을 뿐 아니라 남은 고수의 수가 많아져서 오히려 유리한 위치에 올라서게 되었을 것이다. 그런데 송인혁이 패하자 일무이패로 일방적으로 몰리는 형태가 되었고, 남아 있는 고수도 두 명에 불과했다.

이제는 화산파의 누구도 이번 회람연에서 승리한다고 선뜻 장담할 수가 없는 상황이었다.

하나 의외로 검단현은 아직도 냉정함을 잃지 않고 있었고, 승리에 대한 확신도 변함이 없었다. 다만 그런 검단현조차도 소지산의 검법에는 내심 놀라지 않을 수 없었다.

'과연 노해광이 믿는 구석이 있었구나.'

검단현은 노해광이 순순히 연승식을 승낙한 것에 한 가닥 의구심을 가지고 있었다. 그러다 예상을 뛰어넘는 소지산의 검술을 보고는 그가 바로 노해광이 숨기고 있던 패(牌)였음을 알아차렸다.

송인혁을 상대로 보여 준 소지산의 무공은 강호의 어느 문파에 내놓아도 최고의 수준으로 평가받을 만한 것이었다. 비록 두 사람은 각기 매화검법과 유운검법이라는 한 가지 무공만을 사용했으나, 그 실력의 차이는 어느 정도의 안목을 가진 고수라면 누구나가 알 수 있을 정도로 확연했다.

신검무적의 사제인 옥면신권이 가공할 권법으로 강호의 후기지수 중 제일인자 소리를 듣고 있는 상황에서 그의 또 다른 사제마저 범상치 않은 실력을 보이고 있으니, 끝을 알 수 없는 종남파의 저력에 새삼 두려움을 느끼지 않을 수 없었다.

'확실히 신검무적의 사제다운 실력이다. 저 정도라면 젊은 층의 고수 중에는 적수가 드물 것이다.'

검단현은 다시 한 번 오늘이 욱일승천의 기세로 솟아오르는 종남파를 꺾을 수 있는 유일한 기회임을 절감했다.

'내 결정은 잘못된 것이 아니다. 오늘 종남파에게 더 이상의 승리는 없을 것이다.'

검단현이 그렇게 확신하는 이유는 곧 드러났다.

한 사람이 천천히 자리에서 일어나 앞으로 걸어 나오고 있었다. 그를 본 사람들의 웅성거림이 급속도로 커지더니 이내 대청 안을 뒤덮을 정도가 되었다.

"저 사람은 천절검사 단우진이 아닌가?"

"설마설마했는데, 천절검사가 벌써 나오는가?"

"화산파가 완전히 배수진(背水陣)을 쳤군."

"천절검사가 사장(四將)이라면 대체 오장(五將)으로는 누가 나온다는 거야? 아무리 머리를 굴려도 상상이 안 되는군."

중인들의 따가운 시선을 한 몸에 받고 있으면서도 그 사람의 표정은 한 점의 흔들림도 없었다.

수정처럼 맑고 차갑게 가라앉은 눈빛과 유난히 긴 두 팔, 그리고 곧게 편 허리와 장중한 듯 표홀한 걸음걸이까지 어느 한 구석 비범하지 않은 곳이 없었다.

턱과 뺨은 깔끔하게 면도를 하고 반백(半白)의 머리는 단정하게 뒤로 묶어 이마를 훤히 드러냈는데, 그래서인지 중년 정도로밖에 보이지 않았다. 하나 그의 나이는 육십이 넘은 상태였다.

그의 신분은 바로 화장파의 이장로였다.

천절검사 단우진!

화산파의 열 명의 장로 중 첫째인 십지매화검객 선우정은 외부 활동을 거의 하지 않았기에 장문인인 용진산이 자리를 비운 지금은 그가 실질적으로 화산파를 이끌고 있는 수장이라고 할 수 있었다.

그의 성정은 날카롭고 때로는 강직해서 많은 사람들이 두려워했다. 다소 온건한 노선의 용진산과 달리 화산파를 위해서는 강경한 수단도 불사하지 않아서 따르는 사람이 많았지만, 그만큼 적도 많았다. 그럼에도 그가 화산파 최고의 수뇌 중 하나로 굳건히 자리 잡을 수 있는 것은 그만큼 그의 무공이 높은 경지에 올라 있기 때문이다.

적지 않은 사람들이 그를 십지매화검객 선우정에 못지않은 실력자라고 믿고 있었고, 특히 위력이 강맹한 현천검결과 창궁십팔검(蒼穹十八劍)을 완성하여 강검(剛劍)으로는 자타가 공인하는 화산파 제일의 고수라고 인정받았다.

중인들은 오늘 회람연에 참석하는 인물들 중 단우진이 있음을 알고 있었기에 모두들 그가 제일 마지막으로 나서리라고 예상하고 있었다.

그런데 예상과 달리 그가 네 번째 비무에 나서게 되자 놀라움과 의아함을 동시에 느끼게 되었다. 단우진의 뒤에 나올 인물이 누구일지 짐작하기 힘들었기 때문이다.

통상적으로 이런 연승식의 비무에서는 가장 실력이 뛰어난 고수가 제일 마지막으로 나서는 법이었다. 그런데 아무리 생각해 보아도 지금 화산파에서 단우진을 능가하는 실력자는 쉽게 떠오르지 않았다.

이번 회람연을 주도한 검단현도 순수한 무공 실력으로는 단우진에 비해 약간의 손색이 있다는 것이 많은 사람들의 중론이었다.

더구나 종남파에서는 여전히 소지산이 출전할 것이 뻔했다. 단우진은 소지산의 사조인 전풍개와 비슷한 항렬이므로, 배분으로 따지자면 소지산에게는 할아버지뻘이나 마찬가지였다.

물론 화산파와 종남파의 배분은 때로는 좁혀지기도 하고 때로는 넓혀지기도 해서 일률적으로 구분하기 어려운 점이 있지만, 그래도 대체로 선대(先代)의 항렬을 서로 인정해 주는 분위기였다. 명문정파 사이의 비무에서는 가급적 비슷한 배분의 고수들이 겨루는 것이 통례였는데, 단우진이 나섬으로써 한 배(輩)도 아니고 두 배(輩) 항렬이 차이 나는 고수들끼리 대결하는, 쉽게 보기 힘든 광경이 벌어지게 되었다.

종남파 고수들의 표정도 그리 좋지만은 않았다.

특히 전풍개는 단우진의 출전에 의표를 찔린 듯한 표정이었다. 연회장에서 들어설 때부터 화산파의 진영에서 단우진을 발견하고는 내심 마지막 대결에서 그가 자신의 상대로 나서리라고 철석같이 믿고 있었던 것이다.

전풍개는 인상을 잔뜩 찡그리며 노해광을 돌아보았다.

"단가 놈이 벌써 나서다니 이상하군. 설마 화산파에서는 단가 놈만으로 이번 대결을 모두 이길 수 있다고 믿는 건 아니겠지?"

전풍개는 단우진과 비슷한 시기에 활동했기에 그에 대해 아는 바가 적지 않았다. 차갑고 직선적인 성격에 대외적으로 강경파인 그 때문에 종남파가 겪은 고초가 상당했기에, 그에 대한 전풍개의 감정은 몹시 나쁠 수밖에 없었다.

어찌 보면 전풍개와 비슷한 성정이라고 할 수 있었다. 아마 기산취악으로 전풍개가 종남파를 훌쩍 떠나지 않았다면 성격이 비슷한 두 사람은 언제고 격돌하여 서안 일대에서 한바탕 풍운을 일으켰을 게 분명했다.

하나 노해광의 얼굴에는 별반 걱정스러운 빛이 보이지 않았다.

"예상치 못한 일은 아닙니다. 검단현의 배후에 단우진이 있다는 것은 사숙께서도 이미 짐작하고 계시지 않았습니까?”

전풍개는 천연덕스러운 노해광의 반응이 못마땅한 듯 말투가 한층 거칠어졌다.

“누가 그걸 물은 것이냐? 단우진이 벌써 나섰다는 것은 그들이 무언가 술수를 부리고 있다는 뜻인데, 그에 대한 복안을 가지고 있느냐는 말이다.”

“그런 건 없습니다.”

“뭐라고?”

전풍개가 쌍심지를 켜며 그를 노려보았으나, 노해광의 표정은 여전히 담담했다.

“강호인들의 대결에서 순수한 무공으로 상대를 꺾는 일보다 중요한 것이 어디 있겠습니까? 그들이 무슨 술수를 쓰든, 무공으로 우리를 이기지 못하면 아무 소용이 없습니다.”

전풍개는 한동안 노해광을 쏘아보다가 조금은 가라앉은 음성으로 입을 열었다.

“제법 무인다운 말을 하는구나. 하나 그 말이 통하려면 단우진에게 쉽게 패해서는 안 된다. 지산이 그를 상대로 얼마나 버틸 수 있으리라고 보느냐?”

처음으로 노해광의 얼굴에 거의 알아차리기 어려울 정도로 희미한 미소가 떠올랐다. 하나 두 눈만큼은 오히려 더욱 차갑게 가라앉아 있었다.

“버티다니요. 저는 그가 적어도 단우진과 한 치의 물러섬도 없는 팽팽한 대결을 하리라 기대하고 있습니다.”

전풍개는 반신반의하는 표정으로 고개를 갸웃거렸다.

"그 녀석이 다른 누구보다도 무공 수련에 매진해 온 것은 나도 알고 있지만, 과연 단우진을 상대로 그럴 수 있겠느냐?"

단우진은 전풍개도 솔직히 이긴다고 선뜻 자신할 수 없는 무서운 고수였다. 직접 검을 맞대 본 적은 없었지만, 지금 눈앞에서 보이는 기도만으로도 그가 얼마나 뛰어난 검의 소유자인지 충분히 짐작할 수 있었다.

지난 이십여 년간 전풍개는 단 한순간도 손에서 검을 놓은 적이 없었지만, 단우진 또한 그런 세월을 보내왔음이 분명했다. 평생을 화산파의 검법과 함께 살아온 절정의 검객을 과연 젊은 나이의 소지산이 감당할 수 있을까? 혹여 크나큰 부상이라도 당해 전도양양한 앞길을 망쳐 버리게 되는 것은 아닐까?

전풍개의 주름진 얼굴에는 그러한 걱정의 빛이 고스란히 드러나 보였다.

노해광은 전풍개의 두 눈을 가만히 바라보며 낮게 가라앉으면서도 더할 수 없이 단호한 음성으로 말했다.

"소 사질을 믿으십시오. 그는 결코 호락호락하게 물러설 사람이 아닙니다. 사숙께서도 잘 아시지 않습니까?"

전풍개는 묵묵히 고개를 끄덕이고 있다가 혼잣말처럼 나직하게 중얼거렸다.

"알고 있지. 그래서 더 우려되는 거다. 저 녀석이라면 아무리 불리한 상황에 처하더라도 결코 스스로의 입으로 패배를 자인하지 않을 테니 말이다."

아주 작은 음성이었으나 전풍개를 주시하고 있던 노해광의 귀에는 똑똑하게 들렸다.

노해광은 소지산을 걱정스런 눈으로 쳐다보는 전풍개를 향해 소리 없는 음성을 내뱉었다.

'우리 중 누구도 패배를 생각하지 않습니다. 저 또한 어떤 일이 있어도 결코 제 입으로 패배라는 단어를 꺼내는 일은 없을 겁니다.'

전풍개는 짐작도 하지 못할 것이다.

노해광의 의중에 전풍개까지 출전하는 경우의 수는 존재하지 않았다. 무슨 일이 있더라도 그 전에 이번 회람연을 마무리하는 것이 그의 목표였고, 계획이었다.

그러기 위해서는 소지산의 힘이 절대적으로 필요했다. 그리고 노해광은 소지산에게 그러한 힘이 있다고 확신하고 있었다.

한 달 전, 노해광은 은밀히 종남파를 찾아가 소지산과 방취아에게 소중하게 간직하고 있던 천지유불란을 한 방울씩 주었다. 천지유불란은 공청석유에 버금가는 천고의 영약이어서 내공 증진에 커다란 효험이 있었다.

천지유불란을 복용한 두 사람의 내공은 기대대로 급격한 상승을 이루었다. 특히 천지유불란의 약효를 흡수하기 위해 보름간 폐관에 들어갔던 소지산은 임독양맥을 타통하는 쾌거를 이루게 되었다.

종남파의 제자들 중 누구보다 충후한 그였기에 내공의 바탕이 가장 탄탄한 편이었으나, 그래도 임독양맥을 타통하게 될 줄은 천지유불란을 선사한 노해광조차도 기대하지 않은 일이었다.

노해광이 화산파와 정면 승부를 결심하게 된 것도 소지산의 성취를 직접 눈으로 확인하고 난 후의 일이었다.

본시 진산월을 제외하고는 종남파에서 가장 뛰어난 검법을 지닌 소지산인지라, 이번 일은 그에게 날개를 달아 주는 것이나 마찬가지였다. 소지산은 다시 열흘간의 연공(練功)으로 자신이 얻은 기연(奇緣)을 완벽하게 소화해 냈고, 자연스레 검술의 경지 또한 이전과는 비교도 할 수 없을 만큼 상승했다.

노해광은 남들의 눈을 피해 수시로 종남파를 찾아가 소지산의 실력을 몇 번이고 지켜보았고, 마침내 나름대로의 확신을 가지게 되자 비로소 회람연을 준비했던 것이다.

그는 이런 사정을 누구에게도 발설하지 않았기에 전풍개조차도 소지산의 실력을 정확하게 알지 못하고 있었다. 적을 속이려면 먼저 자신의 편을 속이라는 말처럼 노해광의 그런 의도는 훌륭하게 적중하여 화산파라는 거대한 적을 좁은 골목으로 몰아넣을 수 있게 되었던 것이다.

만약 회람연을 하지 않고 계속적인 소모전을 벌였다면 당장은 우세할지 몰라도 문하 제자의 수가 현격하게 적은 종남파가 결국에는 화산파를 당해 내지 못했을 것이다. 설사 기적적인 승리를 거둔다 할지라도 그 후유증으로 인해 다시 오랜 세월 침체기를 겪게 될 것이 분명했다.

그런 의미에서 회람연은 노해광으로서도 절대로 놓칠 수 없는 기회였고, 정당하게 화산파를 누를 수 있는 최선의 방법이었다.

이제 판은 노해광이 의도한 대로 완벽하게 짜였다. 남은 문제는 과연 소지산이 그의 기대대로 멋지게 해치울 수 있느냐 하는 것이었다.

그 점에 관해서는 노해광도 절대적인 장담은 할 수가 없었다.

다만 노해광은 서로 수준이 비슷한 고수끼리의 대결이라면 결국 승부는 누가 더 승리에 강한 애착을 가지고 있느냐로 결정된다고 생각했다. 그리고 그러한 점에 있어서 적어도 이곳에 있는 어느 누구도 소지산을 능가하지는 못한다고 확신했다.

덤덤하고 무심한 겉모습과는 달리 누구보다도 끈질긴 투지와 강한 승부욕을 가진 사람이 바로 소지산이라는 사내였다.

'백중(伯仲)의 승부를 벌일 수만 있다면, 상대가 누구든 소지산은 절대로 승리를 놓치지 않을 것이다.'

이것이 오랫동안 소지산을 지켜본 노해광의 솔직한 평가였다.

그의 눈은 강한 기대와 염원을 담고 이제 막 싸움을 시작하는 소지산과 단우진에게로 향하고 있었다.

* * *

정말 화창한 날이었다.

구름 한 점 없는 하늘은 끝없이 청명해서 마음속까지 깨끗하게 씻어 주는 듯했다.

한세일은 한참이나 푸른 하늘을 올려다보고 있다가 문득 고개를 떨구었다. 시간은 어느새 미시(未時)를 향해 가고 있었다.

"벌써 시간이 이렇게 되었군."

그는 주위를 둘러보고는 천천히 걸음을 옮겼다.

오늘의 날씨는 너무 좋았다. 슬슬 더위가 몰려오는 계절임에도 산에서 불어오는 바람 때문인지 전혀 덥다는 느낌이 들지 않았고, 공기는 맑고 깨끗했으며, 하늘은 더없이 높고 푸르렀다.

누구라도 이런 날에는 마음이 넉넉해지고 기분이 상쾌해질 것이다.

"흥흥!"

한세일은 의미 모를 콧노래를 부르며 산길을 걸어갔다. 모처럼 옆구리에 매어 찬 장검이 이리저리 흔들리며 피부에 닿는 촉감이 그리 나쁘지 않았다.

그가 은둔해 있는 오운봉은 화산에서도 가장 중앙에 위치해 있었다. 그래서 어느 쪽으로도 산을 내려가기가 수월치 않았지만, 대부분은 취선대(聚仙臺)를 이용하는 것이 일반적이었다.

하나 오늘 한세일은 일부러 금쇄관(金鎖關)을 지나 연화봉 쪽으로 방향을 잡았다. 그곳은 화산에서도 가장 험한 지형이어서 일부러 연화봉을 구경하러 오는 사람들 외에는 거의 이용하는 자가 없었다.

연화봉 아래의 적선석(摘仙石)을 지나면 바로 가파른 벼랑이 나타나는데, 이 일대는 워낙 산세가 험해서 제대로 된 길이 없다시피 한 곳이었다. 하나 이 적선석을 내려가는 길이야말로 화산에서 서안으로 향하는 가장 빠른 지름길이었다.

한세일은 표홀한 신형으로 깎아지를 듯한 벼랑을 쉽게 타 넘어 불과 일각도 되지 않아 화산을 거의 빠져나올 수 있었다.

멀리 서안으로 가는 관도가 시야에 들어올 무렵이었다. 흥얼거리며 산을 내려가던 한세일이 문득 걸음을 멈추었다.

그의 시선은 멀지 않은 곳에 있는 커다란 암석군을 향했다.

짙은 송림 속에 파묻힌 듯 자리한 몇 개의 커다란 바위들은 보는 이의 가슴에 탄성이 일게 하는 멋진 풍경을 만들어 내고 있었다.

하나 한세일이 걸음을 멈춘 것은 그 바위들이 만들어 낸 풍경 때문이 아니었다.

"누군지 모르지만 앞으로 나오는 게 어떤가? 사나운 기세를 그렇게 푹푹 풍기고 있으니 모습을 숨긴 의미가 없지 않겠나?"

그러자 암석군 중 가장 커다란 바위 뒤에서 한 사람이 천천히 모습을 드러냈다.

흑의를 입고 검은 수염을 기른 차가운 인상의 중년인이었다. 허리춤에 매달려 있는 고색창연한 보검이 유난히 시선을 끌었다.

한세일은 흑의 중년인을 무심히 바라보다가 언뜻 입꼬리를 말며 희미하게 웃었다. 얼음장보다 차갑고 서늘한 웃음이었다.

"누군가 했더니 자네였군."

흑의 중년인은 그에게서 멀지 않은 곳에 멈춰 섰다.

"바로 나요."

"이십 년이 넘는 세월이 흘렀음에도 별로 변한 곳이 없군. 자네 나이도 환갑이 멀지 않았을 텐데, 여전히 젊어 보이는 게 신기하군. 무슨 비법이라도 있는 건가?"

언뜻 흑의 중년인의 얼굴에도 한 줄기 웃음이 떠올랐다. 한세일에 못지않은 싸늘한 웃음이었다.

"마음속에 복수심이 들끓는 자는 쉽게 늙지 않는 법이지."

"복수심이라. 섬뜩한 말이군. 나를 향해 칼이라도 갈아 왔단 말인가?"

"몇 년 전까지는 진짜로 칼을 갈았지."

한세일의 얼굴에 흥미롭다는 표정이 떠올랐다.

"그 뒤로는?"

"마음속의 칼도 너무 갈았더니 닳아서 없어지더군. 그래서 그 뒤로는 없어진 칼을 다시 만드는 데 주력했소."

한세일의 눈에서 한 가닥 날카로운 섬광이 피어올랐다. 평생을 검과 함께 살아온 한세일이니 흑의 중년인의 말이 무엇을 뜻하는지 쉽게 알아차렸던 것이다.

"그래서 마음속의 칼을 다시 만드는 데 성공했나? 아니, 내가 멍청한 질문을 했군. 성공했으니 내 앞에 다시 설 수 있었던 것이겠지."

흑의 중년인은 묵묵히 고개를 끄덕였다.

흑의 중년인은 오랫동안 장성 최고의 검객으로 불렸던 황성고검 나력지였다.

원래 나력지는 장성 일대에서 주로 활동하다 척박한 장성을 떠나 중원으로 넘어오게 되었다. 그의 발길이 제일 먼저 닿은 곳은 장성에서 멀지 않은 서안이었는데, 우연히 전풍개를 알게 되면서 그와 친분이 두터워지자 서안에 정착할까 하는 생각까지 하게 되었다.

그때 종남파는 종남삼검이 모두 건재했을 뿐 아니라 문하 제자들 중 촉망받은 인재들이 연이어 등장하면서, 그들이 잘 성장한다면 앞으로도 구대문파의 한자리를 굳건하게 유지할 수 있을 거라는 기대감을 품고 있었다.

당시 화산파의 제일가는 고수는 장문인인 검중선 사마원의 사제인 한세일이었다. 한세일은 본인의 이름보다는 정천검이라는 별호로 더욱 널리 알려져 있었는데, 워낙 성격이 과격하고 직선적인 데다 무공이 뛰어나서 장문인인 사마원조차도 그를 통솔하는 데 어려움을 겪을 정도였다.

한세일은 점점 몰락해 가는 종남파가 뛰어난 제자들의 등장으로 다시 부활할 조짐이 보이자 사전에 그런 기미조차 없애기 위해 종남삼검을 꺾으려 했다. 그가 첫 번째 목표로 삼은 사람은 종남삼검 중에서도 가장 저돌적이고 화산파에 적대적인 전풍개였는데, 마침 전풍개가 자리를 비운 사이 그의 집에 머물러 있던 나력지가 한세일의 앞을 막아서게 되었던 것이다.

한세일은 나력지의 신분을 알고도 조금도 꺼리지 않고 그를 향해 검을 뽑아 들었다.

두 사람의 승부는 불과 오십 초 만에 결판이 났다. 장성제일검과 화산파 제일검객의 대결치고는 싱거울 정도로 빠른 시간에 승부가 나 버린 것이다.

하나 그 내용을 살펴보면 살 떨리는 아슬아슬한 한 끗 차이의 승부였다.

당시 나력지는 혈우검법으로 명성을 떨치고 있었는데, 그중에서도 마지막 초식인 혈천홍은 아직 단 한 번도 상대를 살려 둔 적이 없는 무시무시한 위력을 지닌 검초였다.

나력지는 혈우검법으로 맞섰음에도 좀처럼 한세일에게 우세를 점하지 못하자 순간적으로 혈천홍을 펼쳐야 하나 말아야 하나 갈등이 일었다. 혈천홍은 전문적으로 상대의 인후혈을 노리는 수법이어서 일단 펼쳐지면 반드시 숨통을 끊어 버리기 때문에, 꼭 죽여야 할 상대가 아니면 함부로 사용하기 망설여졌던 것이다.

아무런 원한도 없는 화산파의 제일검객에게 혈천홍을 펼친다는 것은 화산파라는 거대한 상대를 적으로 삼을 각오를 하기 전에는 내리기 힘든 결정이었다.

하나 이내 그는 혈천홍을 사용하지 않을 수 없었다. 심후한 공력을 지닌 한세일에게 조금씩 수세에 몰리면서 오히려 목숨의 위협을 받는 상황에 처하게 된 것이다. 한세일의 검은 추호의 사정을 보지 않는 냉정하고 무자비한 것이어서 나력지는 몇 차례나 죽음의 위협을 느껴야 했다.

마침내 나력지는 비장한 각오를 하고 혈천홍을 사용했으나, 그 결과는 신통치 않아서 겨우 한세일의 어깨에 작은 상처를 내는 데 그치고 말았다.

대신 한세일의 검은 한 치의 사정도 보지 않고 나력지의 가슴을 관통했다. 한세일의 검이 심장이 있는 왼쪽 가슴을 파고들려는 마지막 순간에 사력을 다해 몸을 비튼 덕분에 오른쪽 가슴을 꿰뚫리고 만 것이다.

뒤늦게 찾아온 전풍개가 아니었다면 나력지는 그 자리에서 숨이 끊어지고 말았을 것이다.

기적적으로 목숨을 건진 나력지는 서안을 떠나 자신의 고향과도 같은 장성으로 돌아왔다. 자신의 방에 틀어박힌 채 패인(敗因)

을 분석했던 나력지는 이내 자신의 검이 한 가지 방식만을 고집하는 단조로운 것이라 최후의 순간에 한세일에게 공격 방향을 읽혔다는 것을 깨달았다.

혈천홍은 비록 빠르고 날카로웠지만 공격 방향은 오직 상대의 인후혈뿐이어서 발출하는 시기를 미리 알 수만 있다면 한세일 정도의 고수는 충분히 피할 수 있었던 것이다.

혈천홍을 사용하기 전에 몇 차례나 망설였던 것도 큰 원인 중 하나였다. 그 때문에 막상 혈천홍을 펼치자 한세일이 쉽게 그에 대한 대비를 할 수 있었던 것이다.

결국 자신의 심적(心的)인 동요와 혈천홍이 가진 한계가 패인임을 알게 된 나력지는 그 점을 보완하기 위해 오랫동안 폐관수련에 들어갔다.

그가 마음속의 칼을 없앴다는 것은 마음을 수련하는 과정에서 심검(心劍)의 경지에 들어섰다는 뜻이고, 새로운 칼을 얻었다는 것은 심검이 거의 완벽한 상태로 접어들었음을 의미하는 것이었다.

혈천홍 또한 단조로운 한 가지 검로가 아니라 열 군데의 각기 다른 방향을 노리는 무서운 초식으로 발전되었다. 나력지는 그 초식에 십마혈류라는 이름을 붙였다.

십마혈류를 창안하고 심검을 완성한 나력지는 실로 이십 년이 훨씬 지난 오랜 세월 만에 과거의 설욕을 위해서 다시 한세일의 앞에 나타나게 된 것이다.

한세일 또한 그동안 적지 않은 굴곡을 거쳐 왔다.

나력지를 격파한 여세를 몰아 종남삼검을 하나씩 꺾으려 했지만, 그때 마침 공교롭게도 한세일의 제자가 소림사의 고수와 시비가 붙게 되었다. 그리고 그 결과 한세일은 소림사 나한당의 당주인 굉수와 격돌하게 되었으며, 그에게 뜻하지 않은 패배를 당하고 오운봉 아래에 칩거하는 신세가 되고 말았다.

실로 종남파에는 천운(天運)이라 할 수 있는 일이었으나, 그로부터 얼마 후에 종남파는 소림사에서 형산파에 굴욕을 당하고 구대문파에서 쫓겨나고 말았으니 정말 한 치 앞을 내다볼 수 없는 게 세상의 일이라고 하지 않을 수 없었다.

한세일은 굉수에게 패한 후 스스로의 별호를 한천검으로 바꾸고 오운봉 아래를 내려오지 않았으나, 단 하루도 손에서 검을 놓아 본 적이 없었다.

언제고 다시 굉수와 재대결을 하여 그를 꺾을 생각에 수련을 거듭했으나, 몇 년 전 굉수가 죽었다는 소식을 듣고는 한동안 의욕을 잃고 잠시 방황하기도 했었다. 하나 종남파가 다시 부활했다는 것을 알게 된 후로는 새로운 목표를 정하고 무뎌진 마음을 새롭게 가다듬었다.

특히 종남삼검의 한 사람인 전풍개가 아직까지 살아남아 종남파 최고의 어른으로 불리며 종남파의 상징적인 존재가 되었음을 알게 되자 예전에 이루지 못했던 일을 다시 마무리 지을 생각에 검날을 더욱 예리하게 갈아 오고 있었다.

그러다 제자인 검단현에게서 종남파와의 회람연에 대한 이야기를 듣게 되었다.

한세일은 문득 떠오르는 생각이 있어 나력지를 향해 입을 열었다.

"오늘은 모처럼 일이 있어 하산하는 중이었는데, 하필이면 이십 년 동안이나 소식이 없던 자네가 지금 이 시간에 내 앞에 나타난 것이 너무 공교롭다는 생각이 드는군. 그 점에 대해 내게 할 말이 없는가?"

나력지는 선뜻 시인을 했다.

"원래 당신을 찾기 위해 화산을 뒤져야 하나 고민하고 있었는데, 누군가가 나에게 이곳에 가 보라고 하더구려. 오늘 이곳에 기다리고 있으면 당신을 만날 가능성이 있다고 말이오."

"허, 그런가? 내가 내려오지 않거나 다른 방향으로 갔다면 어쩌려고 했나?"

"그때는 무슨 수를 써서라도 당신을 만나게 해 주겠다는 약속을 받았소."

"누군가? 그 대단한 친구가."

"노해광이란 자요."

한세일은 가만히 그 이름을 뇌까려 보다가 고개를 끄덕였다.

"들어 본 적이 있군. 요즘 제자 녀석의 골머리를 제법 앓게 하는 자라고 하던데, 과연 한 가닥 재주가 있는 모양이군."

나력지는 팔을 자연스레 늘어뜨린 채 자신이 차고 있는 고검의 손잡이를 잡아 갔다.

"어차피 그가 아니었어도 우리는 조만간 만나게 되었을 거요. 오히려 이런 자리에서 만나는 것이 더 좋지 않겠소?"

한세일은 주위를 둘러보더니 이내 피식 웃으며 고개를 끄덕였다.

"그렇지. 이번에는 누구의 방해도 받지 않고 일을 마무리 지을 수 있겠군.”

한세일은 넌지시 과거에 전풍개의 도움으로 나력지가 목숨의 구원을 받은 일을 비꼬았으나, 나력지는 조금도 표정의 변화가 없이 무심한 음성으로 말을 받았다.

“확실히 과거의 은원을 마무리 짓기에는 좋은 날이오.”

소리도 없이 날카로운 검이 뽑혀 나와 주위에 시퍼런 검광을 뿌렸다.

한세일은 검을 뽑아 든 채 점점 맹렬한 기세를 일으키고 있는 나력지를 보고 있다가 문득 고개를 쳐들었다. 해는 이미 중천에서 조금씩 서쪽으로 기울어 가고 있는데, 아무리 생각해도 목표로 했던 시간까지 서안에 도착하기는 힘들어 보였다.

‘아무래도 이번에는 제자 녀석과의 약속을 지키지 못하겠군. 그 녀석이라면 내가 없어도 잘 해낼 수 있을 것이다.’

한세일은 옷자락을 올려 묶고 허리춤에 매달린 장검을 뽑아 들었다.

스릉!

차가운 검신에 따사로운 햇살이 비치자 새하얀 검광이 사방으로 퍼져 나갔다. 그 흐릿한 검광의 잔영을 보며 한세일은 하얀 이를 드러내고 웃었다.

“그렇군. 죽기에는 좋은 날이야. 자네는 정말 좋은 날을 골랐군.”

제 349 장
적수일만(滴水溢滿)

제349장 적수일만(滴水溢滿)

단우진의 검은 정말 무서웠다.

그가 주로 사용하는 검법은 현천검결이었다. 원래 현천검결은 십이 초로 된 검법으로, 날카롭고 위력이 강맹하기는 하나 정교함은 다소 떨어진다는 평가를 받고 있었다. 하나 단우진의 손에서 펼쳐지는 현천검결은 보는 이를 섬뜩하게 할 정도로 무서운 위력을 지니고 있으면서도 현오하고 정교하기 이를 데 없어, 천하의 어떤 검법에도 뒤지지 않아 보였다.

심지어 현천검결에 대해 어느 정도 알고 있는 사람조차도 지금 단우진이 펼치는 것이 진짜 현천검결인지 의심할 정도로 전혀 다른 위력을 발휘하고 있었다.

파파파팍!

대청 안이 온통 그가 뿌리는 검영에 휩싸여 아무것도 보이지 않을 정도가 되었다.

그 검영의 회오리 속에 있는 소지산의 신형은 끊임없이 흔들리고 있었다. 얼핏 보기에는 금시라도 검영에 산산조각 날 것처럼 위태로운 듯했지만, 소지산의 몸이 흔들릴 때마다 검영의 일부분이 조금씩 깨어져 나가고 있었다. 소지산의 손에 들린 검은 별다른 변화가 없이 허공의 한 부분을 찔러 대고 있었는데, 그때마다 그에게 다가오던 검영들이 조각조각 부서지고 있는 것이다.

얼핏 보기에는 장난스러운 동작 같아도 소지산의 일검 일검에는 상대의 검이 움직이는 주요한 경로를 막아서는 효과를 지니고 있었다. 그 때문에 금시라도 그를 천참만륙 내어 버릴 듯한 기세로 다가들던 단우진의 검이 마지막 순간에 그의 몸에 닿지 못하고 있었다.

특별한 검법을 펼치는 것 같지도 않고, 그렇다고 절세의 보법을 사용하는 것 같지도 않음에도 거의 제자리에 서서 단우진의 가공할 현천검결을 유효적절하게 막아서는 그 광경은 보는 이를 놀라게 하기에 충분했다.

심지어 소지산에 대해 어느 누구보다 잘 알고 있다고 생각하는 전풍개조차도 눈을 부릅뜬 채 경악 어린 표정을 짓고 있었다.

'저런 검지부동(劍支不動)의 자세는 상대의 검에서 흘러나오는 검기의 흐름을 소상하게 파악하지 않고서는 펼치기 힘든 것인데……. 저 녀석의 무공이 언제 저런 경지에 이르러 있었단 말인가?'

소지산이 종남파를 떠나 서안으로 내려온 것은 불과 칠팔일 전의 일이었다. 그사이에 그의 무공이 갑자기 높아졌을 리는 없으니 그 전에 이미 그와 비슷한 경지에 도달해 있었다는 뜻이었다.

그럼에도 전풍개는 그 사실을 전혀 인지하지 못하고 있었다.

'그러고 보니 내가 저 녀석의 검을 본 것도 제법 오래전(滴法)의 일이었군.'

그제야 전풍개는 자신이 은연중에 소지산을 자신의 아래로 보고 그의 실력을 제대로 판단하지 않았다는 것을 깨달았다. 초가보와 싸울 때의 일만 생각하고 그의 무공 수준을 낮추어 평가해 왔던 것이다.

초가보와의 싸움 이후 소지산은 정말 피나는 노력을 계속해 왔다. 장문인인 진산월이 몇몇 제자들을 데리고 제이차 강호행을 떠난 뒤로는 짬짬이 문파의 일을 봐야 하는 바쁜 와중에도 그 외의 나머지 시간을 모두 무공을 수련하는 데 할애했다.

연인인 방취아를 만나는 시간조차 식사를 할 때를 제외하고는 거의 없다시피 했다. 방취아 또한 응계성에게 줄 신법을 만든답시고 하루 종일 자신의 거처에 틀어박혀 있을 때가 많아서 남들이 보기에는 서로 일부러 얼굴을 보지 않으려 하는 게 아닌가 하는 의구심이 들 정도였다.

그런 소지산의 무공이 하루가 다르게 발전하는 것은 불을 보듯 뻔한 일이었다.

전풍개은 소지산의 그런 모습을 옆에서 지켜보면서 마음 든든함을 느낀 적이 한두 번이 아니었다. 그럼에도 소지산의 실력이 자신에 버금갈지도 모른다는 생각은 상상으로라도 해 본 적이 없었다.

그런데 지금 눈앞에 보이는 소지산의 실력은 결코 자신의 아래가 아니었다. 아니, 자신이라고 해도 저토록 삼엄한 검기의 한가운데에서 저렇게 침착하고 담담한 모습을 보여 주지는 못했을 것이다.

사람은 나무가 되고, 검은 가지가 되어 자신에게 불어오는 거센 바람에 흔들림 없이 맞서 간다는 검지부동은 상대의 검을 보는 안목과 자신의 검을 마음먹은 대로 조절할 수 있는 능력이 없으면 절대로 도달할 수 없는 경지였다. 또한 검과 몸이 하나가 되는 신검합일(身劍合一)로 가는 가장 중요한 길목이기도 했다. 검지부동이 검신동체(劍身同體)가 되고, 그것이 발전하여 결국 신검합일에 이르게 되는 것이다.

소지산이 검지부동의 경지에 오른 것을 눈으로 직접 보고 나서야 전풍개는 이번 비무의 결과에 어느 정도의 기대를 갖게 되었다.

단우진 또한 소지산이 특별한 초식을 사용하지 않고 자신의 현천검결을 파훼해 가는 모습을 똑똑히 보았다. 오히려 직접 검을 맞대고 그와 겨루고 있기에 그의 실력을 더욱 정확하게 파악할 수 있었다.

'젊은 나이답지 않게 침착하고 검에 대한 오의(奧義)가 뛰어날 뿐 아니라 내공 또한 내 아래가 아니군.'

단우진은 그에 대한 평가를 자신과 동급으로 상승시켰다. 그러자 그의 검 또한 지금까지와는 다른 변화를 일으키기 시작했다.

스스스슷!

마치 사방으로 모래를 뿌리는 듯한 기이한 음향과 함께 그의 검에서 시퍼런 검기가 줄기줄기 흘러나왔다. 난폭할 정도로 거칠고 과격하게 움직이던 검로가 유연하게 변하며 자연스레 속도도 늦추어졌다.

조금 전만 해도 새하얀 검영으로 뒤덮여 있던 장내의 분위기 또한 일변했다. 검영은 보이지 않고 지금은 푸르스름한 기운만이 흐릿한 빛을 뿌리고 있을 뿐이었다.

조금 전보다 훨씬 부드러워 보이는 검법이었는데, 어찌 된 일인지 지금까지 한 자리에만 머물러 있던 소지산이 처음으로 뒤로 훌쩍 물러나는 것이었다.

다음 순간, 물러섰던 소지산의 몸이 맹렬히 앞으로 질주하더니 그의 검에서 빛살 같은 검광이 줄기줄기 뿜어져 왔다.

조금 전과는 전혀 다른 양상이었다. 금시라도 상대를 난도질할 듯 매섭게 몰아붙이던 단우진의 검은 푸르스름한 검광만을 남긴 채 미끄러지듯 유연하게 움직이고 있었는데, 반대로 거대한 고목나무처럼 그 자리에 우뚝 선 채 최소한의 반응만으로 대응하던 소지산이 옷자락을 펄럭이며 질풍 같은 기세로 새하얀 검광을 뿌려대고 있는 것이다.

전혀 달라진 두 사람의 모습이었으나, 한 가지만은 이 자리의 누구라도 분명하게 알 수 있었다.

두 사람 사이의 대결이 조금 전과는 비교도 할 수 없을 만큼 심오하면서도 흉험해졌다는 것이었다. 이제는 단 한순간 만에 승부가 결정되어도 하나도 이상하지 않은 상황이었다.

그만큼 두 사람이 펼치는 검법의 기세는 놀라웠고, 변화는 현오막측했다.

단우진이 펼치고 있는 것은 바로 창궁십팔검이었다.

원래 창궁십팔검은 화산파의 많은 검법 중에서도 익히기가 까다롭고 특징이 애매해서 그다지 인기 있는 검법은 아니었다. 매화검법처럼 현묘하지도 않았고, 현천검결처럼 강맹하지도 않았으며, 양의무극검법처럼 복잡하고 연환하는 맛도 없었다. 그렇다고 조화무궁검법(造化無窮劍法)처럼 지고(至高)의 경지를 엿볼 수 있는 무공도 아니었다.

그럼에도 검로의 변화가 워낙 복잡할 뿐 아니라, 최소한 검기를 자유자재로 뽑아내지 못하면 검초를 이어 나갈 수 없을 정도로 공력의 소모가 막심해서 화산파에서도 이 창궁십팔검에 매진하는 사람은 극소수에 불과했다.

단우진은 그런 극소수의 인물들 중에서도 유일하게 창궁십팔검을 십이성(十二成) 연마한 사람이었다.

지금 그의 손에서 펼쳐지는 창궁십팔검은 그동안 알려진 세간의 평가를 비웃기라도 하듯 더할 수 없이 현묘했고, 부드러운 가운데 무시무시한 살수를 품고 있었으며, 도도한 강물처럼 끝없이 이어져 상대로 하여금 숨 쉴 틈도 주지 않고 있었다.

그에 맞서는 소지산의 검법 또한 범상치 않아 보였다.

마치 섬전을 방불케 하듯 빠르고 날카로우면서도 눈이 어지러울 만큼 현란하기까지 했다. 더구나 검초의 흐름이 갈수록 거세어져서 이대로 가다가는 누구라도 그 거센 흐름에 휩쓸려 헤어 나오지 못할 것 같았다.

종남파의 검법에 대해 나름 알고 있다고 자부하는 몇몇 고수들이 연신 고개를 갸웃거리고 있었다. 아무리 생각해 보아도 지금 소지산이 펼치는 검법이 어떤 것인지 짐작조차 가지 않았던 것이다.

'천하삼십육검이나 유운검법은 분명히 아니다. 그렇다고 성라검법이나 월녀검법도 아닌 것 같고……. 신검무적의 검법은 짐작이라도 갔는데, 저건 도무지 모르겠구나.'

그들이 의아해하는 것도 무리는 아니었다.

소지산이 펼치고 있는 검법은 장장 이백 년이 넘는 세월 동안 실전되었던 것이기 때문이다.

종남오선이 건재했던 시절에 삼락검은 종남파를 대표하는 검법이었다. 각기 강력함과 빠름, 변화무쌍함에서 당시 무림의 어떤 검법에도 뒤지지 않는 위력을 지닌 삼락검은 종남오선과 함께 종남파의 이름을 구대문파의 가장 앞줄로 이끌어 준 상징과도 같았다.

하나 종남오선이 모습을 감춘 후 삼락검 또한 하나둘씩 사라져 종내에는 어느 것도 남아 있지 않게 되었다. 종남파의 실질적인 몰락이 시작된 것도 그즈음이었다.

그 삼락검 중 하나인 낙하구구검이 실로 오랜 침묵을 깨고 드디어 정식으로 강호 무림에 그 모습을 드러내게 된 것이다.

소지산이 낙하구구검을 처음으로 펼친 것은 초가보와의 싸움 때였다. 하나 당시 그의 검을 목격했던 자들은 모두 검하고혼(劍下孤魂)이 되고 말았으니, 실제로 낙하구구검이 강호인들에게 본격적으로 보여지는 것은 지금이 처음이라고 할 수 있었다.

낙하구구검은 혈선 정립병이 남겨 놓은 구종비기 중에서도 태진강기와 함께 가장 중요한 무공이었다. 떨어지는 무지개를 아홉으로 베고, 그것을 다시 아홉 등분하는 식으로 끝없이 변화를 일으키는 이 검법은 그 변화무쌍함만큼이나 위력 또한 강력하기 그지없었다. 과거 정립병이 이 낙하구구검을 펼치면 상대는 눈앞이 어지러워 제대로 방비도 하지 못하고 쓰러지고 말았다.

그 때문에 당시 정립병을 혈선보다는 염라검객이라고 부르는 자들이 더 많았다. 일단 검을 펼치면 반드시 상대를 쓰러뜨리고야 마는 이 낙하구구검은 특히 연환할수록 더욱 위력이 강해지는 특성을 가지고 있었다.

하나 그만큼 익히는 것도 까다로워서 소지산조차도 아홉 초식을 모두 연환하기 시작한 것은 천지유불란을 복용하여 임독양맥이 타통된 후부터였다. 낙하구구검의 후반 삼절초는 최소한 일 갑자 이상의 내공을 필요로 하는 것이어서 그동안은 아무리 노력해도 내공의 부족 때문에 후반 절초들을 제대로 펼칠 수 없었던 것이다.

처음 노해광이 자신과 방취아에게 천지유불란을 가져왔을 때 소지산은 고마움을 느꼈을지언정, 이것으로 자신의 인생이 변할 수도 있다는 것을 미처 알지 못했었다. 하나 천지유불란 한 방울을 복용한 순간, 그는 그동안 자신을 무겁게 짓누르고 있던 내공의 부족을 벗어던질 수 있었다.

같이 천지유불란을 복용한 방취아가 어느 정도의 내공이 늘어난 것에 비하면 이해하기 어려울 정도로 놀라운 성과였다.

노해광은 그것을 두고 '한 방울의 물로도 잔은 넘친다'고 했다. 소지산의 내공이 이미 그의 그릇을 가득 채우고 있었기에 천지유불란의 약효가 그 이상의 효과를 내었다는 의미였다.

"이것은 모두 그동안 네가 얼마나 충실히 내공을 쌓아 왔는지를 의미하는 것이다. 그러니 너는 좀 더 네 자신을 자랑스러워해야 할 것이다."

노해광은 그렇게 말하며 소지산의 어깨를 두드려 주었다. 그때 노해광의 얼굴에 가득 떠올라 있는 환한 미소는 소지산으로서도 처음 보는 것이었다.

임독양맥이 타통된 후 소지산은 샘물처럼 솟구쳐 오르는 내공을 가다듬는 와중에도 낙하구구검의 연마에 전력을 기울였다.

낙하구구검을 처음으로 연환하게 된 것은 임독양맥을 뚫은 지 이틀 후의 일이었다.

그동안 초식의 변화와 세세한 흐름까지 수백 번을 연마했었지만, 항상 마지막 순간에 내력이 끊겨 좌절했던 소지산은 도도한 내공의 흐름이 끝까지 이어져 낙하구구검의 마지막 초식인 자하천래가 완벽히 펼쳐지던 순간을 영원히 잊지 못할 것이다.

도저히 깰 수 없는 거대한 벽(壁)과도 같았던 자하천래는 언제 그랬냐는 듯 하늘을 뒤덮는 가공할 광경을 연출하더니 이내 자연스럽게 첫 번째 초식인 채홍서천(彩虹西天)으로 이어졌다. 그리고 뒤이어 반천홍염(盤天虹染)과 경홍섬전이 전개되면서 끝없는 순환을 계속했다.

소지산은 그날 밤이 새도록 낙하구구검을 수없이 연환했고, 그로부터 삼 일 후에야 비로소 연공실을 빠져나왔다. 그리고 이제 화산파와의 회람연에서 낙하구구검의 진정한 위력을 초현(初顯)하고 있는 것이다.

단우진은 소지산이 펼치는 검법이 정확히 어떤 것인지 알지는 못했지만, 그것이 자신의 독보적인 창궁십팔검에 조금도 못지않은 절학이라는 것은 피부로 생생하게 느끼고 있었다. 창궁십팔검의 전반부 여섯 초식을 모두 펼쳤음에도 좀처럼 상대에게서 우세를 점하지 못하고 있는 것이다.

단우진은 창궁십팔검을 모두 완성한 이후 스스로의 검에 절대적인 자신감을 가지고 있었다.

원래 창궁십팔검은 무형(無形)의 검기를 유형(有形)으로 발현할 수 있어야만 비로소 본연의 위력을 발휘하는 무공이었다. 검기가 눈으로 확연히 보일 정도로 유형화(有形化)된다는 것은 검에 대한 경지가 절정에 이르러 있음을 의미하는 것이었다. 그러한 상태에서 펼치는 창궁십팔검은 실로 무시무시한 위력을 지니고 있어서 뛰어난 실력을 지닌 고수라도 전반부 여섯 초식을 제대로 받아 내지 못할 정도였다.

그런데 이제 이십 대 중반으로 보이는 소지산이 창궁십팔검의 전반부 여섯 초식을 너무도 수월하게 막아 내고 있으니 단우진으로서도 상대의 무공에 대해 새삼 놀라움을 금할 수 없었다. 다른 한편으로는 마음 깊숙한 곳에서 불같은 호승심이 일어나기도 했다.

'모처럼 창궁십팔검을 마음껏 펼쳐 볼 수 있는 상대를 만났구나.

다만 그 상대가 화산파의 제자가 아니라는 것이 정말 아쉽구나.'

단우진의 검이 한층 더 날카롭고 예리한 움직임을 보이기 시작했다. 물처럼 유연하고 부드러웠던 지금까지의 초식이 한층 빨라지며 구름 같은 기세가 피어올랐다.

그가 본격적으로 창궁십팔검의 중반부 여섯 초식을 전개하기 시작한 것이다. 중반 여섯 초식들은 하나같이 창궁십팔검의 본령을 나타내는 상승(上乘)의 수법들이었다.

소지산도 그에 맞서 낙하구구검의 절초들을 연거푸 펼쳐 내고 있었는데, 초식과 초식의 연계가 어찌나 매끄럽던지 마치 하나의 초식이 계속 이어지는 것 같았다.

특히 지금 홍하만천(紅霞滿天)에서 천강은홍으로 이어지는 연환식은 그야말로 보는 이의 입을 벌리게 할 만큼 현란하고 아름다웠다. 분명 새하얀 검광임에도 사람들의 눈에는 대청 안이 붉은 노을에 물드는 듯한 착각이 들 정도였다.

차차차창!

두 사람의 검이 허공에서 수십 차례 마주치며 귀청이 찢어질 듯한 음향이 거푸 터져 나왔다.

사방으로 흩날리는 검영들과 줄기줄기 뿜어 나오는 검광의 잔해들이 중인들의 눈을 어지럽혔다. 그들의 격돌하는 여파가 어찌나 대단했던지 사람들은 자신들도 모르게 주춤 뒤로 몇 걸음씩 물러나고 말았다.

한동안 두 사람은 격렬한 공방을 주고받았다.

두 사람의 검은 판이하게 다른 듯하면서도 비슷한 점이 있었다.

단우진의 검은 창궁십팔검이라는 이름답게 유연하면서도 거칠 것 없이 상대를 제압하는 호탕한 기세가 담겨 있었다. 공간과 공간을 이동하는 움직임도 현묘했고, 비어 있는 듯하면서도 막상 공격하려면 허점이 별로 보이지 않아 공수의 조화가 완벽에 가까웠다.

그에 비해 소지산의 검은 그야말로 보는 이의 넋을 빼앗을 만큼 화려하고 변화무쌍한 움직임을 보이고 있었다. 그 현란함에 조금이라도 시선이 홀렸다가는 어느새 엉뚱한 쪽으로 파고드는 검세에 속절없이 쓰러지고 말 게 분명했다.

외양으로는 완전히 다른 두 검법이었으나, 빈틈을 찾아보기 힘들다는 것은 똑같았다. 검법 자체에 화려한 공격을 뒷받침하는 탄탄한 수비가 밑바탕에 깔려 있는 것이다.

그래서인지 그들의 격전은 다른 어떤 고수들의 싸움보다 격렬하고 치열했다.

단우진의 검이 창공을 가르는 한 마리 매처럼 유연하게 허공을 가르며 소지산의 상반신을 위협할 때면 금시라도 소지산이 피투성이가 되어 바닥에 나뒹굴 것만 같았다. 또 소지산의 검이 벼락 같은 기세로 단우진에게 짓쳐 들 때면 단우진의 노구가 금방이라도 두 쪽으로 갈라져 버릴 것 같은 착각이 들었다.

중인들은 두 눈을 부릅뜬 채 눈앞에서 벌어지고 있는 젊고 늙은 무인들의 엄청난 싸움을 정신없이 지켜보고 있었다. 장내에는 적지 않은 사람들이 있었지만 오직 검날이 허공을 가르는 소리와 옷자락 펄럭이는 소리만이 흘러나올 뿐, 숨소리조차 들리지 않았다.

그만큼 모든 사람들의 신경은 온통 두 검객들이 펼치는 눈부신 검투(劍鬪)에 쏠려 있었다.

문득 전풍개의 입에서 자신도 모르는 탄식이 흘러나왔다.

"내가 잘못 생각했구나."

눈도 깜박이지 않은 채 격전을 지켜보고 있던 노해광이 의아한 얼굴로 그를 돌아보았다.

"무슨 말씀이십니까, 사숙?"

전풍개의 주름진 얼굴에는 말로 형용하기 어려운 복잡한 빛이 떠올라 있었다.

"나는 예전에 단우진이 무공을 펼치는 것을 본 적이 있기에 지금의 내 실력이라면 그를 충분히 상대할 수 있겠다고 생각했었다. 그런데 지금 보니 지난 세월 동안 단우진의 무공은 몰라볼 정도로 발전했구나."

"……."

"예전에는 분명 이 정도의 고수는 아니었던 것 같은데, 지금의 그는 전혀 다른 고수가 되어 있구나."

노해광은 침울한 표정의 전풍개를 위로했다.

"사숙이시라면 충분히 그와 좋은 승부를 하실 수 있을 겁니다."

전풍개는 묵묵히 고개를 끄덕였으나, 얼굴 한구석에는 여전히 씁쓸한 빛이 감돌고 있었다.

노해광이 막 무어라고 말하려 할 때였다.

차아앙!

그 어느 때보다 크고 격렬한 검명이 들려왔다.

두 사람은 황급히 장내로 시선을 돌렸다.

단우진과 소지산의 검이 허공에서 맞부딪힌 채 움직이지 않고 있었다.

그들과 같은 검객들이 싸우면서 검끼리 부딪치는 것은 흔하게 볼 수 있는 일이지만, 지금처럼 검신을 서로 맞대고 멈춰 있는 경우는 그리 흔치 않았다.

두 사람의 몸은 흐르는 땀으로 흠뻑 젖어 있었고, 옷의 여기저기가 검광에 갈라져 맨살이 그대로 드러나 보였다.

그럼에도 그들은 검을 맞댄 채 서로를 뚫어지게 응시하고 있었다. 그러다 누가 먼저라고 할 것도 없이 거의 동시에 뒤로 한 걸음씩 물러났다.

몇몇 사람들은 영문을 몰라 어리둥절한 기색이었으나, 검을 익힌 고수들은 사정을 알아차리고 탄성을 내질렀다.

눈 깜빡할 사이에 검의 경로가 수십 차례나 변하는 절정 검객들 사이에서 검과 검이 서로 마주친 채 꼼짝도 않는다는 것은 언뜻 이해가 되지 않는 일이었다. 하나 검술이 일정 경지 이상에 오른 고수들 사이의 결전에서는 간혹 벌어지는 일이기도 했다.

서로의 검초가 같은 곳을 노리고 날아들다가 검에 실린 힘과 검초의 다음 움직임이 똑같을 때는 지금처럼 두 자루의 검이 움직임을 멈추고 잠시 마주치게 되는 것이다. 검초에 담긴 힘과 검로, 다음 초식의 이동 방향이 모두 일치해야 가능한 일이었고, 그것은 곧 두 사람의 내공이나 검에 대한 경지가 막상막하임을 나타내는 것이기도 했다.

서로 떨어졌던 두 사람은 더욱 맹렬하게 부딪혀 갔다.

단우진은 어느새 창궁십팔검의 후반 초식들을 펼치고 있었는데, 창백해진 얼굴에 입술을 굳게 다문 모습이 전력을 다하고 있음이 분명해 보였다.

소지산 또한 여전히 무표정한 얼굴이었으나, 두 눈에서 흘러나오는 신광은 어느 때보다 강렬했다.

잠깐의 격돌로 검이 멈춘 것은 연환식을 사용하는 그에게는 불리하게 작용할 여지가 있었다. 낙하구구검은 검초를 계속 연환함으로써 그 진정한 위력이 나타나는 검법이었다. 잠시라도 멈춘다면 다시 연환될 때까지 아무래도 약간의 손색이 있을 수밖에 없었다.

하나 그러한 불리함이 오히려 소지산의 마음속 투지를 더욱 일깨우고 있는 것 같았다.

단우진의 검이 그 어느 때보다 섬뜩한 빛을 뿌리며 날아들 때, 소지산은 일검을 곧장 앞으로 내찔렀다. 그가 펼친 것은 낙하구구검의 후반 삼절초 중 하나인 홍예장공이었다. 홍예장공은 천강은홍에 이어지는 연환식으로도 위력이 뛰어났지만, 지금처럼 독자적으로 펼칠 때도 효과가 좋은 수법이었다.

차앙!

두 자루의 검이 허공에서 스치듯 지나치며 상대의 몸을 향해 거침없이 다가들었다.

단우진의 검은 소지산의 검신 아래쪽을 파고들어 가슴에서 아랫배 쪽으로 파고들었고, 소지산의 검은 단우진의 검날 위를 스치고 지나가며 정확하게 그의 미간을 노리고 날아갔다.

마치 양패구상이라도 하려는 듯 서로의 치명적인 부위로 날아가는 두 개의 검을 보자 주위에서 다급한 경호성이 거푸 터져 나왔다.

"아얏!"

"저…… 저런!"

하나 마지막 순간에 두 사람은 약속이나 한 듯 거의 동시에 옆으로 몸을 회전시켰다.

팟!

서로의 검이 옆으로 스치듯 지나가자 그들의 신형이 회전하는 기세를 살려 다시금 서로에게 맹렬한 기세로 돌진해 들어갔다.

단우진은 화산파의 독보적인 보법인 회선표(廻旋飄)를 이용해 소지산의 오른쪽 방향으로 날아가며 오른손을 세차게 흔들어 댔다.

파스스!

마치 대나무 숲을 바람이 스치고 지나가는 듯한 음향이 울리며 푸르스름한 검광이 안개처럼 자욱하게 소지산의 상반신을 뒤덮어 갔다. 이것이 바로 창궁십팔검의 후반 육 초식 중에서도 절초 중의 절초인 천공운해(天空雲海)였다.

소지산은 와선보를 밟으며 단우진의 왼쪽 옆구리를 향해 비스듬히 검을 움직여 갔다.

차차창!

두 사람의 검이 허공에서 수십 차례 맞부딪치며 핏물이 허공으로 튀어 올랐다.

중인들이 놀라 보니 단우진의 옆구리가 쩌억 갈라져 시뻘건 피가 흘러나오고 있었다.

소지산 또한 무사하지는 못했다. 그는 비록 낙하구구검의 여덟 번째 초식인 서천낙조(西天落照)로 단우진의 옆구리를 갈라놓았으나, 자신 또한 왼쪽 어깨와 앞가슴이 검날에 스쳐 상반신이 피투성이가 되었다.

하나 둘 중 누구도 뒤로 물러나는 사람은 없었다.

단우진은 이를 악물고 소지산을 향해 한 마리 비응처럼 날아가며 세차게 검을 휘둘렀다.

촤아아아!

하늘이 두 쪽으로 갈라지는 듯한 엄청난 검광이 폭포수처럼 흘러나왔다. 창궁십팔검의 최절초인 검단청천(劍斷靑天)이 가공할 기세로 소지산을 향해 퍼부어졌다.

그때 소지산은 검을 내밀고 있는 동작 그대로 몸을 멈추었다. 언뜻 보기에는 노도와 같은 기세로 자신을 향해 다가오는 검세에 압도당한 듯한 모습이었다.

하나 몸은 가만히 있었으나, 그의 검은 여느 때보다 세차게 흔들리고 있었다.

우우웅!

마치 벌 떼가 우는 듯한 음향이 들려오며 멈춰 선 그의 검에서 노을 같은 검광 한 줄기가 피어올랐다. 그 검광은 그의 몸을 휩쓸어 버릴 듯하던 푸르스름한 검광 한복판을 그대로 가르고 지나갔다.

주위가 갑자기 조용해졌다.

그토록 맹렬하게 움직이던 단우진과 소지산은 서로를 바라본 채 우뚝 서 있었다. 문득 단우진이 굳게 다문 입술을 살짝 열었다.

"이 초식의 이름이 뭔가?"

소지산은 담담한 음성으로 대답했다.

"자하천래라고 합니다."

"자하천래라. 정말 멋진 이름이군. 이것도 종남의 무공인가?"

"낙하구구검의 한 초식입니다."

단우진은 잠시 허공을 응시하다가 고개를 끄덕였다.

"들어 본 것도 같군. 오래전에 절전되었다고 알고 있었는데, 아닌 모양이군."

소지산은 그 말에 굳이 답하지 않았다.

"좋은 승부였네."

그 말을 끝으로 단우진은 천천히 몸을 돌렸다.

"아앗!"

화산파의 고수들이 비명을 내질렀다.

단우진의 아랫배가 쩌억 갈라지며 시뻘건 핏물이 샘솟듯 뿜어 나왔던 것이다.

몇 사람이 황급히 단우진에게 날아왔다.

"경거망동하지 마라."

단우진은 자신의 상세를 보며 어쩔 줄 몰라 하는 그들에게 오히려 호통을 쳤다. 그러고는 스스로 피가 흘러나오는 몇 군데 혈도를 지혈했다.

하나 워낙 상처가 깊어서 그의 하반신은 온통 피로 범벅이 되어 버렸다.

그럼에도 단우진은 눈살 한 번 찡그리지 않은 채 자신을 부축하려는 제자들의 손을 뿌리치고 스스로의 힘으로 화산파 진영까지 걸어갔다.

화산파 제자들 중 의술에 조예가 깊은 사람이 황급히 그의 상처를 봉합하기 위해 그를 후원으로 데리고 사라진 다음에야 중인들의 시선은 소지산에게로 향했다.

소지산의 몸도 정상은 아니었다. 그의 왼쪽 팔에는 뼈가 드러나 보일 정도로 깊은 검흔이 나 있었고, 앞가슴 또한 피범벅이 되어 있었다.

하나 그는 승자였다. 무심한 표정으로 대청 한복판에 우뚝 서 있는 그의 모습은 절대로 무너지지 않는 철탑을 보는 듯했다.

소지산이 단우진에게 득수할 수 있었던 것은 초식을 연환할수록 위력이 강해지는 낙하구구검 특유의 효능 덕분이었다. 특히 후반 삼절초는 그 자체만으로도 연환을 할 수 있기에, 홍예장공과 서천낙조에 이어 펼쳐진 자하천래가 본연의 위력을 발휘할 수 있었던 것이다.

제 350 장
결자해지(結者解之)

제 350 장 결 자해 지 (結者解之)

노해광이 재빨리 그에게 다가왔다.

"팔은 괜찮은 거냐?"

소지산은 특유의 무덤덤한 음성으로 대답했다.

"견딜 만합니다."

어느새 왔는지 전풍개가 불쑥 손을 내밀어 그의 왼팔을 붙잡았다. 소지산의 눈이 거의 알아차릴 수 없을 만큼 살짝 찌푸려졌다가 다시 펴졌다.

전풍개는 소지산의 왼팔을 살펴보고는 퉁명스런 음성을 내뱉었다.

"다행히 신경을 다치지는 않았지만, 검날이 상당히 깊은 곳까지 들어갔다. 무리하다가는 자칫 팔을 쓰지 못하게 될지도 모른다."

부상당한 부위는 왼쪽 팔뚝이었다. 한 뼘만 더 내려갔으면 예전에 치명적인 부상을 당했던 팔꿈치 부위를 다시 다쳤을 것이고, 그랬다면 영원히 왼팔을 제대로 사용할 수 없었을 것이다.

운이 좋았다고 할 수 있겠지만, 사실은 상대의 결정적인 일검을 왼쪽 팔뚝으로 막아 냈기 때문이다. 그곳이 그나마 가장 덜 위험한 부위라고 판단했던 것이다.

전풍개가 상처를 살피느라 베인 부분이 갈라져서 깊은 속살이 그대로 드러나 보였다. 통증이 무척 심할 텐데도 소지산은 별다른 표정의 변화가 없이 담담한 모습을 유지하고 있었다.

"무리할 생각은 없습니다. 다만 아직은 검을 더 휘두를 수 있다는 걸 말씀드리고 싶군요."

전풍개의 눈초리가 하늘로 치켜 올라갔다.

"두 명이나 꺾어 놓고도 아직도 부족하단 말이냐? 화산파에서 누가 나오든 남아 있는 놈은 우리에게 맡기도록 해라."

문득 소지산은 전풍개의 얼굴을 정면으로 바라보았다. 항상 예의와 공손함을 잃지 않았던 소지산에게서는 좀처럼 볼 수 없는 모습이었다.

"사숙조님."

소지산이 묵직한 음성으로 자신을 부르자 전풍개는 물론이고 옆에 있던 노해광까지 흠칫하여 그를 바라보았다.

헝클어진 머리카락 사이로 내비치는 소지산의 눈빛은 언제나처럼 맑고 정명했으나, 그 안에는 평상시와는 다른 강인한 무언가가 담겨 있었다.

"지금까지 본 파의 최우선 과제는 생존이었습니다. 강호에서 살아남는 것이야말로 저희들에게는 지상 명제와도 같은 것이었습니다. 하지만 이제는 다릅니다."

"……!"

"이제 우리는 군림을 목표로 하고 있습니다. 그러기 위해서는 단순히 승리하는 것만이 아니라, 상대를 압도해야 할 필요가 있습니다."

전풍개는 딱딱하게 굳은 얼굴로 물었다.

"하고 싶은 말이 무엇이냐?"

"본 파가 화산파에 승리하는 것도 중요하지만, 그들로 하여금 두 번 다시 도발할 생각을 하지 못하도록 억제하는 것이 더욱 중요합니다. 화산파뿐 아니라 다른 누구라도 본 파를 적대시하려 한다면 몇 번이고 심사숙고하게 만들어야 합니다."

항상 자신을 낮추어 왔던 소지산의 입에서 나온 말이라고는 믿기지 않을 정도로 강하고 신념에 찬 음성이었다.

"그래서 이번 비무는 제가 마무리 짓고자 합니다. 그게 저의 의지입니다."

"너의 의지라고?"

소지산은 더 이상 아무 대답도 하지 않고 그를 향해 정중하게 고개를 숙였다.

전풍개는 그런 그의 모습을 복잡한 눈으로 한참 동안 바라보고 있다가 낮게 가라앉은 음성으로 입을 열었다.

"한창 뻗어 나가는 제자의 기세를 꺾을 수야 없지. 정녕 네 의지가 그러하다면 네 뜻대로 해 보도록 해라."

"감사합니다."

소지산은 다시 한 번 그를 향해 예를 표하고는 붕대로 왼쪽 팔뚝의 상처를 동여맸다. 붕대가 단단히 매인 것을 확인한 소지산의 고개가 천천히 움직였다. 그의 두 눈에 창백하게 굳은 얼굴로 서 있는 검단현의 모습이 들어왔다.

전풍개와 노해광이 다시 자리로 돌아가고 소지산이 그 자리에 우뚝 서 있자 주위에서 웅성거림이 더욱 크게 일어났다. 왼팔에 적지 않은 부상을 입고 있음에도 여전히 소지산이 다섯 번째 비무에 나선다는 것을 뒤늦게 알아차린 사람들의 놀람에 찬 시선이 그에게 쏟아졌다.

회람연의 결과는 이미 절반 이상 정해진 것이나 마찬가지였다.

모두의 예상을 깨고 비무는 일방적인 종남파의 우세로 기울어가고 있었다. 네 번의 비무 중 종남파는 한 번도 패하지 않고 삼승일무(三勝一無)를 거두었다. 그에 비해 우세하리라 예상했던 화산파는 단 한 번의 승리도 거두지 못하고 막판으로 몰리고 말았다.

더구나 현재 화산파를 실질적으로 이끌고 있는 천절검사 단우진의 패배는 다른 무엇보다 충격적인 것이었다. 그 상대가 종남파의 이십 대 중반의 젊은 고수라는 점에서 그것은 가히 강호 무림 전체를 경동시킬 만한 놀라운 일이었다.

화산파 진영의 고수들은 하나같이 표정이 침울했고, 기세가 꺾어져 패색이 완연한 모습이었다. 그중에서도 검단현의 안색은 보는 사람이 민망할 만큼 처참하게 구겨져 있었다.

검단현은 눈앞의 현실을 받아들일 수 없었다.

단우진은 그의 사부인 한세일을 제외하고는 화산파의 누구도 쉽게 상대하지 못할 뛰어난 검객이었다. 그가 펼치는 창궁십팔검은 보는 이를 놀라게 할 만한 절세의 절학이었고, 내공 또한 심후해서 화산파의 이장로라는 이름에 전혀 부끄러움이 없는 인물이었다.

또한 그는 자신의 든든한 후원자이기도 했다.

그런 단우진이 패했다는 것은 지금까지 검단현을 지지해 온 많은 것들이 송두리째 무너졌음을 의미하는 것이었다.

더욱 중요한 것은 미시가 훨씬 넘었음에도 불구하고 사부인 한세일이 아직도 오지 않았다는 것이었다.

한세일의 등장이야말로 이번 회람연에서 종남파를 꺾을 회심의 비책이었다. 단우진과 한세일이라면 종남파에서 누가 나온다 할지라도 적수가 되지 못한다는 것이 검단현의 절대적인 믿음이었다.

그랬기에 앞선 세 사람의 비무자를 자신의 뜻에 맞는 인물들로 꾸밀 수 있었으며, 그들이 별 성과를 거두지 못하고 물러났음에도 여유를 잃지 않을 수 있었던 것이다.

그런데 단우진은 뜻밖의 패배를 당해 버렸고, 사부인 한세일은 약속한 시간이 지났음에도 아무런 소식이 없었다. 한세일의 평소 성정을 생각한다면 도저히 있을 수 없는 일이었다.

검단현의 마음속에 짙은 불안감이 피어오르기 시작했다.

'혹시 사부의 신상에 무슨 변고가 일어난 것은 아닐까?'

하나 한세일은 화산에서도 가장 깊숙한 곳에 칩거해 있었을 뿐 아니라, 화산을 떠나 이곳까지 오는 길도 사람들의 눈을 피해 최대한 은밀한 경로로 이동하기로 했기에 남들의 눈에 쉽게 뜨일 리가 없었다.

설사 그의 행적을 누군가가 발견했다 할지라도 한세일의 걸음을 막을 만한 사람은 서안 일대에는 아무도 존재하지 않았다. 적어도 검단현은 그렇게 생각하고 있었다.

그때 문득 검단현의 뇌리에 얼마 전에 보았던 한 사람이 떠올랐다.

산해루의 삼 층에서 불쑥 나타나 자신의 계획을 산산이 깨어지게 한 차가운 인상의 중년인. 그의 얼굴을 떠올리자 검단현의 머릿속에는 한 가지 불길한 생각이 섬전처럼 스치고 지나갔다.

'황성고검은 사부와 오랜 원한 관계에 있는 자다. 그가 이십여 년 만에 불쑥 그 자리에 나타난 것이 과연 순수한 우연이었을까? 그가 그 자리에 나타났었다면 다른 어느 곳에도 나타날 수 있다는 뜻이 아니겠는가?'

불현듯 떠오른 몇 가지 생각에 검단현의 얼굴이 헬쑥하게 굳어졌다.

그러다 무심코 고개를 돌린 그의 눈에 노해광의 얼굴이 들어왔다. 그와 시선이 마주치자 노해광은 살짝 웃어 보였다. 의미를 알기 힘든 미소였으나, 그 웃음을 보는 순간 검단현은 한세일이 아직까지 모습을 드러내지 않는 진정한 이유를 알아차렸다.

'저자로구나! 저자가 황성고검으로 하여금 사부의 발길을 막아

서게 한 것이 틀림없다!'

검단현은 뒤늦게나마 진실을 알아냈다. 하나 그렇다고 해서 달라지는 것은 아무것도 없었다.

단우진은 신검무적의 사제인 소지산에게 패했으며, 화산파는 벼랑 끝으로 몰리는 신세가 되었다.

화산파에서 단우진보다 뛰어난 고수는 세 명뿐인데, 장문인인 용진산은 무당산에서 돌아오는 길이었고, 수석 장로인 선우정은 자신의 거처에 칩거한 채 이번 회람연에 모습을 드러내지 않았다.

그리고 유일한 희망인 한세일은 상대의 술책에 발이 묶여 참석이 불투명한 상황이었다.

일이 이렇게 되고 보니 검단현은 앞선 세 번의 비무가 너무나 아쉬웠다. 강경일변도인 단우진과 자신의 정책에 불만을 품고 거처에서 나오지 않고 있는 선우정도 원망스러웠고, 노해광의 술책을 미리 대비하지 못한 자신의 소홀함에도 심한 자책감이 들었다.

검단현이 이런저런 생각으로 복잡한 표정을 짓고 있는 사이에도 소지산은 여전히 대청의 중앙에 우뚝 선 채 그를 바라보고 있었다. 그리고 점차 시간이 흐름에 따라 장내의 시선도 하나둘씩 그에게로 향하고 있었다.

이제는 결정을 내려야 할 때였다.

누군가는 나서서 회람연의 마지막을 장식해야 했다.

검단현은 화산파 진영을 돌아보았다. 그와 시선이 마주친 몇몇 사람은 고개를 돌렸고, 몇몇 사람은 추궁하는 표정으로 그를 노려보고 있었다.

누구 하나 그를 위로하거나 격려해 주는 사람은 없었다.

갑자기 검단현은 심한 외로움과 격한 피로감을 느꼈다. 평생을 화산파의 제자로 살아오면서 단 한 번도 느껴 보지 못했던 감정들이었다.

절망적인 상황이었으나, 검단현은 갑자기 피식 미소를 흘렸다. 독기와 악기가 뒤섞인 섬뜩한 미소였다.

'아직 승부는 끝난 게 아니다. 나에게는 아직 남겨 둔 수가 있다.'

회람연에서 승리한다 한들, 본산을 잃어버린 종남파가 과연 강호의 대문파로 우뚝 설 수 있을까?

자신의 본거지조차 제대로 지키지 못한 오명을 과연 씻어낼 수 있을까?

설사 그럴 수 있다고 한들 그때의 종남파를 화산파는 더 이상 두려워하지 않을 것이다.

'내가 잘못된 것이 아니다. 나는 본 파를 위해 의당 해야 할 일을 했을 뿐이다. 그리고 그 결과는 후일 판가름 날 것이다.'

검단현은 입술을 질끈 깨문 채 천천히 몸을 일으켰다. 그러고는 주저하지 않은 걸음으로 소지산을 향해 성큼성큼 걸어가기 시작했다.

소지산은 자신의 앞으로 다가오는 검단현을 무심한 눈으로 바라보고 있었다. 조용하고 담담한 시선이었으나, 그 속에는 한 줄기 차가운 빛이 감돌고 있었다.

종남파와 화산파는 오랜 숙적이었지만, 그동안은 일정한 선 이상을 넘지 않아 왔다. 소소한 다툼은 있을지언정, 문파의 사활까지 내걸면서 격렬하게 맞부딪힌 적은 없었다.

하나 검단현이 서안의 책임자로 부임하면서 양 파 사이의 분쟁은 피를 부르는 혈전(血戰)으로 바뀌었고, 종내에는 양 파의 모든 것을 건 회람연까지 벌어지게 되었다. 분쟁이 격화된 최초의 원인 제공자가 누구였든, 검단현의 등장이 그 상황에 기름을 끼얹은 것이나 마찬가지라는 사실은 누구나가 인정하는 바였다.

종남파의 본산에 머물러 있는 소지산도 검단현에 대한 소문은 귀가 따갑도록 들어 오고 있었다. 이제 이번 사건의 가장 중추적인 인물인 검단현을 마주하게 되니 무슨 일이 있더라도 그를 제거하여 이번 일을 잠재워야겠다는 결연한 마음이 들지 않을 수 없었다.

검단현 또한 비장한 마음은 마찬가지였다.

이제 그에게 남은 것은 거의 없었다. 이미 화산파 내에서는 강경일변도의 정책에 대한 크고 작은 불만이 팽배해 있는 상황이었다. 설사 종남파의 본산이 잿더미로 화한다 할지라도 그의 처지는 결코 좋아지지 않을 것이다.

다만 그에게도 마지막 기회는 존재했다. 이번 회람연을 기적적인 승리로 이끈다면 아무리 그에게 불만을 가진 자라 할지라도 공개적으로 그를 성토할 수는 없을 것이다.

하나 그 일에는 말 그대로 기적이 필요했다.

아무리 검단현이 한세일의 수제자로서 고강한 무공의 소유자라 할지라도 종남파의 고수 세 사람을 연거푸 격파하는 일은 불가능에 가까운 일이었다. 당장 눈앞에 있는 소지산만 하더라도 검단현보다 뛰어난 고수라고 평가받고 있는 단우진을 격파한 인물이 아닌가?

그럼에도 검단현으로서는 그 불가능에 승부를 걸어 보는 수밖에는 없었다. 그것이 지금의 그에게 남아 있는 유일한 길이기 때문이었다.

검단현의 나이는 마흔일곱.

서안 일대에서는 주로 철혈매화라 불리고 있었으나, 원래의 별호는 철심혈수였다. 그렇다고 그가 수공의 고수는 아니었다. 단지 그의 손속이 너무 매서웠고 일 처리가 잔혹했기에, '혈수'라는 이름이 붙게 된 것이다.

그의 주력 무공은 누가 뭐라 해도 검이었고, 특히 한세일에게서 직접 전수받은 조화무궁검법은 화산파 최고의 검법 중 하나로 손꼽히는 절학이었다.

검단현이 처음부터 한세일의 제자가 된 것은 아니었다. 처음에는 많고 많은 삼대제자들 중의 한 명일 뿐이었다. 하나 그는 곧 두각을 나타냈다. 강한 인내심과 적극적인 성격, 그리고 무엇보다 치밀하고 냉정한 심기로 동년배의 제자들에 비해 확연히 두드러진 모습을 보였던 것이다.

그것을 눈여겨본 한세일이 그를 정식 제자로 삼은 것은 그의 나이 불과 열여섯 살 때였다. 그의 위로는 두 명의 사형이 있었고, 그들은 모두 화산파에서도 매우 촉망받는 인재들이었다. 그리고 일 년 후에는 검단현의 사제이자 마지막 제자가 들어왔다.

하나 그로부터 십 년 후에 검단현은 한세일의 하나뿐인 제자가 되었다. 첫째와 둘째는 거친 성정을 이기지 못하고 강호에 출도한 지 얼마 되지 않아 불의의 사고로 목숨을 잃었다. 유일한 사제는 소림사의 고수와 충돌을 일으켜 결국 사부인 한세일이 칩거하게 되는 결과를 빚게 되자, 죄책감과 좌절감에 빠져 폭음을 일삼다가 화산을 내려가던 중 절벽에서 떨어지고 말았다.

제자들의 연이은 죽음과 괭수선사에게 패한 충격이 한세일로 하여금 이십 년이 넘는 세월 동안 은거지에 칩거하게 만든 가장 큰 원인이었을 것이다.

그 후로 한세일의 모든 관심은 검단현에게 집중되었다. 검단현은 특유의 치밀함과 무공에 대한 재능으로 이내 화산파의 수뇌부에 들게 되었지만, 상대를 배려하지 않는 잔인함과 종남파의 몰살을 외치는 강경함으로 많은 적들을 만들어 결국은 장문인의 명에 의해 무기한 폐관에 들게 되었다.

하나 그것은 검단현에게는 오히려 재충전할 수 있는 좋은 기회가 되어 주었다. 폐관하는 동안 한세일의 집중적인 지도를 받은 검단현의 무공은 가파르게 상승했으며, 속마음을 감출 줄 아는 주도면밀함도 갖추게 되었다.

폐관은 명을 내렸던 사마원의 죽음으로 거두어졌지만, 검단현은 십 년 넘는 세월 동안 한세일의 곁에서 무공을 고련하며 호시탐탐 재기의 기회를 노려왔다. 그리고 마침내 신산 곡수의 죽음으로 자리가 비게 된 서안 책임자로 화려하게 부활할 수 있었던 것이다.

한세일의 유일한 제자라는 신분과 천절검사 단우진의 전폭적인 지원, 그리고 본인의 탁월한 능력으로 검단현은 단시일 만에 서안은 물론이고 섬서성 내에서 확고한 명성을 얻게 되었다. 그런 검단현이 불과 몇 달 만에 뒤를 돌아볼 수도 없는 최악의 궁지로 몰리게 될 줄은 검단현 자신조차도 상상하지 못했을 것이다.

검단현은 통상적으로 하는 인사말도 없이 대뜸 검을 뽑아 들고 소지산을 향해 달려들었다.

그의 성격이야 어찌 되었건 무공만큼은 강호에 알려진 것보다 오히려 한층 더 뛰어났다. 지금도 그의 검에서 줄기줄기 뻗어 나오는 검기의 기세는 단우진의 그것보다 결코 못하지 않았다.

파파팟!

빛발 같은 검기의 다발이 소지산의 전신으로 퍼부어지듯 쏟아져 내렸다. 하나의 검에서 펼쳐지는 것이라고는 믿기지 않을 정도로 많은 검광들이 줄지어 쏟아져 나오는 광경은 그야말로 보는 이의 입을 벌어지게 하기에 충분한 것이었다.

소지산은 검광이 지척으로 다가올 때까지도 그 자리에 미동도 않고 서 있다가 오른손에 들린 검을 앞으로 힘차게 내뻗었다. 새하얀 검광 한 줄기가 폭포수처럼 퍼부어지는 검광 다발 사이를 유연하게 가르고 지나갔다. 낙하구구검의 첫 번째 초식인 채홍서천이 펼쳐진 것이다.

순식간에 검단현이 뿜어낸 수많은 검광의 다발을 끊어 버린 소지산의 검은 뒤이어 세로로 움직이며 주위 일대를 온통 자신의 영역으로 삼켜 버렸다. 낙하구구검의 두 번째 초식인 반천홍염이었다.

검단현은 딱딱하게 굳은 얼굴로 주저하지 않고 소지산의 검세 속으로 뛰어들었다.

파앗!

잘린 옷자락이 사방으로 흩날리는 가운데 검단현의 검은 소지 산의 목덜미를 곧장 찔러 갔다. 조화무궁검법 중에서도 살기가 짙 기로 유명한 일지선과(一枝仙果)라는 초식이었다.

원래 조화무궁검법은 조화검법(造化劍法)과 무궁십이검(無窮十 二劍)이라는 두 가지의 상승절학을 합친 무공이었다.

조화검법은 현오막측하고 정심하기 이를 데 없었으나, 적을 제 압하기보다는 수신(修身)을 위한 성격이 짙은 무공이었다. 반면에 무궁십이검은 파괴적인 위력을 지니고 있었으나, 명문정파의 검 법답지 않게 잔인하고 살기가 너무 짙어서 익히기가 꺼려지는 무 공이었다.

이 두 가지 무공의 장점만을 규합하기 위해 많은 화산파의 고 수들이 오랜 시간 동안 연구에 연구를 거듭해 왔으며, 그 결과 만 들어진 것이 바로 조화무궁검법이었다.

이름 그대로 한 자루 검만으로 끝없는 조화가 이루어지는 가운 데 상대는 어떻게 막아야 할지 망설이다 쓰러지고야 마는 놀라운 절학이었다. 하나 화산파 내에서도 최고의 비전으로 정했기에 특 별히 선정된 인물 외에는 누구도 익힐 수 없게 규제하고 있었다.

주변에 적이 많은 검단현으로서는 사부인 한세일이 아니었으 면 절대로 이 검법을 익히지 못했을 것이다.

지금 검단현이 펼친 일지선과는 얼핏 보기에는 무모하게 상대의 검세 속을 뛰어들어 일직선으로 공격해 들어가는 것 같았으나, 실제로는 그 속에 정교하게 계획된 수법들이 상당수 포함되어 있어 당하는 입장에서는 어떻게 피해야 할지 막막한 심정이 되고 만다. 거대한 칼날이 무풍지대처럼 자신의 공세 속을 뚫고 정면으로 날아드는 것 같은 기분에 제대로 몸을 움직여 피할 엄두도 내지 못하게 되는 것이다.

소지산은 검을 앞으로 곧장 내뻗었다. 반천홍염에서 경홍섬전으로 이어지는 초식의 변화가 어찌나 자연스러웠던지 넓게 퍼져 있던 검광이 순식간에 하나로 화해 허공을 가르는 것 같았다.

그 검광은 검단현이 내찌른 일검과 정면으로 격돌했다.

따앙!

대청 안이 온통 검끼리 마주치는 격렬한 음향에 휩싸여 버렸다. 그 음향이 어찌나 강력했던지 격전을 구경하던 중인들 중 상당수가 인상을 찌푸린 채 귀를 틀어막고 있었다.

검단현과 소지산의 신형이 거의 동시에 휘청거렸다. 검단현은 손아귀가 찢어지는 듯한 통증을 억지로 눌러 참으며 재차 소지산을 향해 삼검(三劍)을 거푸 내질렀다.

팟팟팟!

찌른 건 세 번이었는데, 검광의 끝이 이리저리 흔들려 마치 수십 개의 검이 소지산의 상반신 전체를 뒤덮을 듯 날아오는 것 같았다. 조화무궁검법 중의 난점이화(亂點梨花)라는 초식인데, 현묘함 속에 살수를 숨기고 있는 무서운 수법이었다.

"아!"

"허업!"

여기저기서 복잡한 음향들이 거푸 흘러나왔다. 난점이화의 절묘함에 자신들도 모르게 탄성과 경악성을 내지른 것이다. 만약 자신들이었다면 두서없이 흔들리며 날아드는 저 검광들을 어떻게 막아야 할지 짐작도 하지 못했을 터였다.

하나 소지산은 그 자리에 못 박힌 듯 우뚝 선 채로 수중의 검을 질풍처럼 휘두르고 있었다. 그와 함께 이제껏 보지 못했던 찬란한 검광이 주위를 송두리째 뒤덮었다.

중인들은 미처 알지 못했지만, 난점이화가 날아드는 그 짧은 순간에 소지산은 낙하구구검의 초식들을 세 개나 거푸 전개했던 것이다.

복잡하면서도 그 속에 정교한 살수를 숨기고 있던 난점이화는 폭발하듯 쉬지 않고 날아드는 낙하구구검의 초식들을 헤치고 나아가다 결국은 끝없이 몰려드는 검광을 견디지 못하고 소멸되고 말았다.

완벽히 펼쳐진 난점이화가 채 꽃을 피우지도 못하고 봉쇄되는 충격에 검단현이 멈칫거릴 때, 소지산의 검은 낙하구구검의 후반 삼절초로 이어지고 있었다.

검단현은 쉼 없이 연환하는 소지산의 검을 막기 위해 조화무궁 검법 중의 절초들을 계속 펼치며 맞서 나갔다. 하나 일단 연환되기 시작한 낙하구구검의 기세는 가히 놀라워서 검단현은 조금씩 수세에 몰릴 수밖에 없었다.

초식과 초식 사이에는 아무래도 약간의 틈이 존재하게 되는데,

낙하구구검에는 그러한 단점이 존재하지 않는 것 같았다. 오히려 상대의 검초가 바뀌는 미묘한 순간을 날카롭게 파고들어 압박해 들어오고 있었다.

더구나 연환되는 검초의 위력은 갈수록 강해져서 세 번째 펼쳐지는 채홍서천은 도저히 처음의 그것과 같은 초식이라고는 믿어지지 않을 정도로 날카롭고 예리했다.

이제는 검단현도 마지막 승부를 걸어야 한다는 것을 알았다. 더 지체했다가는 그런 시도조차 해 보지 못하고 패할지도 몰랐다.

검단현의 검이 지금까지와는 완연히 다른 움직임을 보이기 시작했다. 지금까지 공수의 조화가 완벽할 정도로 잘 이루어졌던 검이 갑자기 거칠고 투박하게 변했다. 공수의 조화가 흐트러지며 몸의 곳곳에 허점이 드러났으나, 그만큼 검초의 변화가 파격적이고 살기등등해서 흡사 마도 고수의 검을 보는 것 같았다.

그것은 조화무궁검법의 삼대살초(三大殺招) 중 하나인 건곤화우(乾坤花雨)였다. 삼대살초는 위급한 순간에 상황을 일거에 역전시키기 위해 만든 초식들로, 조화검법의 현묘함보다는 무궁십이검의 강맹함에 더 비중을 두었기에 수비는 도외시한 채 오직 상대를 쓰러뜨리는 데 주력하는 수법이었다.

그중 건곤화우는 무궁십이검의 건곤혈우(乾坤血雨)를 변화시킨 것으로, 자신의 몸에 여러 군데 허점을 만들어 상대의 검을 유인하고는 단숨에 상대의 목숨을 끊어 버리는 가공할 살인 초식이었다. 그야말로 살을 내주고 뼈를 깎는 이런 식의 검법은 명문정파에서 쉽게 찾아볼 수 없는 것으로, 검단현도 한세일에게 이 초식들을 배울 때 최후의 순간에나 사용하는 구명절초(救命絶招)이니 공개된 자리에서는 함부로 펼치지 말라는 당부의 말을 몇 번이나 들었다.

그럼에도 검단현이 중인환시리에 이 초식을 펼친 것은 그만큼 그가 필사의 각오로 승부를 걸었음을 의미하는 것이었다.

소지산 또한 한눈에 검단현이 펼치는 초식의 무서움을 알아보았다.

몇 군데 눈에 훤히 보이는 허점들을 공격한다면 검단현에게 적지 않은 부상을 입힐 수 있겠지만, 상대가 자신의 공격을 무시하고 계속 검초를 전개한다면 자신은 더욱 치명적인 상처를 입게 되리라는 것을 깨달은 것이다.

그렇다고 뒤로 물러났다가는 겨우 잡은 승기를 놓치게 될 뿐 아니라, 간신히 두 번이나 연환해서 세 번째로 접어들면서 한층 강력해진 낙하구구검의 위력을 상실하게 될 게 분명했다. 한 번 잃은 승기를 다시 되찾는 것도 어렵지만, 그 와중에 낙하구구검을 처음부터 다시 연환한다는 것은 더욱 어려운 일이기에 소지산은 순간적으로 고민하지 않을 수 없었다.

이미 송인혁과 단우진과의 거듭된 비무로 상당한 체력과 내공을 소모한 소지산으로서는 더 이상 승부를 길게 끌고 가기에 어려운 점이 적지 않았다. 임독양맥을 타통한 후 끊일 줄 몰랐던 내력이 점차로 바닥을 드러내고 있었고, 오른팔의 근력도 많이 떨어져 검초를 펼치는 것조차 조금씩 힘들어지고 있는 상황이었다.

'승부를 걸어온다면 기꺼이 맞서 주지.'

무심한 듯 깊게 가라앉아 있던 소지산의 두 눈이 여느 때보다 날카롭게 번뜩이기 시작했다.

그는 주저하지 않고 검단현의 비어 있는 옆구리를 향해 검을 횡으로 쓸어 갔다. 채홍서천에 이은 반천홍염의 연환식은 확실히 위력적이어서 이 상태로 검초가 이어진다면 검단현은 단순히 옆구리를 베이는 정도가 아니라 몸통이 두 조각날지도 몰랐다.

그런데도 검단현은 물러서기는커녕 오히려 자신의 안위는 돌보지 않고 더욱 매섭게 검을 휘두르는 것에만 집중했다.

파파파팟!

건곤화우라는 이름 그대로 꽃비가 내리는 것처럼 천지 사방이 온통 검영에 파묻혀 버렸다.

특이하게도 건곤화우는 처음 펼쳤을 때와 중후반의 분위기가 완전히 다른 초식이었다. 처음에는 온몸에 허점이 드러나는 것을 감수한 공격일변도의 초식 같았는데, 검초가 전개될수록 허점들이 하나둘씩 없어지며 투로 또한 복잡하고 정교해졌다. 그 정교한 변화들은 자신의 몸에 있는 허점들을 빠른 속도로 보완해 가고 있었다.

그래서 검초가 모두 펼쳐졌을 때는 어느 한 군데도 허점을 찾아볼 수 없는 완벽한 수비 초식이 되고 말았다.

소지산이 펼친 반천홍염은 그 초식에 막혀 맥없이 사그라졌다.

그리고 그때 비로소 검단현의 진정한 노림수였던 삼대살초의 두 번째 초식인 현사조별(縣絲釣鼈)이 펼쳐졌다.

사방으로 퍼져 나간 듯했던 검광들이 급속도로 오므라들며 새하얀 실선이 소지산의 전신을 에워싸 버렸다. 이 실선 하나하나가 검기가 압축될 대로 압축된 검사(劍絲)라는 것은 누구도 짐작하지 못할 것이다.

건곤화우로 약점을 드러내어 상대의 공격을 유도한 다음 퍼져 나간 검기를 거두어들여 상대를 나락으로 빠뜨리는 것이 바로 현 사조별의 특징이었다.

마치 상대를 낚시질하는 듯한 이러한 방식은 전혀 명문정파의 무공답지 않은 것이어서 화산파 내에서도 이 초식들을 굳이 조화무궁검법에 포함시켜야 하는지 많은 고민을 했다. 결국 이러한 초식들만을 따로 모아 삼대살초로 이름 짓고 아주 위급한 순간이 아니면 펼치지 못하게 제어했던 것이다.

소지산은 상대의 검의 변화를 보지 못한 사람처럼 그 자리에 우뚝 선 채로 끊임없이 검을 휘두르고 있었다. 낙하구구검의 초식들이 줄지어 연환되며 검광이 끝없이 뿜어져 나왔다.

팍! 팍!

하나 그 검광들은 검사에 부딪혀 맥없이 사라지고 있었다.

소지산의 검에서 발출되는 검광들이 그의 전신을 에워싼 채 다가오는 검사와 부딪혔다 깨어지는 일이 계속 반복되었다. 그에 따라 쉼 없이 연환되던 낙하구구검의 초식들이 조금씩 끊길 기미를 보이기 시작했다.

그러다 마침내 천강은홍에서 홍예장공으로 넘어가는 초식의 연결이 잠시 흐트러지게 되었다. 그것은 거의 알아차리기도 힘들 만큼 짧은 순간의 일이었으나, 그 순간을 놓치지 않고 검단현은 몸

전체를 던지다시피 하며 소지산의 코앞으로 쏘아지듯 날아갔다.

휘리리릭!

허공에 솟구쳐 오른 그의 몸이 무서운 속도로 회전하며 그의 손에 들린 검 또한 빠르게 선회하기 시작했다. 마치 날카로운 꼬챙이로 구덩이를 파듯 사람과 검이 함께 회전하며 날아드는 광경은 보는 이로 하여금 괴이함과 섬뜩한 느낌을 동시에 불러일으켰다.

이것이 바로 삼대살초 중의 마지막 초식인 무극상전(無極常轉)이었다. 이 초식에 당한 사람의 몸에는 검 자체의 회전력 때문에 커다란 구멍이 뚫리게 된다. 상대를 단순히 쓰러뜨리는 것이 아니라 신체마저 심하게 훼손시키기 때문에 마도의 어떤 살인 수법보다도 잔인하고 무서운 무공이라고 할 수 있었다.

일단 펼치면 시신조차 수습할 수 없을 정도로 참혹한 장면을 만들어 내는 이 초식이 공개된 자리에서 모습을 드러낸 것은 이번이 처음이었다.

자신의 눈앞에서 소용돌이쳐 오는 압도적인 공세에 눌렸는지 끝없이 이어질 듯하던 소지산의 검이 허공에서 멈칫거리며 더 이상의 연환 초식이 이어지지 않았다. 그 바람에 아주 잠깐이지만 검광에 가려졌던 그의 얼굴이 살짝 드러났다.

눈앞에서 펼쳐진 갑작스런 상황에 놀라 무어라고 소리를 지르려던 전풍개의 입이 그대로 다물어져 버렸다. 언뜻 드러난 소지산의 얼굴은 아무런 표정의 변화가 없었다. 그 무심한 듯하면서도 냉정한 얼굴을 보자 전풍개는 갑자기 들끓었던 마음이 차분하게 가라앉는 것을 느꼈다.

그것은 장문인인 진산월을 보고 느꼈던 감정과 유사한 것이었다. 아무리 세찬 폭풍우가 몰아친다 해도 절대로 쓰러지지 않고 꿋꿋하게 버티는 천년거목을 보는 심정과 같았다.

　그리고 그 순간, 멈춰진 듯했던 소지산의 검이 다시 빛살처럼 움직이기 시작했다. 마치 한 줄기 유성(流星)이 흐르는 것처럼 허공을 유연하게 가르고 지나가는 그의 검에서 노을을 연상케 하는 자욱한 검광이 흘러나왔다.

　그 검광은 무서운 기세로 회전하며 날아드는 검단현의 검과 정면으로 맞부딪혔다.

　콰아앙!

　검기와 검광이 충돌한 것이라고는 믿기지 않는 거대한 음향이 터져 나왔다. 커다란 대청이 송두리째 뒤흔들리고 단단한 나무판자로 만들어진 바닥이 여기저기 부서지며 뒤집힌 땅바닥이 그대로 드러나 보였다.

　검기가 뒤섞인 세찬 경기가 사방을 휩쓸자 중인들은 경기를 피해 황급히 뒤로 물러나야만 했다. 부서진 나뭇조각들과 흙먼지로 인해 대청 안은 한 치 앞도 제대로 보기 힘들었다.

　"끄으으······."

　짙은 먼지 사이로 누군가의 나직한 신음 소리가 들려왔다.

　중인들은 모두 초조한 표정으로 먼지가 가라앉기만을 기다리고 있었다.

　조금씩 주위가 보이기 시작하자 그들은 눈에 불을 켜고 앞을 바라보았다. 그러고는 누가 먼저라고 할 것도 없이 일제히 탄성을 토해 내는 것이었다.

"아아!"

그 탄성 속에는 경악과 감탄, 아쉬움과 후련함 등 다양한 감정들이 송두리째 담겨 있었다.

두 사람이 서 있던 자리는 움푹 파여 맨바닥이 그대로 드러나 있었고, 검기에 갈가리 찢긴 잔해들이 수북하게 쌓여 있었다. 그 잔해의 한복판에 한 사람은 우뚝 서 있었고, 한 사람은 바닥에 쓰러진 채 꿈틀거리고 있었다.

서 있는 사람은 다름 아닌 소지산이었다. 그의 앞가슴은 둥그런 형상으로 검기에 베여 엷은 핏줄기가 흘러나오고 있었고, 왼팔에 매어 둔 붕대는 풀어헤쳐져 한쪽 팔이 시뻘겋게 물들어 있었다. 그러나 태산처럼 우뚝 선 채 오연히 허공을 응시하고 있는 그의 모습은 절대로 쓰러지지 않는 철탑을 보는 듯했다.

반면에 질펀한 피바다 속에 누운 채 연신 고통스런 신음을 토하고 있는 사람은 검단현이었다.

검단현의 모공이란 모공에서는 모두 피가 흘러내리고 있었고, 입고 있던 의복 또한 대부분이 걸레 조각처럼 잘려 맨살이 그대로 드러나 보였다. 입과 코는 물론이고 귀와 눈에서 마저 피를 흘리는 그의 모습은 그야말로 유혈낭자해서 도저히 살아 있는 사람 같지 않았다.

그럼에도 그는 연신 꿈틀거리며 필사적으로 바닥에서 일어나려고 바둥거리고 있었다.

"크으으!"

보다 못한 화산파의 제자들이 황급히 그에게 다가왔으나, 그의 상처가 너무 심해서 어떻게 손을 대야 할지 몰라 망설이고 있었다. 자칫 잘못 건드렸다가는 금시라도 숨이 끊어질 것 같았던 것이다.

무극상전은 그 가공할 위력만큼이나 반동(反動) 또한 큰 초식이었다. 무섭게 선회하는 회전력으로 상대의 몸을 꿰뚫어 버리는 가공할 위력을 지니고 있지만, 더 큰 힘을 만나게 되면 오히려 자신의 힘까지 같이 더해져서 지금처럼 시전자를 처참한 몰골로 만들고 마는 것이다.

한세일이 검단현에게 마지막 초식만큼은 생사(生死)의 위기가 아니면 펼치지 못하도록 신신당부했던 것도 무극상전의 위력이 사람들의 눈을 찌푸리게 할 만큼 잔인했기 때문이 아니라, 만에 하나 더 강한 상대를 만나면 그 반탄력으로 인해 오히려 도저히 감당할 수 없는 충격을 받기 때문이었다. 그야말로 상대를 죽이든지 아니면 자신이 죽게 되는 필생필사(必生必死)의 수법인 것이다.

검단현은 자신을 부축하려는 화산파 제자의 손길을 뿌리치며 피투성이가 된 얼굴로 소지산을 올려다보았다.

"너…… 너 일부러 빈틈을 보인 거로구나……."

소지산은 허공을 응시하던 시선을 내려 검단현을 바라보며 살짝 고개를 끄덕였다.

조금 전 그는 낙하구구검의 마지막 세 초식을 한순간에 거의 동시에 펼쳐 냈다. 홍예장공부터 자하천래에 이르는 후반의 세 초식은 그 자체만으로 연환할 수 있으며, 또한 하나의 초식처럼 사용할 수도 있었다. 그 위력은 지금 눈앞에 보이는 것처럼 가공스러웠지만, 반면에 임독양맥을 타통하거나 일 갑자 이상의 내공을 지니고 있지 않으면 펼칠 엄두도 낼 수 없는 상승의 수법이었다.

소지산이 천강은홍을 펼치다가 연환식을 잠깐 멈춘 것은 검단현의 최후의 공세를 유인하기 위한 것이었으며, 결국 무섭게 선회해 들어오는 무극상전을 연환삼절초로 받아쳤던 것이다.

검단현은 눈과 입으로 피를 철철 흘리면서도 소지산을 올려다보고 있다가 갑자기 어깨를 들썩이며 웃었다. 그 바람에 그의 입밖으로 시커먼 핏물이 울컥 쏟아져 나왔다.

"흐흐……!"

화산파의 제자들이 깜짝 놀라 그를 안으려 했으나, 검단현은 필사적으로 손을 내저어 그들을 제지하며 소지산을 노려보았다.

"네가 이겼다……. 오늘의 싸움은 종남파가 이겼다……. 하지만 진정한 승부는…… 아직 끝나지 않았다……."

소지산은 목숨이 경각에 달한 상태에서도 아직까지 승부 운운하는 검단현의 얼굴을 무심한 얼굴로 내려다보고 있었다. 하나 그가 채 무어라고 입을 열기도 전에 갑자기 대청의 문이 벌컥 열리며 누군가가 안으로 뛰어 들어왔다.

이곳은 종남파와 화산파가 회람연을 여는 장소이기에 회람연이 완전히 끝날 때까지 바깥에서 누구도 출입할 수 없게 호위무사들이 입구를 지키고 있었다. 그런데 누가 감히 그들을 뚫고 안으로 난입했단 말인가?

중인들의 시선이 일제히 그 버릇없는 인물에게로 쏠렸다.

그를 본 노해광이 흠칫 놀라 황급히 그에게 다가갔다.

"무슨 일이냐?"

들어온 사람은 주위를 둘러보다 자신에게 다가오는 노해광을 발견하고는 그를 향해 소리쳤다.

"사숙. 본산입니다!"

밑도 끝도 없는, 영문 모를 말이었으나, 그 말을 듣는 순간 노해광의 안색은 핼쑥하게 굳어졌다. 그것은 철면호라는 이름으로 불리던 그에게서는 좀처럼 볼 수 없는 모습이었다.

뛰어 들어온 사람은 다름 아닌 정해였다. 그가 소리친 음성을 정확히 이해한 사람은 거의 없었으나, 노해광은 단번에 그 말속에 숨은 뜻을 알아차렸던 것이다. 노해광의 사나운 시선이 검단현에게로 향했다.

검단현은 여전히 자신이 흘린 피바다 속에 쓰러져 있으면서도 노해광과 시선이 마주치자 괴이한 웃음을 흘렸다.

"흐흐!"

그것은 악의와 독기로 점철되어 듣는 이의 모골을 송연하게 하는 무서운 웃음이었다.

한순간 노해광의 두 눈에 진득한 살기가 어렸으나, 이내 그는 살기를 억누르며 전풍개를 돌아보았다.

"아무래도 본산에 일이 생긴 것 같습니다."

전풍개 또한 평생을 강호의 도산검림 속에서 살아온 사람답게 이내 무언가 심상치 않은 일이 벌어지고 있음을 깨닫고는 딱딱하게 표정이 굳어지더니 이내 냉랭하게 소리치며 먼저 몸을 날렸다.

"그럼 무얼 망설이는 거냐?"

사태가 급박함을 눈치챈 하동원이 아무 말도 없이 재빨리 그의 뒤를 따랐다.

소지산이 어느새 다가와 정해에게 무언가를 묻고는 차갑게 굳은 눈으로 노해광을 쳐다보았다. 항상 침착함을 잃지 않았던 그에게서 모처럼 보는 단호한 표정이었다.

"이런 일을 꾸밀 사람은 한 사람뿐입니다."

결기 어린 그의 음성에 노해광은 고개를 저었다.

"지금은 그게 중요한 게 아니다."

노해광의 시선이 둥그런 모양으로 파여 있는 소지산의 가슴을 빠르게 훑었다.

"움직일 수 있겠느냐?"

소지산은 가슴의 상처 따위는 신경 쓰지 않는지 주저 없이 고개를 끄덕였다.

"물론입니다."

"자기가 묶은 매듭은 자기가 풀어야 하는 법이다. 오늘 일의 대가는 반드시 그에게서 직접 받아 내고야 말 것이다."

"저는 사숙을 믿고 먼저 가 보겠습니다."

소지산은 검단현을 힐끗 쳐다보고는 이내 정해와 함께 몸을 날려 대청 밖으로 사라졌다.

노해광은 갑작스런 상황에 놀라 소곤거리고 있는 중인들을 한 차례 둘러보더니 이내 시선을 한 사람에게 고정시켰다.

"오늘 회람연의 승부가 결정된 것 같소. 유 대협의 생각은 어떠시오?"

그에게 지목된 소요일사 유장현은 침착한 음성으로 입을 열었다.

"오늘의 회람연은 종남파가 승리했음을 인정하겠소."

노해광의 시선이 차례로 옆으로 향하자 화산파의 초청으로 참석한 인사들이 하나둘씩 고개를 끄덕였다. 심지어 노해광에게 좋지 않은 생각을 갖고 있는 오대파의 청명삼검도 어쩔 수 없다는 듯 수긍의 빛을 밝혔다. 오히려 그들은 종남파의 저력에 놀라고 당혹스러워하는 표정이 역력했다.

노해광은 본산에서 무슨 일이 벌어지고 있는지 다른 누구보다 초조한 심정이었으나 끝까지 의연함을 잃지 않았다.

"그럼 오늘의 회람연은 이것으로 마치도록 하겠소. 본 파에 일이 생겨 귀빈들을 접대하지 못하는 걸 송구스럽게 생각하오. 해량해 주시기 바라오."

이어 그의 시선은 아직도 주위의 도움을 거절한 채 바닥에 쓰러져 있는 검단현에게로 향했다.

검단현은 여전히 웃고 있었지만, 조금 전과 같은 악기는 보이지 않았다. 오히려 전신의 경맥이 으스러지는 고통에 조금씩 얼굴빛이 창백해지고 있었다.

노해광은 한동안 그의 얼굴을 가만히 바라보고 있다가 혼잣말처럼 나직한 음성으로 중얼거리듯 말했다.

"자네가 무슨 수작을 부렸든 그걸로 본 파를 위태롭게 할 수는 없네. 다만 그 수작의 결과에 대해서는 분명히 책임을 져야 할 걸세."

검단현의 얼굴에 떠올라 있는 미소가 점차로 사라질 때 노해광의 신형은 어느새 밖으로 달려가고 있었다. 종남파에 아끼는 자식들을 제자로 보낸 단리정천과 고소명 등 몇몇 고수들이 돌아가는 사태를 어느 정도 짐작했는지 무서운 눈으로 검단현을 노려보고는 노해광을 따라 다급하게 몸을 움직였다.

　그들의 뒷모습을 바라보는 검단현의 두 눈은 끝없는 심연에 잠기듯 점차 어둡게 가라앉기 시작했다.

제 351 장
고인회래(故人回來)

제 351 장 고인회래 (故人回來)

종남산은 피로 물들어 가고 있었다.

원래 이맘때의 종남산은 신록이 우거지고 녹음이 짙어져서 한낮의 무더위를 식히기 위해 적지 않은 사람들이 숲과 계곡을 찾아 모여드는 시기였다.

하나 오늘은 어찌 된 일인지 유람객들의 모습은 보이지 않고 시퍼런 흉기를 든 무림인들만이 눈에 들어올 뿐이었다. 그들 중 상당수의 병기에는 시뻘건 핏물이 흥건하게 묻어 있었다.

"빨리 찾아라! 늦어도 반 시진 내에는 일을 마무리 지어야 한다."

"쳇! 누가 모르나? 이놈들이 쥐새끼처럼 계속 암도(暗道)로만 숨어서 도망치니까 쫓기가 제법 까다롭단 말이야."

그들은 누군가를 찾는 듯 산의 여기저기를 뒤지고 다녔다. 그들의 몸놀림은 하나같이 비호처럼 민첩했고, 얼굴에는 살기가 진득하게 묻어 있어 그야말로 흉신악살들을 보는 듯했다.

그들 중 한 명이 수림이 짙게 우거진 숲속을 뒤적거리다가 투덜거렸다.

"제길. 다 된 밥에 코를 빠뜨려도 유분수지, 애송이 몇 놈 찾으려고 이게 무슨 짓이야?"

멀지 않은 곳에서 비슷한 행동을 하고 있던 무림인이 퉁명스럽게 대꾸했다.

"당당한 종남파의 제자들이 싸우기는커녕 허수아비 같은 놈들을 내세우고 자신들은 암도로 도망칠 줄 누가 알았나?"

"이놈들은 명문정파의 자존심도 없단 말인가? 사태가 불리한 걸 알아차리자마자 맞서 싸울 생각은 않고 도망칠 궁리부터 하다니."

바로 그때였다.

채챙!

어디선가 날카로운 병장기 부딪히는 소리가 들려오자 주위를 두리번거리던 무리들의 눈빛이 날카롭게 번뜩였다.

"저쪽이다!"

그 말이 끝나기가 무섭게 사방에 퍼져 있던 대여섯 명의 인영들이 일제히 한쪽으로 신형을 날렸다. 그 일사불란한 움직임과 재빠른 신법만 보아도 하나같이 상당한 실력을 지닌 고수들임을 쉽게 짐작할 수 있었다.

그들이 벌 떼 같이 몰려가는 곳은 제법 커다란 봉우리 부근이었다. 몇 개의 거다란 바위로 이루어진 봉우리 밑에 유난히 수림이 짙게 우거진 숲이 자리하고 있었는데, 벌써 그 숲 앞에서는 검광과 도기가 난무하는 격전이 벌어지고 있었다.

차창!

아직 스무 살도 되어 보이지 않은 소년과 소녀가 두 명의 장한들과 거친 공방을 주고받고 있었다.

소년은 깔끔한 용모에 단정한 인상이었는데, 짙은 청삼을 입고 있어서인지 하얀 얼굴이 유난히 두드러져 보였다.

짙은 홍의를 입은 소녀는 눈이 번쩍 뜨일 만한 아리따운 용모를 하고 있었는데, 살짝 찡그려진 짙은 눈썹 아래 자리한 두 눈에서 연신 날카로운 안광이 번뜩이는 것이 제법 만만치 않은 성격의 소유자임을 알 수 있었다.

그들 두 사람을 상대로 병기를 휘두르는 자들은 각기 삼사십 대로 보이는 무림인들이었다. 한 사람은 보기만 해도 섬뜩해지는 거치도(鋸齒刀)를, 다른 한 사람은 검신이 유난히 가늘고 끝이 날카로운 협봉검(狹鋒劍)을 들고 있었는데, 그것을 휘두르는 솜씨가 어찌나 뛰어나던지 보는 이의 눈이 어지러울 정도였다.

그럼에도 두 소년 소녀는 조금도 물러서지 않고 그들에 팽팽히 맞서고 있었다.

소년 소녀는 모두 검을 사용하고 있었는데, 상대의 현란한 공격에 조금도 뒤로 물러서지 않고 팽팽하게 맞서고 있는 모습이 강호의 이름난 검객들을 보는 듯했다. 그들과 싸우고 있는 무림인들도 그들이 나이답지 않게 검술이 뛰어난 것에 놀라는 표정이 역력했다.

그들은 각기 마령도(魔靈刀) 곽추(郭秋)와 삭풍표검(朔風瓢劍) 하일수(夏一秀)라는 자들로, 산서성 태원 일대에서 적지 않은 명성을 날리고 있는 고수들이었다. 처음 그들은 두 소년 소녀의 어린 얼굴과 호리호리한 체형만 보고 어렵지 않게 그들을 쓰러뜨릴 수 있을 것이라고 생각했었는데, 막상 싸움이 시작되자 예상보다 날카로운 그들의 검에 놀라는 한편 약간의 당혹감을 느끼고 있었다.

'과연 종남파의 제자들답구나.'

'어린 나이에 이 정도 실력이라면 정말 앞날이 기대되는 인재들인데……. 아쉽구나, 아쉬워!'

그들은 무공에 평생을 바친 무인들로서 장래가 촉망되는 젊은 인재들을 자신들의 손으로 제거해야 하는 지금의 상황이 그다지 마음에 들지 않았다.

하나 임무는 어떤 일이 있어도 완수해야 하며, 더구나 상대는 화산파의 숙적인 종남파의 제자들이었다. 만약 이 소년 소녀들이 지금과 같은 기세로 계속 성장해 나간다면 머지않아 화산파의 앞길을 가로막는 커다란 장벽이 될 것이 분명했다.

두 사람이 눈빛을 서로 교환하더니 이내 그들의 공세가 지금까지와는 비교도 할 수 없을 정도로 거칠고 사나워졌다.

파파파팍!

숲 앞의 작은 공터가 온통 세찬 도기와 검풍의 소용돌이에 휩싸여 버렸다.

두 소년 소녀는 이를 악물고 상대의 공격을 막아 내었으나, 시간이 흐를수록 조금씩 수세에 몰리고 있었다.

게다가 설상가상으로 병장기의 격돌음을 듣고 몰려든 인영들이 하나둘씩 그들 앞에 모습을 드러내기 시작했다.

홍의 소녀를 향해 협봉검을 매섭게 찔러 가고 있던 하일수가 그들의 등장을 알아차렸는지 뒤도 돌아보지 않고 빠른 음성으로 소리쳤다.

"이 숲 뒤쪽에 암도가 있네. 그곳에 몇 놈이 숨어 있을 걸세."

새롭게 나타난 무림인들은 모두 다섯 명이었는데, 네 명은 재빨리 숲속으로 들어가고 한 명만 그 자리에 남아 있었다.

청삼 소년과 홍의 소녀는 그들이 숲속으로 들어가는 것을 막으려 했으나, 그들 개개인의 무공이 뛰어나서 한 사람도 제지하지 못했다. 오히려 한눈을 판 대가로 청삼 소년의 왼쪽 팔이 도기에 스쳐 피범벅이 되었다.

상당히 고통스러울 텐데도 청삼 소년은 신음 한마디 토하지 않고 입술을 질끈 깨문 채 더욱 매섭게 검을 휘두르고 있었다.

그것을 본 곽추가 돌연 거치도를 멈추고 뒤로 훌쩍 물러서더니 껄껄 웃었다.

"하하. 정말 대단한 소형제로군. 자네 이름은 뭔가?"

청삼 소년은 자신의 제지를 뚫고 숲속으로 사라진 자들 때문에 신경이 날카롭게 곤두섰으면서도 침착한 음성으로 입을 열었다.

"나는 방화라 하오."

곽추는 빙긋 웃으며 고개를 끄덕였다.

"이제 보니 방 소협이었군. 내 이름은 곽추일세. 들어 본 적이 있는가?"

"미안하오. 과문(寡聞)하여 알지 못하오."

"나는 산서성에서 마령도라는 별호로 활동하고 있네. 그런데 방 소협은……."

곽추가 무어라고 하기도 전에 방화가 검을 들어 그를 가리켰다.

"이미 서로의 목적이 분명한데, 쓸데없는 말로 시간을 끌고 싶지 않소. 당신은 준비하시오."

방화의 다부진 말에 곽추의 얼굴에 쓴웃음이 떠올랐다.

사실 곽추는 앳된 얼굴의 방화가 자신의 칼을 수십 초나 받아 넘기는 모습에 감탄하는 마음도 있고, 자기의 막냇동생뻘도 되지 않은 그를 자신의 칼로 베어 넘기기가 왠지 그다지 내키지 않아 잠시 시간을 끌고 있었던 것이다.

어쩌면 다른 사람이 자기 대신 나서 주기를 바라고 있었는지도 몰랐다.

하나 결연한 표정으로 자신을 향해 검을 겨누는 방화를 보자 곽추는 자신이 너무 안일한 생각을 했음을 깨달았다.

"그래. 강호에서 칼밥을 먹고 사는 놈이 쓸데없는 짓을 했군. 무인에게는 무인에게 어울리는 최후가 있는 법이지."

곽추는 거치도를 힘껏 움켜잡으며 방화를 향해 손짓을 했다.

"어서 오게. 선수를 양보하겠네."

그것이 그가 그나마 호감을 느꼈던 어린 소년에게 베풀 수 있는 마지막 호의였다.

방화는 주저하지 않고 그를 향해 달려들었다. 한시라도 빨리 그를 쓰러뜨려야만 숲속으로 들어간 자들을 뒤쫓을 수 있다는 생각에 그의 전신에서는 여느 때보다 날카로운 기세가 흘러나오고 있었다.

과연 그의 검은 조금 전보다 훨씬 더 매섭게 곽추를 향해 날아들었다. 허공으로 미끄러지듯 움직이며 자신의 목을 향해 날아오는 방화의 검을 뚫어지게 바라보던 곽추가 슬쩍 옆으로 한 걸음 비켜섰다가 다시 빠르게 두 걸음 전진하며 거치도를 앞으로 내뻗었다.

쾌액!

마치 거대한 뇌전이 쏟아지는 듯 시퍼런 도광이 방화의 앞가슴을 향해 날아갔다.

방화는 두 눈을 번뜩이며 수중의 장검을 질풍처럼 휘둘렀다. 이제 막 손에 익기 시작한 유운검법의 초식들을 펼쳐 곽추의 거센 도법에 정면으로 맞서 나가는 그의 모습은 어린 얼굴과 호리호리한 체구답지 않게 장엄하면서도 한편으로는 비장해 보이기까지 했다.

금시라도 피분수를 뿌릴 듯 치열하게 싸우고 있는 두 사람과는 달리 홍의 소녀를 상대하는 하일수는 묘한 상황에 처하게 되었다.

홍의 소녀는 나이답지 않게 검을 다루는 솜씨가 아주 능숙해서 하일수도 한동안은 그녀와 팽팽한 접전을 치르고 있었다. 하일수가 비록 전력을 다하지는 않았으나, 한눈에 보아도 홍의 소녀는 어려서부터 체계적인 수련을 거친 게 분명했다. 그녀의 검법이 예상보다 뛰어나서 하일수는 모처럼 좋은 적수를 만났다는 생각에 조금씩 손에 힘을 가하고 있었다.

그런데 뒤늦게 나타난 다섯 명의 고수들 중 남들을 따라 숲속으로 가지 않고 유일하게 남아 있던 한 사람이 어슬렁거리며 그들을 향해 다가오고 있는 것이다.

"하 형. 보아하니 풋내 나는 어린것에게 손을 과하게 쓰는 게 부담스러운 모양인데, 나에게 넘기는 게 어떻겠소?"

슬쩍 그를 힐끔거린 하일수의 눈살이 거의 알아차릴 수 없을 만큼 살짝 찌푸려졌다.

그자는 맹독호(猛毒虎) 가렴(可廉)이라는 자로, 손속이 악랄하고 성격이 음흉하기로 이름난 인물이었다. 더구나 여색을 즐겨 해서 적지 않은 수의 여인들을 간살(姦殺)했다는 의심을 받고 있었다.

하일수는 비록 화산파에서 방출된 후 거친 강호의 흑도를 전전하는 신세였으나, 가렴 같은 자는 본능적으로 혐오하고 있었다. 더구나 가렴은 어린 소녀들을 좋아해서 끔찍한 사고를 저지른 경력도 있어서 하일수는 그런 자와 이번 일에 같은 임무를 맡게 된 것에 적지 않은 불만을 가지고 있었다.

뒤늦게 나타난 자들 중 한 명이 남기에 자신들을 도와주려는 줄 알았는데, 지금 가렴의 모습을 보니 다른 생각이 있음이 분명해 보였다.

하일수는 자신의 가슴을 날카롭게 베어 오는 홍의 소녀의 검을 유연한 동작으로 피하며 가렴을 향해 냉랭한 음성으로 말했다.

"아직 당신의 손을 빌릴 단계는 아니오. 이곳은 내가 충분히 수

습할 수 있으니 당신은 다른 곳으로 가 보도록 하시오."

가렴의 얼굴에 징그러운 웃음이 떠올랐다.

"흐흐. 아무리 보아도 하 형은 지금 저 야들야들한 것의 몸에 검을 꽂을 생각이 없어 보이오. 그러니 나에게 넘기고 다른 상대를 찾아보는 게 어떻겠소?"

하일수의 눈초리가 꿈틀거렸다.

"그런 말 같지도 않은……."

그가 채 무어라고 하기도 전에 돌연 가렴이 앞으로 성큼 다가오며 오른손을 내뻗었다.

"그럼 하 형이 승낙하는 것으로 알고 이 어린 계집은 내가 접수하도록 하겠소."

가렴의 성정이야 어떻든 그의 무공은 하일수도 감탄할 만큼 뛰어난 것이었다.

그의 손에서 뿜어져 나온 장공이 하일수와 홍의 소녀 사이를 교묘하게 파고들며 두 사람 사이의 간격을 벌어지게 만들었다. 하일수가 주춤 물러섰을 때 이미 가렴은 그가 있던 자리에 선 채 홍의 소녀를 향해 손을 휘두르고 있었다.

"흐흐. 모처럼 월척을 만났군."

홍의 소녀의 정면에 서서 그녀의 얼굴을 자세히 확인한 가렴의 두 눈이 번들번들하게 빛났다.

하일수는 가렴의 난입에 화가 나기도 하고 어이가 없기도 했으나, 그렇다고 그와 함께 어린 소녀에게 합공하는 것은 내키지 않아 뒤로 물러날 수밖에 없었다.

졸지에 상대가 바뀌어, 그래도 번듯한 용모의 하일수 대신 징그러운 눈으로 연신 자신의 위아래를 훑고 있는 흉한이 자신과 마주 서게 되자 홍의 소녀의 고운 아미가 사납게 찌푸려졌다.

"어디서 이런 호래자식 같은 게 끼어든 거야?"

가렴은 예쁘장한 미소녀의 입에서 거친 음성이 흘러나오자 가뜩이나 험악한 얼굴이 더욱 사납게 일그러졌다.

"뭐라고?"

어지간한 사람이라도 겁에 질릴 만한 가렴의 기세에도 홍의 소녀는 전혀 아랑곳하지 않고 독설을 퍼부었다.

"가뜩이나 급해 죽겠는데, 별 거지발싸개 같은 게 끼어들고 난리네. 그 면상 가지고 남들 앞에 돌아다닐 용기가 난단 말이야?"

가렴은 어처구니가 없어 한동안 멍하니 홍의 소녀를 바라보고만 있었다. 그러다 그의 얼굴에 붉은빛이 어른거리며 두 눈에서 살광이 번뜩였다.

"얼굴이 제법 반반해서 귀여워해 주려고 했더니 죽을 자리를 제 발로 찾는 년이로구나. 내 손에 아가리를 찢기고도 입을 함부로 놀릴 수 있는지 보자."

"네놈은 아가리가 찢겨도 입을 놀릴 수 있단 말이냐? 입이 두 개라도 되는 모양이구나."

홍의 소녀가 끝까지 날카롭게 쏘아붙이자 가렴은 더 이상 참지 못하고 앞으로 성큼 달려들었다. 그는 서슴없이 홍의 소녀의 앞가슴을 향해 오른손을 내뻗었는데, 갈고리처럼 오므린 손가락이 거무튀튀하게 변해 있는 것이 마치 강철로 된 쇠고랑을 보는 것 같았다. 머리끝까지 분노가 솟구친 가렴이 처음부터 자신의 성명절기인 흑귀조공(黑鬼爪功)을 끌어올린 것이다.

홍의 소녀는 종남파의 일대제자들 중 유일한 홍일점인 서문연상이었다.

무림에서는 여인들의 급소를 공격하는 것을 금기시하고 있었는데, 가렴이 대뜸 자신의 가슴을 향해 손을 써 오자 서문연상은 이를 갈며 날카로운 음성으로 소리 질렀다.

"정말 후안무치한 놈이로구나. 내 오늘 무슨 일이 있어도 네놈의 심장을 갈라서 얼마나 시커먼지 보고야 말겠다!"

그녀는 가렴의 손을 피하기는커녕 오히려 앞으로 한 발 다가서며 수중의 장검을 질풍처럼 휘둘렀다.

원래 맨손 고수와 싸울 때는 거리를 벌리는 것이 원칙인데, 그녀가 제 발로 거리를 좁히자 가렴은 역시 풋내기는 별수 없다고 생각하고 희희낙락하다 갑자기 안색이 변해 황급히 내뻗었던 손을 거두어들였다.

파앗!

그와 함께 섬뜩한 검광 다발이 그의 손을 아슬아슬하게 스치고 지나갔다. 가렴이 그녀의 검에 어른거리는 검광에서 무언가 심상치 않음을 알아차리고 손을 빼지 않았다면 폭발하듯 피어오른 그 검광에 그대로 손이 잘리고 말았을 것이다.

자신의 양손에 수많은 피를 묻혀 온 가렴도 지금 이 순간만큼은 가슴 한구석이 써늘해지지 않을 수 없었다. 그만큼 서문연상이 펼친 검광의 위력은 예상을 뛰어넘는 것이었다.

하나 이내 그의 얼굴이 진득한 살기로 물들었다. 아직 대가리에 피도 안 마른 것 같은 어린 소녀에게 낭패를 당할 뻔했다는 생각에 머리끝까지 살심이 치밀어 오른 것이다.

살기가 솟구치자 그의 눈빛은 오히려 냉정해졌고, 태도 또한 조금 전과 비할 수 없을 정도로 차분해졌다. 그것이야말로 산서성 이북 일대에서 많은 사람들을 두렵게 했던 맹독호 본연의 모습이었다.

가렴의 손이 다시 움직였다.

파팟!

마치 두 줄기의 흑선이 그려지는 듯한 착각이 들 정도로 민첩한 움직임이었다. 그 속도는 조금 전과 비교도 할 수 없을 정도로 빨랐다.

서문연상은 갑자기 변한 그의 행동에 바짝 경각심이 들었다. 누구보다도 눈치가 빠르고 영악한 그녀는 상대의 모습에서 그가 자신을 경시하지 않고 제대로 된 실력을 선보이고 있다는 것을 알아차린 것이다.

'쳇! 약을 바짝 올리면 쉽게 흥분해서 허점을 보일 줄 알았더니 반대로 살심만 자극한 꼴이 되었구나. 이자들은 단순한 강호의 흑도 무리들이 아니다. 틀림없이 어려서부터 체계적으로 명문정파의 수련을 받은 인물들이 분명하다.'

조금 전에 싸웠던 하일수도 사용하는 무공은 흑도의 거칠고 투박한 검법이었으나, 그것을 펼칠 때 가끔씩 드러나는 모습은 기본기가 탄탄하고 검에 대한 이해도가 높은 일류고수의 그것이었다.

그런 자세는 결코 흑도에서 굴러먹은 낭인(浪人)들이 가질 수 없는 것이었다.

지금 제대로 된 투로를 따라 공격해 들어오는 가렴의 모습만 보아도 처음과는 달리 명가(名家)에서 제대로 배운 자의 풍모가 엿보이고 있었다. 오히려 무림의 금기를 고려하지 않고 거침없이 급소를 노리고 들어온다는 점에서 명문정파의 고수보다 상대하기 더욱 까다로운 면이 있었다.

서문연상은 이런 상황에서 자칫 약세를 보이다가는 제대로 실력도 발휘하지 못하고 변을 당할지 모른다는 생각에 피하지 않고 전력을 다해 그에게 맞서 갔다.

마음이 다급해서인지 그녀의 손에서 펼쳐지는 것은 종남파의 무공이 아니라 본가(本家)인 검보의 신동검법(神動劍法)이었다. 아무래도 오랜 시간 동안 익혀 온 검보의 검법이 아직 어설픈 종남파의 검법보다 더 나으리라는 판단에서였다.

신동검법은 검보의 최고 무공인 신왕검형을 익히기 전에 배우는 두 가지 무공 중 하나로, 신동검법을 완벽히 터득한 다음에 제왕팔검(帝王八劍)을 익히고 그 이후에야 비로소 신왕검형을 배울 수 있었다.

그렇다고 신동검법이 단순히 신왕검형의 입문 무공으로 치부될 만한, 별 볼 일 없는 무공은 아니었다. 오히려 여타 문파의 최고 무공에 못지않은 놀라운 위력을 지닌 절학이라고 할 수 있었다. 그래서 서문연상도 절체절명의 위급한 순간에 종남파의 무공이 아닌 신동검법을 선뜻 꺼내 들었던 것이다.

한동안 두 사람 사이에 맹렬한 공방이 벌어졌다.

가렴은 끓어오르는 살심을 억누르며 흑귀조의 초식들로 서문연상의 급소 부위를 공격하고 있었다. 여인이 수치심을 느낄 만한 가슴과 하복부 쪽을 집중적으로 노리는 그의 모습은 보는 이의 눈살을 찌푸리게 할 만큼 추잡하고 혐오스러웠으나, 그 위력만큼은 살벌할 정도로 무시무시해서 거무스름한 빛을 띤 손가락에 살짝 스치기만 해도 피부가 그대로 갈라져 버릴 것이 분명했다.

상대가 서슴없이 자신의 부끄러운 부위를 노리고 들어옴에도 서문연상은 흥분하거나 동요하지 않고 차분하게 신둔검법의 절초들을 펼쳐 대등하게 맞서 갔다. 그 모습은 산전수전을 다 겪은 노련한 여고수를 보는 것 같아서, 옆에서 지켜보고 있던 하일수는 자신도 모르게 몇 번이나 감탄성을 토하고 있었다.

'처음에는 성정이 거칠고 급한 줄 알았는데, 마음의 수양이 보통이 아니로군. 확실히 명가의 제자답구나. 그런데 종남파의 무공 중 저토록 화려하고 강맹한 검법이 있다는 말은 들어 보지 못했는데……'

하일수는 서문연상이 펼치는 검법이 낯설어 연신 고개를 갸웃거렸다. 종남파의 무공에 대해서는 나름대로 상세히 안다고 생각했었는데, 지금 서문연상이 사용하는 검법에 대해서는 짐작조차 가지 않았던 것이다.

그가 보고 있는 사이에도 두 남녀는 순식간에 삼십 초를 주고받았다. 갈수록 치열해지는 그들의 격전은 시간이 흐를수록 조금씩 가렴의 우세로 기울어 가고 있었다.

아무리 서문연상이 명문정파의 후손이라고 해도 아직 나이가 어려서 내공이 달리는 것은 어쩔 수 없었다. 게다가 지금과 같이 살벌한 강호 고수와의 격투는 경험이 많지 않은 탓에 동작에 불필요한 힘이 들어가는 경우도 상당히 많았다. 그래서인지 사십 초가 넘어가자 그녀의 체력과 내공이 급격히 떨어지며 승부의 추가 한쪽으로 기울어 가고 있는 것이다.

하일수는 그녀가 앞으로 십여 초를 더 버티지 못할 것이라고 생각했다.

그 상대가 손속이 잔인하고 거칠기로 유명한 맹독호 가렴이고 그녀의 나이가 아직 스물도 되지 않았다는 점을 고려한다면 그녀는 정말 대단한 선전을 벌인 셈이었다.

하나 아무리 발버둥 쳐도 결국 그녀는 가렴의 손에 비참한 최후를 맞이하게 될 것이 분명했다. 하일수로서는 모쪼록 그녀가 목숨을 잃기 전에 최악의 험한 꼴을 당하는 일이 없기만을 마음속으로 빌어 줄 뿐이었다.

문득 다른 한쪽의 상황이 궁금해진 하일수는 슬쩍 고개를 돌려 보았다.

방화와 곽추의 격전 또한 점입가경이었다. 두 사람 모두 주위에서 천둥 벼락이 떨어져도 모를 정도로 싸움에 몰입해 있었다.

방화는 온몸이 땀으로 범벅이 된 채 수중의 장검을 맹렬하게 휘두르고 있었다. 가뜩이나 새하얀 안색이 시체처럼 창백하게 변해 있었고, 꽉 다문 입술에 엷은 핏물이 번져 나오는 것으로 보아 젖 먹던 힘까지 끌어모아 사력을 다하고 있음이 분명했다.

그에 비해 곽추의 모습은 한결 안정되어 보였다. 커다란 거치도를 장난감처럼 유연하게 움직이면서 방화의 검을 상대하는 그의 얼굴에도 땀방울이 맺혀 있기는 했으나, 거친 숨을 몰아쉬는 방화에 비해 호흡에 변함이 없었고 표정 또한 힘들어하는 구석이 거의 보이지 않았다.

어찌 보면 방화가 자신의 모든 것을 내보일 때까지 곽추가 사정을 봐주고 있는 것도 같았다.

하일수가 보기에 방화도 길어야 일이십 초를 넘기지 못할 것 같았다. 그때쯤이면 굳이 곽추가 손을 쓰지 않더라도 방화는 진력이 완전히 고갈되어 스스로의 힘으로 서 있지도 못할 게 분명했다.

하일수의 입가에 씁쓸한 미소가 떠올랐다.

'곽 형도 저런 어린 인재의 피를 자신의 손에 묻히는 것이 내키지 않는 모양이군. 하지만 때로는 어쩔 수 없는 줄 알면서도 해야만 하는 일이 있는 법이지.'

문득 하일수의 뇌리에 처음 종남파를 공격해 들어갔을 때의 광경이 떠올랐다. 갑작스런 습격에 종남파의 고수들은 당황해하는 기색이 역력했으나, 이내 상황을 판단하고는 몇 개의 무리로 나뉘었다. 종남파를 호위하고 있던 일단의 무리들이 자신들의 앞길을 막는 사이 그들은 암도를 통해 모습을 감추어 버렸다.

그때 잠깐 보았던 종남파의 제자들은 하나같이 총기가 엿보이는 소년 소녀들이었다. 신검무적의 사매라는 여인을 제외하고는 대부분이 스무 살도 채 되지 않은 젊은 나이였으며, 그중 몇 명은 이제 겨우 열 살 남짓 되는 꼬맹이들이었다.

자신들의 손으로 그런 어린아이들의 숨통을 끊어야 한다는 것이 어이가 없으면서도 한편으로는 겨우 이 정도 인원들만으로 천하를 경동시키고 있는 종남파의 저력을 엿본 것 같아 마음이 무거워졌다.

평소 마음이 맞았던 곽추와 뒤로 한 발짝 물러난 것도 그런 어린 인재들을 향해 검을 휘두르는 것이 선뜻 내키지 않았기 때문이다. 그런데 오히려 뒤에 물러서 있던 덕분에 그들 중 일부의 행적을 발견할 수 있게 되었으니, 그들로서는 큰 공을 세우고도 입맛이 씁쓸할 수밖에 없었다.

그렇게 본다면 음흉한 속셈을 품고 자신의 앞을 막아선 가렴의 행동이 오히려 다행스럽기까지 했다. 적어도 앞길이 구만리 같은 미소녀를 자신의 손으로 직접 베어 넘기지 않아도 되었으니 말이다.

찌익!

"아앗!"

하일수가 잠시 상념에 잠겨 있는 사이 옷자락 찢어지는 소리와 함께 날카로운 소녀의 비명 소리가 들려왔다.

하일수가 번쩍 고개를 돌려 보니 가렴과 팽팽히 맞서고 있던 서문연상이 가녀린 몸을 휘청거리며 정신없이 뒤로 물러서고 있었다.

그녀의 옆구리 부위는 옷자락이 길게 찢어져 새하얀 살결이 그대로 드러나 보였다. 그 부위의 피부가 검게 변색되어 있는 것이 유난히 시선을 끌었다.

가렴은 새파랗게 질린 얼굴로 비틀거리며 서 있는 서문연상을 향해 음산한 웃음을 날렸다.

"흐흐. 제법 재롱을 떨 만한 재주를 가지고 있다만, 나를 상대하기에는 아직 멀었다. 이제 곧 네년의 야들야들한 살을 이 손으로 직접 어루만져 주마."

가렴이 양손을 천천히 들어 올렸다. 손바닥과 맞닿은 채 꼼지락거리는 열 개의 거무튀튀한 손가락은 그 자체로 살아 있는 끔찍한 생명체 같았다.

그것을 본 서문연상은 자신도 모르게 진저리를 쳤다. 가렴의 손가락에 스친 옆구리가 마치 칼에라도 베인 듯 화끈거리며 아찔한 통증이 밀려들었으나, 그보다는 징그러운 웃음을 지은 채 자신을 향해 다가오는 가렴이 더욱 신경 쓰였다.

이미 그녀의 내공은 바닥을 드러낸 상태였고, 체력 또한 거의 떨어져서 서 있기조차 힘들 지경이었다. 그녀는 최선을 다했으나 더 이상 가렴의 저 검은 손가락을 막아 낼 자신이 없었다.

"사매!"

한쪽에서 곽추와 치열한 격전을 벌이고 있던 방화가 뒤늦게 그녀의 위기를 알았는지 자신의 안위도 돌보지 않고 그녀에게 다가가려 했으나, 오히려 곽추에게 제지당해 크나큰 위기에 빠져 버렸다.

팟!

곽추의 거치도가 또다시 그의 왼팔을 스치고 지나가며 핏물이 허공으로 솟구쳐 올랐다. 하마터면 왼팔이 그대로 잘려져 나갈 뻔한 방화의 안색이 시커멓게 변했다.

방화는 통증을 억누르고 다시 곽추를 상대했으나, 이미 완전히 패색이 짙어져서 당장 거치도에 두 조각나도 이상하지 않은 위급한 상황에 처하고 말았다. 가뜩이나 사력을 다해 곽추의 칼에 맞서고 있던 방화로서는 한눈을 판 대가를 톡톡히 치르고 있는 셈이었다.

서문연상은 속으로 애가 바짝 타들어 갔으나 지금으로서는 방화를 도울 방법이 없었다.

"흐흐. 이제 후회가 되느냐? 하지만 너무 늦었다."

가렴은 악독한 미소를 지으며 그녀를 향해 양손을 내뻗었다. 그녀는 거대한 두 개의 손이 자신을 향해 다가오는 것을 뻔히 보고서도 더 이상 피할 힘이 남아 있지 않았다. 절망적인 상황에 처한 그녀의 두 눈에 암담한 빛이 감도는 순간이었다.

휘익!

돌연 하나의 그림자가 쏜살같이 장내로 뛰어들었다.

가렴은 자신의 눈앞에 희끗한 인영이 스치는 순간, 서문연상을 향해 뻗은 손을 재빨리 거두어들이며 자신의 앞가슴을 보호했다. 그것은 풍부한 강호 경험에서 우러나온 자연스런 반응이었다.

파팡!

북을 두드리는 듯한 음향과 함께 가렴의 몸이 휘청거리며 뒤로 주춤 물러났다. 가슴 앞을 막아선 손이 부러질 듯한 통증에 얼굴을 있는 대로 찡그리면서도 가렴은 필사적으로 앞을 노려보았다.

언제 나타났는지 칙칙한 회의를 입은 사람이 그와 서문연상의 사이에 우뚝 서 있었다. 헝클어진 머리카락에 유난히 깡마른 몸매의 남자였다. 가면을 씌운 듯 표정이 없는 얼굴 때문에 정확한 나이를 알기 어려웠으나 서른이 넘지 않은 것은 분명해 보였다.

회의인의 물처럼 투명한 시선과 마주친 가렴의 눈초리가 가늘게 떨렸다. 온몸의 피부를 바늘로 찌르는 듯한 싸늘하고 예리한 기운은 그가 어릴 적 몸담았던 화산파에서도 극소수의 사람들에게서나 간신히 느낄 수 있었던 것이다.

'검도의 고수로구나!'

한쪽에 서 있던 하일수도 회의인의 출현에 바짝 긴장한 모습이었다. 회의인이 지척에 접근하여 가렴의 앞을 막아설 때까지 전혀 그 기척을 감지하지 못했던 것이다.

회의인은 가렴과 하일수에게는 시선조차 주지 않고 멍하니 서 있는 서문연상을 바라보았다.

"종남파의 제자인가?"

아무런 감정도 담겨 있지 않은 듯한 무심한 음성에 서문연상은 찬물을 뒤집어쓴 듯 정신이 번쩍 들어 황급히 고개를 끄덕였다.

"그래요. 당신은 누구인가요?"

회의인은 그 말에는 아무 대꾸도 하지 않고 슬쩍 한쪽에서 싸우고 있는 방화와 곽추를 돌아보더니 예의 음성으로 다시 물었다.

"살아남은 자들은 너희 둘뿐이냐?"

서문연상은 움찔하여 사실대로 말해야 하나 순간적으로 망설였다. 하나 회의인이 자신에게 해가 되지 않을 거라는 판단하에 입을 열었다.

"뒤편의 동굴 너머에 몇 사람이 더 있어요."

회의인의 시선이 그녀의 뒤편에 펼쳐진 짙은 수림을 향했다.

서문연상은 재빨리 한마디를 덧붙였다.

"이자들 중 대여섯 명이 조금 전에 그쪽으로 갔어요."

발을 뗄 수도 없을 만큼 지친 그녀로서는 난데없이 나타난 회의인에게 한 가닥 기대를 걸어 볼 수밖에 없는 심정이었다.

과연 표정이 없던 회의인의 얼굴에 처음으로 엷은 표정 비슷한 것이 나타났다. 그것은 무어라 형용하기 어려운 복잡한 감정의 빛이었다. 하나 그것은 이내 빠르게 사라지고 다시 예의 무심한 모습으로 되돌아가 있었다.

"방취아도 그쪽에 있느냐?"

자신을 아랫사람 대하는 듯한 그의 말투에 화가 날 법도 하건만, 서문연상의 표정은 오히려 조금 더 밝아졌다. 회의인이 사고의 이름을 정확하게 말하자 그가 혹시 종남파와 상당한 친분이 있는 자가 아닐까 하는 기대감이 든 것이다.

"사고께선 저자들의 시선을 분산시키느라 다른 방향으로 가셨어요. 그런데……"

그녀가 채 말을 맺기도 전에 회의인이 돌연 한쪽으로 시선을 돌렸다.

"이들을 부탁드립니다."

그러자 멀지 않은 숲속에서 한 사람이 천천히 모습을 드러냈다.

"맡겨 두게."

나타난 사람은 짙은 흑의를 입은 서른 전후의 장한이었다.

그가 모습을 드러내자마자 회의인의 신형이 번쩍이더니 어느새 동굴이 있는 수림을 향해 날아가고 있었다. 그 기경할 신법에 서문연상의 입이 딱 벌어졌다. 마지막 순간에 회의인이 허리춤의 장검을 뽑아 던지며 그 장검을 따라 신형을 날린 것을 얼핏 보았던 것이다.

'저…… 저것은 검신수형(劍身隨形)인데…….'

검신수형은 검을 내던지는 힘을 이용해 몸을 날리는 신법으로, 검에 대한 경지가 절정에 도달해야만 시도해 볼 수 있는 상승의 무공이었다.

그녀도 자신의 할아버지인 검왕 서문동회가 펼치는 광경을 딱 한 번 보았을 뿐이었다. 그런데 아직 서른도 되지 않은 것 같은 회의인이 대뜸 그 수법을 사용하는 걸 보았으니 놀라지 않을 수 없었던 것이다.

가렴과 하일수 또한 회의인이 검신수형으로 날아가는 광경을 똑똑히 보았다. 하나 그들은 더 이상 그에게 신경을 쓸 수 없었다.

왜냐하면 그때 숲속에서 걸어 나온 흑의인이 수중의 장검을 천천히 뽑아 드는 광경을 보았기 때문이다. 그와 함께 그의 전신에서는 필설로 형용하기 어려운 가공할 기운들이 흘러나오기 시작했다.

가렴과 하일수뿐 아니라 방화와 싸우고 있던 곽추 또한 어느새 싸움을 멈추고 바짝 긴장된 눈으로 흑의인을 응시하고 있었다.

방화는 한쪽에서 가쁜 숨을 몰아쉬고 있었는데, 아직 쓰러지지 않은 것이 용할 정도로 지친 모습이 역력해 보였다.

세 사람 중 그나마 가장 성격이 침착한 하일수가 수중의 장검을 중단으로 겨누며 침중한 음성으로 물었다.

"귀하는 종남파의 제자요?"

흑의인은 고개를 저었다.

"이름을 알 수 있겠소?"

"금조명."

낯선 이름에 하일수의 눈에 한 줄기 당혹스런 빛이 떠올랐다.

"어느 파의 고인이시오?"

그의 거듭된 물음에 흑의인, 금조명은 말없이 검을 살짝 흔들었다.

하일수와 다른 두 사람의 표정이 더할 수 없이 무겁게 굳어졌다. 그의 모습에서 더 이상의 대화는 필요치 않다는 무언의 신호를 알아차린 것이다. 그것은 또한 절대로 자신들을 살려 보내지 않겠다는 의미이기도 했다.

그들이 바짝 긴장한 표정으로 바라보는 순간, 금조명의 검이 섬뜩한 검광을 발하며 그들의 코앞으로 날아들었다.

서문연상과 방화가 앞을 지키고 있는 수림을 지나면 가파른 벼랑이 나타난다. 벼랑의 한쪽 귀퉁이에 언뜻 보아서는 알아차리기 힘든 작은 균열이 나 있는데, 그 균열에 들어서서 조금 걷다 보면 제법 넓은 동혈(洞穴)이 모습을 드러낸다.

그 동혈의 길이는 십 장 정도에 불과하지만, 동혈을 지나면 벼랑의 반대편 능선에 도달할 수 있기에 아주 효과적인 피난처가 되기도 한다. 그 능선 너머로 조금만 더 가면 종남파의 조사전이 있는 본산 뒤편이 나오게 되는 것이다.

지금 종남파의 본산이 멀리 내려다보이는 능선의 한쪽 비탈에서 무시무시한 싸움이 벌어지고 있었다.

싸우고 있는 사람은 백발이 성성한 노인과 얼굴이 유난히 창백한 백의인이었다. 그들의 싸움이 어찌나 치열했던지 비탈의 한쪽이 완전히 폐허처럼 변해 있었고, 주변의 울창한 나무들이 모조리 부서진 채 파편만이 수북하게 쌓여 있을 뿐이었다.

그들에게서 십여 장 떨어진 곳에 다섯 명의 장한들이 반원형으로 우뚝 선 채 싸움을 지켜보고 있었다.

다시 그들에게서 조금 떨어진 곳에 어린아이들을 포함한 몇 사람이 똘똘 뭉쳐 있었는데, 그들의 뒤편은 유난히 경사가 가파른 비탈이어서 그들은 사실상 반원형으로 넓게 서 있는 다섯 장한들에게 포위되어 있는 것이나 마찬가지였다.

그들 중 세 명은 열 살 남짓 되어 보이는 어린 소년들이었고, 다른 한 명은 수염이 가득 나 있는 털북숭이 중년인이었다. 그들 네 사람은 백발 노인과 백의인의 싸움에서 시선을 떼지 못하고 있었는데, 하나같이 안색이 초췌하고 얼굴에 초조한 빛이 역력한 것이 한눈에 보기에도 무척이나 낭패스럽고 절망에 빠져 있는 듯한 모습이었다.

그들에게서 조금 떨어진 바닥에는 두 명의 인물들이 피를 흘린 채 누워 있었다. 한 사람은 이미 숨이 끊어진 듯했고, 다른 한 사람은 배가 갈라져 내장마저 얼핏 내보일 정도로 심한 상처를 입고 있어서 기식이 엄엄해 보였다. 털북숭이 중년인은 그들을 안타까운 시선으로 바라보았으나, 다섯 명의 장한들에게 막혀 감히 그쪽으로 다가가지 못한 채 발만 동동 구르고 있었다.

콰앙!

벼락이 치는 듯한 음향과 함께 자욱한 흙먼지와 박살 난 나무 파편이 사방으로 퍼져 나갔다.

백발 노인이 몸을 휘청거리며 연신 뒷걸음질 치다가 간신히 걸음을 멈추었다. 하나 이내 참지 못하고 시커먼 피를 한 사발이나 토해 냈다.

"우욱!"

반면 노인과 싸우던 백의인은 한 차례 신형이 휘청거리는 것만으로 다시 자세를 바로잡고는 음산한 웃음을 날렸다.

"흐흐, 제갈 노인! 예전에는 어땠을지 몰라도 지금은 확실히 한 물간 것이 분명하구려. 그 정도 솜씨로는 내 손을 감당할 수 없소."

백발 노인은 입가에 흐르는 피를 닦을 생각도 하지 않고 사나운 눈으로 백의인을 노려보았다.

"죽일 놈! 네놈의 사부도 감히 노부를 함부로 대하지 못하거늘, 한 수 득수(得手)했다고 하늘 높은 줄 모르고 건방을 떨고 있구나."

백의인의 유난히 새하얀 얼굴에 차갑고 서늘한 미소가 내걸렸다.

"흐흐. 그거야 사부가 제갈 노인의 의술을 존중해서 양보한 것이겠지만, 나한테는 그런 의술 따위는 아무 소용도 없소. 사부와의 안면을 생각해서 제갈 노인이 이대로 물러난다면 더 이상 손을 쓰지는 않겠소. 어떻소? 물러나시겠소, 아니면 끝장을 보시겠소?"

비아냥거리는 듯한 백의인의 물음에 백발 노인의 눈썹이 하늘로 솟구쳐 올랐다.

"건방진 놈! 어디 내 손에 잘근잘근 다져진 다음에도 그따위 말을 할 수 있는지 보자!"

백발 노인이 버럭 노성을 지르며 달려들자 백의인은 입꼬리를 말며 웃었다.

"글쎄, 제갈 노인의 실력으로는 안 된다니까."

그는 피하지 않고 양손을 들어 백발 노인의 공세에 맞섰다. 잠시 두 사람 사이에 맹렬한 공방이 오고 갔다. 그들의 손이 어찌나 빨랐던지 다른 사람들의 눈에는 무언가 희끗한 것이 어른거릴 뿐이었다.

하나 얼마 되지 않아 다시 백발 노인이 신음을 토하며 뒤로 물러났다.

"으음!"

백발 노인의 왼쪽 어깨가 피투성이가 되어 있었다. 마치 날카로운 톱니바퀴가 훑고 지나간 듯 짙은 고랑이 패어 있는 왼쪽 어깨는 시뻘건 피로 물들어 있었다.

백의인은 천천히 백발 노인에게 다가가며 빙글거리고 웃었다.

"제갈 노인의 수는 모두 파악되었소. 마지막 기회요. 순순히 물러나겠소? 아니면 내 손에 그 늙고 쭈글쭈글한 목덜미를 잡아 뜯기겠소?"

그는 보란 듯이 오른손을 들어 올렸다. 그의 오른손가락 끝에 핏방울이 고여 있는 모습이 선명하게 시야에 들어왔다. 그 피는 다름 아닌 백발 노인의 것이었다.

백발 노인은 이를 부드득 갈았다.

"이 찢어 죽일 놈……!"

기분 같아서는 당장이라도 달려들어 백의인의 얄미운 얼굴을 짓이기고 싶었으나, 이미 그동안의 격전으로 체력이 고갈된 그로서는 도저히 백의인의 다음 공격을 받아 낼 자신이 없었다.

그렇다고 이대로 물러났다가는 자신만을 믿고 있는 종남파의 어린 제자들은 산중의 고혼(孤魂)이 되어 버릴 것이 분명했다. 그들 하나하나가 모두 보기 드문 인재들임을 생각한다면 정말 안타까운 일이 아닐 수 없었다.

백발 노인은 힐끗 뒤를 돌아보았다. 세 명의 어린 소년들은 비통함과 초조함으로 하나같이 얼굴이 딱딱하게 굳어 있었다. 하나 그들 중 누구도 겁을 먹거나 두려워하는 기색은 보이지 않았다. 오히려 그들 중에는 날카로운 눈으로 자신들을 둘러싸고 있는 장한들을 노려보는 소년도 있었다.

백발 노인은 세 명의 소년들과 그들을 안다시피 하고 있는 털북숭이 중년인을 바라보다가 이내 결심한 듯 비장한 표정을 지었다.

'그래, 이만하면 살 만큼 산 것이다. 저 어린것들과 함께 인생의 마지막을 맞을 수 있다는 것도 어찌 보면 복이라고 할 수 있겠지. 저 술고래 녀석이 저승길 동무가 된다는 건 못마땅한 일이지만 말이지.'

백의인은 백발 노인의 얼굴 표정이 변하는 것만 보아도 그의 마음을 짐작하겠는지 두 눈이 진득한 살기로 번들거렸다.

"굳이 권주(勸酒)를 마다하고 벌주(罰酒)를 마시겠다는 거로군.

그렇다면 나도 더 이상 사양하지 않겠소. 기꺼이 저승으로 모셔다 드리지.”

그의 오른손에서 탈명조의 공력이 피어오르기 시작했다. 백발 노인은 이미 마음을 굳힌 듯 왼쪽 어깨의 부상에도 아랑곳하지 않고 오른 주먹을 불끈 쥐었다.

백의인이 갈고리처럼 변한 손으로 백발 노인의 목덜미를 향해 움직여 갈 때였다.

파악!

능선 위에서 갑자기 하나의 섬광이 그를 향해 빛살처럼 날아들었다. 백발 노인을 향해 빠르게 다가가던 백의인은 허깨비 같은 동작으로 몸을 회전시켜 그 섬광을 피했다.

파앗!

바닥에 선명한 줄이 그어지며 그 선 안에 있는 모든 것들이 갈라졌다.

‘이 검기는?’

백의인의 눈빛이 무시무시하게 번뜩이더니 허공에서 몸을 한 바퀴 회전시키며 섬광이 날아온 곳으로 신형을 날렸다.

“금조명! 네놈이 오기를 기다렸다!”

그의 몸은 먹이를 본 매처럼 무서운 속도로 한곳으로 날아갔다.

파파파팍!

탈명조와 시퍼런 검기가 서로 엇갈리더니 백의인이 황급히 몸을 멈춰 세웠다. 그는 자신의 옆구리가 살짝 찢어진 것을 보고는 살광을 번뜩이며 고개를 돌렸다.

그곳에는 검을 든 회의인이 섬뜩한 눈빛을 발하며 그를 쏘아보고 있었다.

백의인이 그의 얼굴을 보고는 의아한 듯 물었다.

"네놈은 금조명이 아니구나. 네놈은 누구인데 검마의 염왕기(閻王氣)를 쓰는 거냐?"

회의인은 말없이 그를 노려보며 수중의 장검을 곧추세웠다.

백의인은 이를 부드득 갈아붙이며 그를 향해 달려들었다.

"말 안 해도 알겠다. 검마의 또 다른 아들 중 한 놈이겠지. 네놈을 죽이고 금조명의 목을 따서 그 피로 배를 불리고야 말겠다!"

무시무시한 기세로 자신을 향해 달려드는 백의인을 무심한 시선으로 바라보던 회의인은 백의인의 손이 지척에 도달한 순간에야 비로소 수중의 검을 세차게 휘두르기 시작했다.

제 352 장

수구초심(首丘初心)

제 352 장 수구초심 (首丘初心)

소지산은 천성이 차분하고 침착하여 평상시에는 좀처럼 흥분하거나 서두르는 법이 없었다. 하나 지금의 그는 마치 다른 사람을 보는 것처럼 초조함과 다급함이 얼굴 전체에서 묻어 나오고 있었다.

초가보와의 싸움 이후, 종남파 본산이 습격을 받을 거라는 생각은 꿈에서도 해 본 적이 없었다.

숙적이었던 초가보를 무너뜨리고 욱일승천의 기세로 강호 무림에 명성을 쌓고 있는 종남파의 본산을 감히 다른 문파나 세력이 넘볼 수 없을 거라는 자신감이 은연중에 가슴 한구석에 자리하고 있었던 것이다. 그것은 그뿐만이 아닌 모든 종남파 고수들의 확신에 가까운 믿음이었다.

화산파와 서안에서 크고 작은 다툼을 벌일 때도 본산의 안위에 대해서는 누구도 크게 걱정하거나 불안해 하지 않았다. 그래서 노해광이 지원을 요청했을 때 선뜻 절반에 가까운 인원을 서안으로 내려보낼 수 있었던 것이다. 화산파와의 회람연을 위해서 문파의 가장 큰 기둥이라고 할 수 있는 소지산과 전풍개가 종남산을 내려올 때도 설마 본산에 위험이 닥치리라고는 짐작조차 하지 못하고 있었다.

그런데 지금 종남파의 본산이 공격을 받고 있다고 생각하자 모두의 마음속에는 미칠 듯한 초조감과 불안함이 자리할 수밖에 없었다.

지금 종남파 본산에는 방취아 외에 몇 명의 제자들만이 있을 뿐이었다. 그들 중 그나마 제대로 된 무공을 펼칠 수 있는 사람은 방화와 서문연상뿐이었고, 나머지는 입문한 지 얼마 되지도 않은 열 살 남짓 되는 어린 소년들이었다.

그들 외에 몇 명의 빈객들과 수신대원들이 있지만, 제갈외 외에는 무공에 특출 난 인물이 없었다. 빈객으로 머물러 있는 송천기와 추성은 무공의 고수라고 하기에 미흡한 실력을 지니고 있었고, 열다섯 명이나 되는 수신대원들도 나름대로 상당한 실력을 지니고 있기는 하지만 강호의 일류고수들에게는 아무래도 손색이 있었다.

그야말로 방취아와 제갈외를 제외하고는 자기 한 몸 지키기에도 급급한 면면들이었던 것이다.

종남파의 본산을 습격할 정도의 무리들이라면 그러한 상황을 소상하게 파악하고 있을 가능성이 높았다. 더구나 노해광의 짐작대로 그들이 검단현의 지시를 받은 자들이라면 최악의 경우를 예상하지 않을 수 없었다.

미친 듯이 말을 몰아가는 종남파 고수들의 얼굴에 불안함과 초조함이 가득한 것도 그 때문이었다.

그중에서도 소지산의 마음은 다른 누구보다 심하게 두근거리고 있었다.

연인인 방취아에 대한 걱정 때문만은 아니었다.

강호행을 떠나면서 장문 사형은 문파의 안위를 그에게 부탁했다. 그것은 문파에 대한 모든 책임이 그에게 있다는 뜻이었다.

만에 하나 이번 일로 문파에 돌이킬 수 없는 불행이 닥친다면 그것은 오롯이 그의 잘못이며, 다른 무엇으로도 그 과(過)를 면할 수 없을 것이다.

이제 겨우 싹트기 시작한 종남파의 미래가 더러운 무리들에 의해 짓밟히고 있다고 생각하자 소지산은 끓어오르는 분노와 자책감을 견딜 수 없었다.

'아직은 확실한 것이 아니다. 사매는 누구보다도 시세 파악에 능하며, 제갈 대협 또한 강호 경험이 풍부한 분이시니 최악의 상황은 벗어날 수 있을지 모른다.'

소지산은 마음속을 가득 메우는 불안감을 억지로 억누르기 위해 몇 번이나 심호흡을 해야 했다.

마침내 멀리 종남산의 산자락이 보이자, 소지산은 더 이상 참지 않고 말 위를 벗어나 신형을 날리기 시작했다. 산을 오르는 것은 말보다 사람의 다리가 더욱 빠르고 효과적이었기 때문이다.

먼저 출발했던 전풍개와 하동원도 말을 버리고 저만큼 앞에서 달려가고 있었다.

소지산은 정해를 비롯한 무공이 떨어지는 고수들이 뒤로 처지는 것에는 신경도 쓰지 않고 전력을 기울여 신법을 펼친 끝에 곧 그들과 어깨를 나란히 할 수 있었다.

그의 뒤를 따라붙은 사람은 수신대의 대주인 우문화룡과 흑선방의 최고 살수인 십절수 강표 같이 신법이 뛰어난 두세 명뿐이었다.

한 줄기 바람이 일렁이며 하동원이 그의 옆으로 바짝 붙어서 다가왔다. 소지산을 바라보는 그의 눈에는 걱정스런 빛이 가득 담겨 있었다.

"가슴의 부상이 심각해 보이는데, 괜찮은 거냐?"

소지산은 굳은 얼굴로 살짝 고개를 끄덕였다.

"견딜 만합니다."

하동원은 무거운 눈으로 소지산의 가슴을 슬쩍 내려다보았다.

'검기에 당한 것이라 심맥에도 적지 않은 영향을 줬을 텐데……. 저 상태로 무리를 한다면 심각한 내상(內傷)으로 번질 게 뻔하다. 그렇다고 지금같이 긴박한 상황에서 무작정 안정을 취하라고 할 수도 없고…….'

소지산의 가슴에는 원 모양의 상처가 나 있었는데, 그곳으로 아직도 핏물이 조금씩 흘러나오고 있었다. 지혈을 했음에도 검기에 당한 상처라서 완벽하게 피가 멎지 않고 있는 것이다.

하나 문제는 단순히 외형적인 것이 아니었다. 겉으로 드러난 상처와는 달리 소지산의 가슴속은 검기의 침투로 심맥이 적지 않게 손상되어 있었다. 이런 상태에서 계속 내공을 소모하고 격한 움직임을 보인다면 심맥의 손상이 극심해져서 종내에는 끊어지게 될지도 몰랐다.

그것을 막기 위해서는 지금이라도 조용한 곳에서 운기조식하며 손상된 심맥을 치료해야 하는데, 지금은 그럴 만한 여유가 있을 리 없었다. 오히려 험한 종남산의 산등성이를 전력을 다해 뛰어오르느라 내공의 소모가 막심했고, 체력 또한 급격히 고갈되어 가고 있었다.

하동원은 그런 상태를 짐작하고 있으면서도 그를 막거나 제지할 수 없는 현실이 안타깝고 답답해서 절로 탄식이 흘러나왔다.

다시 가파른 산등성이 하나를 넘자 시야가 탁 트이며 제법 넓은 분지가 나왔다. 그리고 분지 아래 자리한 종남파의 본산이 모습을 드러냈다.

본산은 여전히 아름다웠다. 하나 군데군데 부서진 건물과 검은 연기가 피어오르고 있는 곳이 있어 한눈에 보기에도 심상치 않은 일이 벌어지고 있음을 알 수 있었다. 더구나 시력을 돋구어 보면 종남파 본산의 곳곳에 피범벅이 된 시신들이 널려 있는 모습을 어렵지 않게 발견할 수 있었다.

그것을 본 종남파 고수들의 마음이 다급해질 수밖에 없었다.

그들은 전력을 다해 본산을 향해 몸을 날렸다.

그러다 소지산의 귀에 나직한 파열음 소리가 들려왔다. 아주 희미해서 귀를 기울이지 않으면 듣기 힘들었으나, 그것은 분명 검과 장력이 부딪치는 소리였다.

　제일 앞에서 달려가고 있던 전풍개도 그 소리를 들었는지 얼굴에 순간적으로 망설임의 빛이 떠올랐다. 그러다 소지산을 향해 턱짓을 했다.

　"저쪽은 네가 가 보도록 해라. 본산은 우리가 가 보마."

　"알겠습니다."

　소지산은 황급히 소리가 들려온 쪽으로 방향을 바꾸었다. 그 뒤를 우문화룡이 뒤따랐다.

　달려가는 소지산의 뒷모습을 보고 있던 전풍개가 문득 뒤를 돌아보았다. 그의 뒤에는 하동원 외에 강표 한 사람만이 있을 뿐이었다. 노해광의 수하들을 비롯해서 적지 않은 인원들이 함께 출발했는데, 끝까지 따라온 사람은 강표가 유일했다.

　강표는 온몸이 땀으로 흠뻑 젖은 채 가쁜 숨을 헐떡이고 있었다. 그의 무공은 그들 중 가장 뒤떨어졌으나, 신법이 뛰어나서 용케도 처지지 않고 여기까지 따라붙었던 것이다.

　"너는 나와 함께 가자."

　"예, 대협."

　강표는 지친 표정이 역력함에도 힘든 내색을 하지 않은 채 전풍개와 하동원을 따라 신형을 날렸다.

　소지산과 우문화룡은 섬전 같은 속도로 몇 개의 얕은 능선과 구릉을 넘어갔다. 갈수록 들려오는 소리가 조금씩 커지고 있었다. 소지산은 이미 자신들이 가고 있는 최종 목표가 어디인지를 짐작하고 입술을 깨물었다.

본산 주변에는 만약의 사태에 대비해서 은밀히 이동할 수 있는 암도가 몇 군데 있었다. 소리가 들려온 곳은 그중에서도 본산 뒤편의 조사전과 연결된 암도의 출구가 분명했다.

그 암도의 위치를 알고 있는 사람은 방취아와 서문연상, 그리고 방화뿐이었다. 아직 어린 제자들은 물론이고 제갈외조차도 그 암도의 존재 여부를 모르고 있었다.

그 암도 근처에서 싸움 소리가 들려온다는 것이 무엇을 뜻하겠는가?

소지산은 눈앞에 보이는 암석군들을 뛰어넘어 앞으로 달려갔다.

눈앞이 탁 트이면서 울창한 수림 앞의 공터에서 치열한 격전이 벌어지고 있는 장면이 시야에 들어왔다.

백발이 성성한 노인이 세 명의 어린아이와 털북숭이 장한 앞을 막아선 채 세 명의 무림인들과 싸움을 벌이고 있었는데, 몸의 여기저기에 선혈이 낭자한 것이 금시라도 쓰러질 듯 위태로워 보였다.

다른 한쪽에서는 검을 든 회의인과 맨손의 백의인이 싸우고 있었다. 그들의 격전이 어찌나 격렬하던지 보는 것만으로도 모골이 송연할 정도였다.

백발 노인을 공격하는 무림인들과 일행인 듯한 두 명의 장한들이 조금 떨어진 곳에서 그 격전을 지켜보고 있었는데, 워낙 눈앞의 싸움이 치열하고 살벌해서 그쪽에 신경을 집중하느라 미처 소지산과 우문화룡의 등장을 알아차리지 못하고 있는 것 같았다.

소지산은 장내를 일견하는 것만으로도 사태를 파악하고는 주저하지 않고 백발 노인을 공격하는 세 명의 무림인들을 향해 몸을 날렸다.

뒤늦게 그의 출현을 알아차린 두 명의 무림인들이 황급히 그를 제지하려 했으나, 우문화룡이 적절한 시기에 그들의 앞을 막아섰다.

"너희들은 내 몫이다!"

우문화룡의 등 뒤에 꽂혀 있던 혈화창이 어느새 뽑혀 나와 수십 개의 창영(槍影)을 만들어 냈다.

"고수구나!"

두 명의 무림인들 중 한 명이 경악성을 토해 내며 신형을 비틀어 창영을 피했고, 다른 한 명은 수중의 장검으로 창을 막으려 했다.

차차창!

창과 검이 몇 차례나 격돌하며 격렬한 마찰음을 토해 냈다. 그리고 이내 검을 든 무림인이 술 취한 사람처럼 휘청거리며 물러났다. 그의 오른쪽 소맷자락이 찢어져 팔뚝까지 그대로 드러나 보였다.

우문화룡의 창이 다시 그를 향해 날아들려 할 때, 물러났던 다른 무림인이 시퍼런 칼을 휘두르며 달려들었다.

검을 든 무림인 또한 재빨리 가세하여 우문화룡을 협공하기 시작했다.

우문화룡은 이곳까지 오는 동안 자신의 친동생 같았던 수신대 원들의 모습이 전혀 보이지 않는 것에 극도의 불안감과 초조함을 느끼고 있기에 마음속에 분노와 살심이 그 어느 때보다 강렬했다. 그는 주저하지 않고 그들을 향해 맹렬하게 창을 휘둘렀다.

한편 소지산은 단숨에 십여 장을 날아 백발 노인을 공격하는 세 명의 무림인들에게 달려들었다.

백발 노인의 정체는 다름 아닌 제갈외였다.

제갈외는 가뜩이나 백의인과의 싸움에서 적지 않은 부상을 입은 데다 세 명의 합공을 막느라 온몸의 진력이 바닥나서 제대로 서 있기도 힘들 정도로 지쳐 있었다. 그러다 느닷없이 나타난 누군가가 자신의 앞을 막아서서 세 명의 무림인들에게 매서운 반격을 가하자, 간신히 눈을 크게 뜨고 그를 쳐다보다 이내 씹어뱉는 듯한 음성으로 투덜거렸다.

"죽일 놈……. 뭐하다가 이제야 나타난 거냐?"

불안에 떨면서 세 명의 어린이 앞을 지키고 서 있던 털북숭이 장한, 장승표 또한 뒤늦게 소지산의 모습을 발견하고는 울음 섞인 고함을 내질렀다.

"소 노제! 왜 이제 왔나?"

소지산은 그 말에 대답할 겨를이 없었다. 그저 세 명의 무림인들을 향해 미친 듯한 검격을 날릴 뿐이었다.

세 명의 무림인들은 삭주삼살(朔州三煞)이란 자들로, 관외(關外) 일대에서 악명이 자자한 인물들이었다. 그들은 반쯤은 놀리는 심정으로 느긋하게 제갈외를 상대하고 있었는데, 갑자기 한 인영이 그들 사이에 뛰어들어 폭죽 같은 검광을 뿌려 대자 가슴이 덜컥 내려앉고 말았다.

'시…… 신검무적이 나타난 건가?'

자신들이 너무 여유를 부리다 호랑이를 만났다는 생각에 황급히 검광을 피하며 뒤로 물러서던 그들은 자신들을 공격하는 자가 무림에 알려진 신검무적의 용모와는 전혀 다른 젊은 청년임을 알아차렸다.

그러자 두려움이 걷히며 마음속의 살심이 다시 들끓어 올랐다.

'신검무적만 아니라면 누구라도 상관없다!'

그들은 서로 시선을 교환하고는 이내 징그러운 미소를 지으며 그를 향해 달려들기 시작했다.

소지산은 처음부터 낙하구구검의 절초들을 연거푸 사용했다. 이미 오늘 살계(殺戒)를 열기로 단단히 마음먹은 터라 그의 손속에는 추호의 자비심도 존재하지 않았다.

파파파팍!

소지산을 향해 맹공을 가하려던 삭주삼살은 눈앞이 어지러울 정도로 폭발하듯 줄지어 피어오르는 수십 개의 검영에 안색이 핼쑥하게 굳어졌다. 종남파에 신검무적 외에 이와 같은 놀라운 검법을 펼칠 수 있는 자가 있으리라고는 미처 생각지 못했던 것이다.

그 검영들은 빠른 속도로 세를 확산하더니 이내 무서운 기세로 그들을 향해 날아들었다. 마치 수십 개의 칼날이 달린 거대한 수레바퀴가 질주해 오는 것 같았다.

"제…… 제길!"

그들 중 누군가에게서 경악에 찬 외침이 흘러나왔다. 삭주삼살은 제각기 자신들이 펼칠 수 있는 최고의 무공으로 맞섰으나, 이내 급격한 열세에 처하고 말았다.

일 대 삼의 대결이었음에도 오히려 그들이 각기 세 사람에게 공격당하는 것처럼 정신없이 몰리고 있었다. 그만큼 소지산의 검은 숨 쉴 틈을 주지 않고 세찬 검광을 끊임없이 뿌려 대고 있었다.

갈수록 검광이 뿜어져 나오는 속도와 기세가 거세어지자 삭주삼살은 간신히 막거나 피하는 것에만 급급할 뿐 체계적인 반격은 엄두도 내지 못했다.

원래 삭주삼살은 개개인의 무공 실력보다는 특이한 합격진(合擊陣)으로 명성을 얻은 자들이었다. 처음부터 자신들의 장기인 합공으로 대항을 했으면 소지산도 쉽게 그들을 상대할 수 없었을 텐데, 방심하여 다소 느슨하게 맞섰다가 자신들의 실력을 절반도 발휘해 보지 못하고 각개 격파를 당하게 생긴 것이다.

뒤늦게 자신들의 실수를 깨달은 그들은 자신들의 합격술인 삼살마라진(三殺魔羅陣)을 펼치려 했으나, 각각의 위치가 너무 동떨어져서 있어서 제대로 된 진형을 짤 수가 없었다.

'이대로는 안 된다. 무슨 수를 쓰더라도 일단 진부터 구축해야 한다!'

삭주삼살은 서로의 눈빛으로 의견을 교환한 후 다소간의 피해를 무릅쓰고라도 삼살마라진의 진형을 짜기로 결심했다.

하나 그들의 그런 의도는 소지산의 눈을 피할 수 없었다. 소지산은 그들이 다급한 와중에도 특정한 위치를 고수하려는 것을 보고 그들이 무언가 수작을 부리려 한다는 것을 알아차렸다.

소지산의 검이 다시 한 차례 변하며 거센 파도와 같은 기세로 그들을 향해 몰아쳐 갔다.

마침 황급히 검광을 피하던 삭주삼살의 셋째가 눈을 번쩍 빛냈다. 삼살마라진의 방위를 점하기 위해서는 옆으로 반 장쯤 더 이동해야 하는데, 공교롭게도 소지산의 검초가 새롭게 변하더니 공세의 방향이 살짝 바뀌면서 그쪽의 공격이 다소 허술해진 것이다.

그는 내심 쾌재를 부르며 재빨리 그쪽으로 이동했다.

그 순간, 다른 방향을 향했던 검광들이 일제히 그를 향해 폭포수처럼 쏟아져 들어왔다. 그제야 그는 빈틈으로 보였던 그 공간이 사실은 소지산이 만들어 낸 함정임을 깨닫고 사색이 되었으나, 이미 그의 몸은 수십 개의 검광 아래 그대로 노출되어 버렸다.

파파팟!

"크아악!"

처절한 비명과 함께 그는 시뻘건 피를 사방으로 뿌리며 허물어지듯 바닥에 쓰러지고 말았다.

그것이 시작이었다.

가뜩이나 간신히 소지산의 공격을 버티고 있던 삭주삼살의 두 사람은 동료가 처참한 시신이 되어 버리자 더욱 손발이 어지러워졌다가 이내 한 사람씩 비슷한 꼴이 되어 버리고 말았다.

"으윽!"

삭주삼살의 마지막 인물마저 검하고혼이 되어 버리자 그제야 소지산은 검을 거두고 주위를 둘러보았다.

제갈외를 비롯한 장승표와 소년들이 놀란 눈으로 그를 보고 있는 모습이 시야에 들어왔다. 그들은 평소에 침착하고 조용하기만 했던 소지산의 또 다른 모습에 적지 않은 충격을 받은 듯했다.

소지산의 시선이 장승표와 소년들에게서 멀지 않은 곳에 쓰러져 있는 두 구의 시신을 향했다. 그들은 다름 아닌 송천기와 추성이었다. 한눈에 그들이 모두 숨이 끊어져 있는 것을 알아차린 소지산의 눈빛이 유난히 무겁게 가라앉았다.

종남파에서 빈객의 신분으로 머물러 있던 그들은 마지막 순간까지도 종남파의 어린 제자들을 보호하기 위해 적들과 맞섰다가 비참한 최후를 맞이하고 만 것이다.

우문화룡은 두 명의 장한을 상대하고 있었는데, 팽팽하던 접전이 소지산의 승리를 기점으로 조금씩 우문화룡의 우세로 기울어지고 있었다. 두 명의 장한들이 삭주삼살의 죽음에 불안감을 느꼈는지 급격히 흔들리고 있는 모습이 역력했다.

다른 한쪽에서는 아직도 회의인과 백의인이 무시무시한 싸움을 계속하고 있었다.

그들의 격전이 어찌나 치열했던지 그 일대가 폐허처럼 변해 버렸고, 그들의 전신에도 크고 작은 상처가 가득했다. 그야말로 처절함이 느껴질 정도로 지독한 혈전이었다.

백의인은 머리를 묶고 있던 두건이 풀려 봉두난발을 한 채 옆구리와 허벅지에 피를 흘리고 있었는데, 그럼에도 유난히 창백한 얼굴에 괴이한 미소를 머금은 채 미친 듯이 양손을 휘두르고 있었다. 진득한 살기로 번들거리는 두 눈과 얼굴에 떠올라 있는 미소만 보면 광인(狂人)이라고 해도 이상하지 않을 정도였으나, 갈고리처럼 변한 손가락과 손목, 팔꿈치 등 상반신 전체를 이용한 무공은 그야말로 가공스러운 것이었다.

소지산조차도 그 백의인의 박투술(搏鬪術)에 섬뜩함을 느낄 정도였다.

그를 상대하는 회의인의 검도 무섭기는 마찬가지였다.

화려한 변화도 없이 아무렇게나 찔러 대는 검초 하나하나가 그야말로 상대의 요혈(要穴)만을 노리는 살초(殺招)들이어서 잠깐이라도 방심했다가는 그대로 숨이 끊어지고 말 것이 분명했다. 일체의 변식을 생략하고 오직 상대의 숨통을 끊기 위해 날아드는 그 검을 보고 소지산은 자신도 모르게 한숨을 내쉬었다.

'정말 무서운 검이구나. 오직 살인만을 위한 검이라니, 대체 이런 검을 창안한 사람의 심성은 얼마나 잔인한 것일까?'

회의인 또한 머리카락이 흐트러져 있는 데다, 이마에 상처를 입어서 얼굴이 온통 땀과 피로 물들어 있어 용모를 제대로 알아보기 힘들었다.

피 묻은 머리카락 사이로 번뜩이는 회의인의 두 눈은 무섭도록 냉정하게 가라앉아 있어 광기와 살기로 번들거리는 백의인의 모습과 좋은 비교가 되었다.

무심코 회의인을 바라보던 소지산이 고개를 살짝 갸웃거렸다.

어딘지 모르게 회의인의 모습이 눈에 익었던 것이다. 소지산은 얼굴을 절반이나 가리고 있는 회의인의 젖은 머리카락을 치우고 그의 얼굴을 제대로 보고 싶다는 충동이 생겼다.

'혹시······.'

무언지 모를 예감에 그의 가슴이 조금씩 두근거리고 있을 때, 누군가가 빠르게 그에게 다가왔다.

"소 노제."

장승표의 얼굴에는 다급한 표정이 가득했다.

"어서 빨리 북쪽으로 가 보게."

소지산은 장승표의 초조한 모습에 갑자기 불안한 생각이 들었다.

"무슨 일입니까?"

"방 소매가 적들 중 실력이 뛰어난 자들 몇 명을 그쪽으로 유인하여 끌고 갔네. 하나같이 만만치 않은 고수들 같으니 더 늦기 전에 어서 빨리 가 보는 게 좋겠네."

소지산의 얼굴이 딱딱하게 굳어졌다.

이곳에 방취아의 모습이 보이지 않기에 그녀가 본산 쪽에 있는 줄 알았거늘 그렇지 않다고 하자 절로 마음이 다급해진 것이다.

"그녀를 쫓아간 자들은 누구입니까?"

"정확히 모르네. 무슨 삼흉(三兇)인가, 삼악(三惡)인가 하는 자들일세. 하지만 방 소매가 몇 수 겨루어 보고는 표정이 좋지 않게 변한 걸 보면 보통 고수들이 아닌 게 분명하네."

그때 멀리 떨어져 있던 제갈외가 그의 말을 들었는지 버럭 소리를 질렀다.

"황하삼흉(黃河三兇)이라고 하지 않았느냐, 이 바보 자식아!"

장승표가 자기의 머리를 툭 쳤다.

"아, 그렇지. 황하삼흉! 그런 이름이었네."

소지산의 입에서 낮은 침음성이 흘러나왔다.

"황하삼흉이라면…… 막씨(莫氏) 삼형제(三兄弟)?"

황하삼흉은 황하 일대를 주름잡는 흑도의 고수들이었다.

거대한 황하를 배경으로 온갖 악행을 다 저지르고 다녔으나, 그들 개개인이 모두 뛰어난 고수들일 뿐 아니라 행적이 신출귀몰하고 거처가 일정치 않아서 누구도 그들을 막거나 제지하지 못했다.

황하 일대에서는 지옥의 사신(死神)보다도 더욱 무서운 존재로 군림하는 그들이 이곳에 왔다는 것은 놀라운 일이 아닐 수 없었다.

'검단현의 입김이 그들마저 움직일 정도였단 말인가?'

소지산은 질끈 입술을 깨물었다.

쫓는 자들이 황하삼흉이라면 방취아로서는 결코 당해 낼 수 없었다. 그들 중 한 명이라면 모르지만, 그들 셋이 모두 모여 있다면 소지산도 이긴다고 자신할 수가 없는 무서운 실력자들인 것이다.

"그녀가 어느 쪽으로 갔습니까? 정확한 위치를 아십니까?"

다급히 물어보는 소지산의 말에 장승표는 답답한 표정으로 고개를 저었다.

"잘 모르네. 방 소매가 태화전 쪽으로 움직이자 그들과 한두 명이 그녀의 뒤를 따라간 것이 내가 본 전부일세. 그 후에 수신대의 고수들이 다른 자들을 막는 사이 제갈 노인과 나는 다른 제자들을 데리고 암도로 피신한 것일세."

소지산은 절로 마음이 급해져서 그에게 답례도 제대로 하지 못하고 황급히 신형을 날렸다.

소지산이 바람같이 나타났다가 순식간에 몇 명을 베어 넘기고 다시 사라지는 와중에도 회의인과 백의인의 싸움은 갈수록 치열해져서 그야말로 보는 이의 모골을 송연하게 할 만큼 무시무시한 장면들이 연거푸 벌어지고 있었다.

놀라운 창술로 두 명의 장한을 쓰러뜨리고 한쪽에서 그들의 혈투를 지켜보고 있던 우문화룡조차 고개를 절레절레 흔들 정도로 섬뜩한 장면의 연속이었다.

"지독한 자들이로군."

적지 않은 세월 동안 강호에서 크고 작은 싸움을 경험했던 그로서도 가슴 한구석이 서늘해질 정도로 눈앞에서 벌어지고 있는 싸움은 흉험하기 이를 데 없었다.

그때 다시 몇 개의 인영들이 장내에 나타났다.

불안한 눈으로 그쪽을 돌아보던 장승표가 눈을 커다랗게 뜨며 반색을 했다.

"이 녀석들…… . 살아 있었구나!"

그들은 다름 아닌 방화와 서문연상이었다. 장승표는 황급히 그들에게 다가가 피할 사이도 없이 그들의 몸을 꼬옥 끌어안았다.

수염이 가득한 그의 뺨은 어느새 흠뻑 젖어 있었다. 누구보다 정이 많고 뜨거운 가슴을 가지고 있는 장승표는 자신들을 보호하기 위해 스스로 적들을 막아선 두 사람이 자칫 변을 당했을까 봐 그사이 깊은 수심에 빠져 있었다. 그런데 두 사람 모두 무사한 얼굴로 나타나니 순간적으로 치밀어 오르는 격정을 참기 어려웠던 것이다.

그의 그런 심정이 고스란히 느껴져서 방화는 아무 말도 못하고 그의 몸을 마주 안아 주었다. 항상 장승표를 놀리던 서문연상도 지금 이 순간만큼은 붉어진 얼굴로 그의 곰같이 넓은 등을 가만히 두드려 주었다.

"어디 다친 데는 없는 거냐?"

장승표는 아직도 눈물 자국이 남아 있는 눈으로 그들의 몸을 이리저리 살펴보다가 방화의 피로 물든 왼쪽 팔을 보더니 얼굴이 홱 변해서 제갈외를 마구 손짓해 불렀다.

"제갈 노인! 빨리 이리 오시오. 이 녀석이 크게 다친 모양이오!"

진력이 거의 고갈되어 힘든 표정으로 쉬고 있던 제갈외는 호들갑을 떠는 장승표를 못마땅한 눈으로 흘겨보면서도 방화에게 다가가 그의 팔을 잡더니 너덜너덜한 소맷자락을 잡아 뜯고는 잠시 상세를 살폈다.

방화의 왼쪽 팔은 두 번이나 칼에 스친 탓에 피범벅이 되어 있었고, 베인 상처는 시뻘건 속살이 그대로 드러나 보였다.

제갈외는 방화의 상처를 이리저리 살펴보고 팔꿈치 부위를 손가락으로 눌러 보더니 이내 퉁명스런 어조로 말했다.

"운 좋은 놈이로군. 뼈나 신경이 모두 멀쩡하니 약 좀 바르면 나을 것이다."

장승표가 펄쩍 뛰며 소리쳤다.

"아니, 한눈에 보기에도 상처가 깊어 보이는데 그게 무슨 말씀이오? 제발 신경 써서 좀 봐 주시오."

제갈외가 날카로운 눈으로 장승표를 쏘아보았다.

"이 망할 놈이 지금 누구한테 큰소리냐? 그렇게 잘 알면 네놈이 알아서 할 것이지 왜 노부를 부른 거냐?"

제갈외가 방화의 팔을 놓고 금시라도 물러설 듯하자 장승표가 찔끔하여 황급히 제갈외의 소맷자락을 잡았다.

"내가 말이 잘못 나왔나 보오. 나 같은 촌무지렁이가 무얼 알겠소? 제갈 노인께서 알아서 잘 봐 주시구려."

장승표는 제갈외가 무어라고 하기도 전에 재빨리 몸을 돌려 서문연상을 보더니 다시 호들갑을 떨었다.

"아이고, 너도 다쳤구나. 제갈 노인! 어서 여기 좀 봐 주시오."

장승표가 자신의 찢어진 옆구리를 보고 팔딱팔딱 뛰자 서문연상이 인상을 찌푸리며 고개를 내저었다.

"손톱에 긁혀서 피부가 조금 벗겨진 것뿐이니 그렇게 살 맞은 멧돼지처럼 호들갑 떨 필요 없어요."

"아니, 그래도……."

장승표가 안타까운 표정으로 발을 동동 굴렀으나, 서문연상의 상처를 힐끔 쳐다본 제갈외가 매서운 눈으로 그를 쏘아보았다.

"계집애보다도 더 촐싹거리는구나. 그녀 말대로 피육(皮肉)의 상처일 뿐이니 신경 쓸 거 없다."

장승표는 무어라고 한마디 하려다가 제갈외의 얼굴에 피곤한 빛이 역력한 것을 보고는 입을 다물어 버렸다. 그러고 보니 제갈외의 왼쪽 어깨는 피투성이가 되어 있을 뿐 아니라 입가에는 아직도 검붉은 피가 묻어 있어 초췌하기 이를 데 없는 모습이었다.

그제야 장승표는 제갈외 또한 적지 않은 부상을 입은 상태라는 것을 뒤늦게 깨달았다.

"제갈 노인……."

장승표가 무안한 마음에 무어라고 하려 했으나, 제갈외의 시선은 치열한 혈전을 벌이고 있는 회의인과 백의인에게로 향해 있었다.

장내의 이목도 어느새 모두 그들에게 고정되어 있었다.

그들의 전신은 이미 스스로의 몸에서 흘러나오는 피와 땀으로 흠뻑 젖어 있었다. 공격 하나하나가 살인적이었기에 그만큼 두 사람의 신경은 바짝 곤두서 있었고, 싸움에 대한 집중력 또한 최고조에 달해 있었다.

한동안 정신없이 눈앞에서 펼쳐지는 무시무시한 격전을 보고 있던 방화의 입에서 자신도 모르게 무거운 탄식이 흘러나왔다.

"진짜 고수들의 싸움이란 저런 거로구나."

조금 전에 곽추란 자와 싸웠던 방화는 그때 나름대로 최선을 다해 격렬하게 맞섰다고 생각했는데, 지금 그의 눈앞에서 벌어지고 있는 광경은 그때와는 차원이 다른 엄청난 것이었다.

예전에 초가보와 벌였던 종남혈사에도 참여한 적이 있었지만, 그때는 다른 사람들의 뒤치다꺼리를 하느라 막상 당시의 처절한 싸움에 제대로 끼어들지 못했던 방화로서는 강호가 얼마나 흉험한 곳인지를 어렴풋이나마 알 수 있을 것 같았다.

방화는 아무리 살펴보아도 두 사람의 정체를 알 수 없자 제갈외를 향해 묻지 않을 수 없었다.

"혹시 저들이 누구인지 아십니까?"

제갈외는 눈도 깜박이지 않은 채 장내에 시선을 고정하고는 특유의 카랑카랑한 음성으로 말했다.

"하얀 옷을 입은 놈은 소마의 제자다."

방화는 처음에는 그의 말을 제대로 알아듣지 못해 어리둥절한 표정이다가 이내 경악 어린 음성을 토해 냈다.

"예? 소마라면…… 설마 우내사마 중의 그 소마 말씀입니까?"

"그렇다. 저놈이 바로 소마의 세 제자 중에도 가장 악랄하다는 소문삼살의 막내, 악살 장병기다."

그 말에 방화뿐 아니라 다른 사람들의 표정도 모두 변했다.

소마 신지림은 우내사마 중에서도 최고의 고수이며 천하제일 살성이라고까지 불리는 절대고수였다. 그의 제자인 소문삼살 또한 무림인들 중 두려워하지 않는 사람이 없을 정도로 악명이 자자한 무서운 인물들이었다.

"소, 소마의 제자가 왜 본 파를 공격한단 말입니까?"

"다른 놈들과 마찬가지겠지."

제갈외는 에둘러 말했지만, 방화는 이내 그 말속에 숨은 뜻을 알아차렸다.

장병기뿐 아니라 오늘 종남파를 찾아온 고수들 또한 모두 종남파와 아무런 은원 관계가 없는 자들이었다. 하나 그들이 아무 이유도 없이 종남파를 공격했을 리가 없었다.

'틀림없이 누군가의 사주를 받았을 것이다. 그리고 그들을 사주한 자는 아마도…….'

방화는 다시 조심스런 음성으로 물었다.

"그를 상대하는 회의인은 누굽니까?"

제갈외는 고개를 저었다.

"노부도 처음 보는 자다."

방화는 문득 생각난 듯 주위를 둘러보았다. 회의인이 자신과 서문연상을 구해 준 흑의 장한과 일행이었음을 떠올렸던 것이다.

하나 흑의 장한의 모습은 어디에도 보이지 않았다. 조금 전까지만 해도 자신들과 함께 이곳으로 오는 것 같았는데, 그새 어딘가로 모습을 감추어 버린 것이다.

방화는 흑의 장한이 놀랍도록 무서운 검술로 자신이 그토록 고생하며 맞섰던 곽추를 비롯한 세 명의 고수들을 짚단처럼 쓰러뜨리는 광경을 너무도 생생하게 기억하고 있기에 다급히 물었다.

"혹시 금조명이란 자를 아십니까?"

제갈외의 눈썹이 꿈틀거렸다.

제갈외는 칼날같이 날카로운 눈으로 그를 힐끔 돌아보았다.

"그 이름을 어디서 들었느냐?"

방화는 머리를 긁적이며 저간의 사정을 말했다.

"회의인과 동행인 듯한 사람이 저와 사매를 구해 주었는데, 그자의 이름이 금조명이라고 했습니다."

제갈외의 눈에서 어느 때보다 강한 안광이 번뜩이고 지나갔다.

"금씨 성이라……. 그렇군. 어쩐지 인정이라고는 찾아볼 수 없는 아주 지독한 살검이라고 생각했는데, 그놈의 문하였군."

"그놈이라니요?"

"검마 말이다. 검마 금옥기. 금조명이란 녀석은 틀림없이 금옥기의 아들일 것이다. 금옥기는 모든 제자들을 자신의 양자로 받아들이니 말이다."

방화는 놀라지 않을 수 없었다.

"그럼 저 회의인도 검마의 제자란 말입니까?"

"그럴 것이다. 강호가 아무리 넓다고 해도 저런 살검은 결코 두 개일 리가 없지."

방화는 새삼스런 눈으로 회의인을 바라보았다.

놀랍게도 종남산의 외진 산자락에 당금 강호의 최고 고수들 중 하나인 우내사마의 제자가 두 사람이나 나타난 것이다. 종남파와는 아무런 상관도 없을 것 같은 그들이 종남산에서 피비린내 나는 혈전을 벌이고 있다는 것이 쉽사리 이해가 되지 않았다.

"그런데 왜……."

방화가 그 점에 대해 물으려는 순간, 장내에서 처절한 비명이 터져 나왔다.

"크악!"

깜짝 놀라 고개를 돌린 방화의 눈이 크게 부릅떠졌다.

장내에는 그야말로 끔찍한 광경이 벌어져 있었다. 회의인의 장검이 장병기의 목을 그대로 관통해 있었고, 반면에 장병기의 손은 회의인의 옆구리에 깊숙이 박혀 있었던 것이다.

그야말로 양패구상의 처참한 상황이었으나, 두 사람의 행동은 전혀 달랐다.

회의인은 장병기의 손에 옆구리를 꿰뚫린 상태에서도 수중의 장검을 세차게 떨쳐 냈다. 그러자 장병기의 목이 그대로 잘리며 시뻘건 선혈이 하늘 높이 솟구쳐 올랐다.

목이 달아난 장병기의 몸이 몇 차례 부르르 떨다가 힘없이 바닥에 쓰러졌다. 그 바람에 회의인의 옆구리에 박힌 손이 빠지며 커다란 피구멍과 함께 선혈이 뿜어져 나왔다. 얼핏 내장이 살짝 드러나 보이는 것도 같았다.

그럼에도 회의인은 신음 한마디 흘리지 않고 스스로 옆구리의 상처를 지혈하더니 천천히 몸을 돌렸다.

심각한 부상을 입은 그가 말도 없이 떠나려는 것을 보고 제갈외가 성큼 그에게 다가갔다.

"지금 상처를 치료하지 않으면 적어도 일 년은 꼼짝도 못하고 누워 있어야 할 거다."

그 말에 회의인이 걸음을 멈춘 채 그를 돌아보았다. 피와 땀으로 범벅이 된 머리카락 사이로 번뜩이는 두 개의 눈은 야수의 그것을 보는 것처럼 섬뜩하기만 했다. 그에게 시선을 고정시키고 있던 대부분의 사람들이 찔끔하여 고개를 돌려 버렸다.

그럼에도 제갈외는 그 시선을 피하지 않고 정면으로 바라보며 말을 계속했다.

"하지만 제대로 된 치료를 받는다면 열흘이면 다시 검을 잡을 수 있지."

회의인은 아무 말도 하지 않고 예의 무서운 눈으로 제갈외를 쏘아보고 있었다.

제갈외 또한 더 이상은 입을 열지 않았다. 한동안 장내에는 어색하리만치 무거운 침묵이 감돌았다.

한참 후에야 회의인의 굳게 닫힌 입술이 살짝 열렸다.

"닷새로 줄여 주시오."

제갈외의 눈썹이 꿈틀거렸다.

"그건 무리다."

"신수무정도 별수 없다는 소리를 듣고 싶지 않으려면 그렇게 해 주시오."

"노부가 누구인지 아는군."

회의인은 묵묵히 고개를 끄덕였다.

제갈외는 미간을 찌푸리며 회의인을 쳐다보더니 퉁명스런 음성을 내뱉었다.

"치료받는 동안 내 말에 절대적으로 따라야 한다."

"치료 목적 외의 다른 말은 따르지 않겠소."

"까다로운 놈이로군."

사람들은 제갈외가 버럭 호통을 칠 줄 알았으나, 의외로 제갈외의 입가에는 냉랭한 미소가 떠올랐다.

"그렇게 하지. 그럼 제일 먼저 말하겠다. 더 이상 움직이지 말고 지금 당장 그 자리에 가만히 누워 있어라. 가뜩이나 너덜너덜해진 배 속이 더 벌어지기 전에 말이다."

회의인은 그대로 따랐다.

중인들은 심각한 부상을 입은 상황에서도 눈썹 하나 까닥하지 않고 천천히 바닥에 몸을 눕히는 그를 보고 혀를 내두르지 않을 수 없었다.

제갈외는 그에게 다가가 찢어진 옆구리의 상처를 이리저리 살펴보았다. 그 바람에 상처가 더 벌어져 푸르스름한 내장이 드러나 보이자, 호기심 어린 눈으로 기웃거리던 서문연상이 질색을 하고 고개를 돌렸다.

제갈외는 한동안 회의인의 상처를 살피더니 이내 그의 얼굴을 내려다보았다. 헝클어진 머리카락 사이로 내비치는 그의 얼굴은 유난히 차갑고 냉정해 보였다. 상처를 이리저리 뒤적이는 제갈외의 손길이 조심스럽다 해도 무척이나 고통스러울 텐데, 회의인의 얼굴에는 아무런 표정도 떠올라 있지 않았다. 다만 이마에 흥건하게 고여 있는 땀방울이 그가 지금 얼마나 커다란 통증을 억누르고 있는지를 여실히 나타내 주고 있을 뿐이었다.

제갈외는 품속으로 손을 넣어 작은 상자 하나를 꺼냈다. 상자에는 십여 개의 금침이 가지런히 담겨 있었다. 신중한 동작으로 금침 하나를 집어 들고는 막 회의인의 옆구리에 꽂으려던 제갈외가 문득 생각난 듯 물었다.

"그런데 아직 네놈의 이름도 모르는구나."

회의인은 묵묵히 제갈외를 올려다보았다. 언뜻 그의 눈동자에 한 줄기 기이한 빛이 어른거렸다 싶은 순간, 그의 입술 사이로 낮게 가라앉은 음성이 흘러나왔다.

"매상. 내 이름은 매상이오."

* * *

울창한 수림을 뚫고 미친 듯이 산길을 질주해 가는 소지산의 마음은 다급하기만 했다.

　방취아는 누구나가 인정하는 종남파 제일의 신법 고수였지만, 무공 실력은 다른 사형제들에 비해 뒤처지는 편이었다. 황하삼흉 외에도 몇 명이 더 따라붙었다면 그녀가 아무리 신법이 뛰어나다고 해도 그들의 추격을 뿌리치기 힘들 것이다.

　그나마 다행인 점은 태화전 너머의 북쪽 계곡이 본산 일대에서 가장 지형이 험하고 벼랑이 가파르다는 것이었다. 그 일대는 방취아가 어려서부터 신법을 연마하기 위해 자주 뛰어다닌 곳이기에 다른 누구보다도 지형에 밝고 익숙한 곳이었다.

　소지산은 모쪼록 그녀가 지리상의 이점을 잘 살려 자신이 갈 때까지 버티고 있기를 기대할 수밖에 없었다.

　절박한 소지산의 마음과는 달리 북쪽으로 갈수록 지형은 험악해지고 산세는 가팔라졌다. 이런 곳에서 사람의 흔적을 찾는다는 것은 지난(至難)한 일이었다.

　다행히 소지산은 어렵지 않게 싸움의 흔적을 찾아낼 수 있었다.

　점점이 뿌려져 있는 핏자국과 나뭇가지에 걸려 찢긴 옷자락을 발견한 것이다. 그 옷자락이 방취아가 즐겨 입고 있는 의복의 일부분임을 알아본 소지산의 얼굴이 침울하리만치 무겁게 굳어졌다.

　흔적을 발견한 소지산은 더욱 빠르게 산을 올라갔다.

　그가 작은 하나의 능선을 넘는 순간, 멀리서 폭음이 들려왔다.

　쾅!

소지산은 가쁜 숨을 몰아쉴 사이도 없이 소리가 들려온 곳으로 전력을 다해 신형을 날렸다.

유난히 기암괴석이 많고 뒤쪽으로 절벽이 솟아 있는 작은 공터 앞에서 치열한 격전이 벌어지고 있었다.

공터를 향해 가던 소지산은 한쪽에 시신 한 구가 쓰러져 있는 것을 발견하고는 가슴이 덜컥 내려앉았다. 하나 이내 그것이 여자가 아닌 남자의 시신임을 알아보고 놀란 가슴을 쓸어내렸다.

목에 커다란 구멍이 난 채 쓰러져 있는 그 시신은 언뜻 보기에 등 뒤에서 암습을 당한 모습 같았다.

그 시신에서 멀지 않은 곳에 두 명의 중년인과 한 명의 청년이 그야말로 피비린내 나는 혈전을 벌이고 있었다.

소지산은 두 중년인이 입고 있는 의복이 바닥에 쓰러져 있는 시신의 그것과 똑같음을 보고 그들이 바로 황하삼흉임을 알아차렸다. 황하삼흉을 상대로 사투를 벌이고 있는 청년을 본 소지산의 눈이 크게 뜨였다.

유난히 새하얀 얼굴에 짙은 검미, 그리고 눈이 번쩍 뜨일 만한 준수한 용모의 그 청년은 다름 아닌 두기춘이었던 것이다.

종남파를 배반하고 화산파의 일대제자가 되었던 두기춘이 왜 종남파의 지척에서 황하삼흉과 혈전을 벌이고 있단 말인가?

소지산은 몇 년 만에 다시 보는 두기춘의 모습에 묘한 감흥과 울컥하는 감정이 동시에 올라왔다.

'녀석, 많이 컸구나.'

종남파에 있을 때 워낙 친하게 지내던 사이여서인지 문파를 배신한 배반자임에도 그에 대한 미움보다는 그리움의 감정이 먼저 솟구쳤던 것이다.

앳된 모습이 조금은 남아 있던 예전에 비해 외모는 한결 성숙해져 있었고, 체구 또한 건장해져 있었다.

무공 실력은 어떠한가? 종남파 제자들 중에서 진도가 비교적 늦은 편이었던 그를 생생하게 기억하고 있건만, 지금 그는 악명이 자자한 황하삼흉 중의 두 사람을 상대로 조금도 물러서지 않고 팽팽하게 맞서고 있지 않은가?

자신의 늦은 진경 때문에 많은 고민을 해 왔던 그를 너무도 잘 알고 있던 소지산으로서는 뒤늦은 그의 성장에 진심으로 축하해 주고 싶은 마음이 없지 않았다.

하나 현재의 상황은 그리 녹록하지 않았다.

두기춘은 비록 황하삼흉과 맞서 선전하고 있었으나, 그렇다고 그들보다 결코 우세하지 않았다. 오히려 몸의 여기저기에 크고 작은 상처가 가득한 것으로 보아 절대적인 열세에 몰려 있다고 해야 옳을 것이다.

사실 그의 무공이 놀라울 정도로 발전했다고 해도 황하삼흉 중 한 명을 겨우 상대할 수 있을 정도였다. 황하삼흉은 화산파의 일대제자 출신으로, 비록 거친 성정 때문에 오래전에 파문(破門)을 당하고 화산을 쫓겨나 황하 일대를 횡행하는 흑도의 무리가 되었으나 그 무공 실력만큼은 강호의 절정고수들에 못지않았다.

두기춘은 방취아를 따라잡고 그녀를 욕보이려는 황하삼흉의 뒤를 따라가 방심한 사이 그들 중 한 명을 암습으로 제거했으나,

다른 두 명의 합공에 밀리면서 조금씩 위태로운 지경에 처해 있는 상황이었다.

황하삼흉은 이번 일의 책임자로 선정되었던 두기춘이 자신들의 뒤통수를 치리라고는 전혀 예상도 못 하고 있다가 불의의 일격을 받고 형제 한 사람을 잃었기에 분노와 살심이 거의 폭발 지경에 이르러 있었다.

두기춘의 손에 목숨을 잃은 자는 셋째인 색흉(色兇) 막기문(莫紀門)이었다. 막기문은 별호 그대로 이쁜 여인만 보면 음심(淫心)을 이기지 못하는 희대의 색마로, 이번에도 방취아의 미색에 끌려 그녀를 외딴곳으로 몰고 가서 자신의 욕심을 채우려 했으나 결정적인 순간에 두기춘의 공격을 받고 불귀의 객이 되고 말았다.

실로 명성에 어울리지 않는 너무도 허무한 죽음이 아닐 수 없었다. 아무리 두기춘이 갑작스럽게 암습했다고 해도 그가 색정에 눈이 멀지 않았다면 그토록 맥없이 당하지 않았을 것이다.

황하삼흉의 다른 두 사람은 대흉(大兇) 막기홍(莫紀洪)과 간흉(奸兇) 막기선(莫紀宣)인데, 그들은 항렬로 보면 검단현과 같은 배분이었다. 실제로 화산파에 있을 때는 검단현과 함께 장차 문파를 이끌 인재로 주목받을 정도였으나, 곧 그들의 간악한 성품과 잔인한 면모가 드러나면서 결국 화산파에서 축출되고 말았다.

화산파에서는 높은 무공과 뛰어난 재질을 지닌 그들을 그대로 버려두는 것이 아쉬워서 그들과 아무런 연관이 없는 것처럼 거리를 두면서도 완전히 끈을 놓지 않고 있었다. 이번에 종남파를 습격하는 일에 기용된 고수들 대부분이 이런 식으로, 겉으로는 화산파와 아무런 관련이 없어 보이지만 사실은 은연중에 연줄이 닿아 있는 인물들이었다.

화산파뿐 아니라 대부분의 명문정파에서는 이와 같이 문파의 비밀스런 일을 처리해 주는 자들이 존재했다. 심지어는 일부러 멀쩡한 제자를 공개적으로 파문시키고 사실은 은밀히 사주하여 부리는 경우도 적지 않았다.

두기춘은 자신이 한때 믿고 의지했던 소지산의 연인인 방취아가 황하삼흉의 공격에 빈사지경에 처해 있는 걸 보고는 막기문을 암습하여 살해하고 그녀를 구하는 데 간신히 성공했으나, 그들의 손을 완전히 벗어날 수는 없었다. 할 수 없이 의식을 잃은 그녀를 절벽 한쪽의 작은 동굴에 내려놓고 그 앞을 막아선 채 황하삼흉의 다른 두 명을 상대하고 있었던 것이다.

처음에는 그럭저럭 그들의 공세에 맞설 수 있었으나, 시간이 흐를수록 사정이 악화되어 지금은 그야말로 악전고투를 벌이고 있었다. 막기홍과 막기선은 막내인 막기문의 죽음에 머리끝까지 분노하여 자신들의 안위를 돌보지 않고 미친 듯이 공격을 퍼부었기에 두기춘은 그들을 상대하는 데 더욱 큰 어려움을 느끼고 있었다. 한 명이었다면 흥분한 상대를 오히려 쉽게 제압했을지도 모르나, 두 명의 공세가 쉴 새 없이 이어지자 막는 것에만 급급하여 제대로 반격을 할 수가 없었다.

지금도 두기춘은 막기선의 살인적인 일격을 간신히 피해 냈으나, 뒤이어 날아오는 막기홍의 날카로운 일검에 결국 옆구리를 내주고 말았다.

"큭!"

차가운 검날이 자신의 옆구리를 쑤시고 들어오는 섬뜩한 촉감에 두기춘은 눈을 부릅떴으나, 이내 이를 악물고 막기홍을 향해 일검을 내뻗었다.

막기홍은 그 검을 피하면서 옆구리에 찔러 넣은 장검을 교묘하게 비틀어 뺐다. 막기홍의 검은 끝이 살짝 구부러진 기형검이어서, 그 바람에 옆구리의 상처가 쩌억 벌어지며 시뻘건 핏물이 뿜어져 나왔다.

옆구리가 갈라지는 지독한 통증에 두기춘의 몸이 한 차례 휘청거렸다.

그 틈을 놓치지 않고 막기선이 두기춘의 목을 향해 시퍼런 칼날을 휘둘러 왔다.

마침 이쪽으로 달려오고 있던 소지산이 이 광경을 보고 자신도 모르게 입속으로 터져 나오는 외침을 집어 삼켰다.

'안 돼!'

두기춘은 사력을 다해 목을 비틀었으나, 칼날이 목덜미를 스치고 지나가는 것을 막지 못했다.

팟!

선혈이 하늘 높이 솟구치는 가운데 두기춘이 목을 부여잡고 주춤 물러서는 순간, 막기홍의 기형검이 그대로 그의 배를 파고들어 갔다.

"헉!"

두기춘의 준수한 얼굴이 흉신악살처럼 일그러졌다. 그러면서도 쓰러지지 않고 자신의 배를 관통한 기형검을 왼손으로 움켜잡았다. 막기홍의 뒤편으로 미친 듯이 달려오고 있는 누군가의 모습을 본 직후였다.

막기홍은 그런 두기춘의 얼굴을 노려보며 살기 가득한 웃음을 흘렸다.

"흐흐. 맛이 어떠냐?"

그는 두기춘의 배를 뚫고 들어간 검을 다시 비틀어 잡아 뽑으려 했다. 그렇게 되면 끝이 구부러진 기형검의 특성상 두기춘의 내장은 벌어진 상처와 함께 밖으로 쏟아져 나올 것이 분명했다.

소지산이 장내에 도착한 것은 바로 그 순간이었다. 수십 장의 거리를 단숨에 날아온 소지산은 아직도 두기춘의 배에 검을 쑤셔 넣고 있는 막기홍을 향해 노도와 같은 기세로 달려들었다.

파파파팍!

뒤늦게 소지산의 출현을 알아차린 막기선이 그를 제지하려 검을 날렸으나, 소지산은 그의 공격에 아랑곳하지 않고 막기홍을 향해 전력을 기울여 살초를 펼쳤다.

황급히 두기춘의 배에서 검을 뽑아 대항하려던 막기홍의 안색이 핼쑥하게 굳어졌다. 배를 관통당한 두기춘이 양손으로 그의 검날을 꼬옥 잡고 있는 바람에 도저히 검을 잡아 뽑을 수 없었던 것이다.

"비…… 빌어먹을!"

막기홍은 검을 뽑는 것을 포기하고 손을 놓고 물러나려 했으나 그때는 이미 소지산의 검이 그의 몸을 사정없이 훑고 지나간 후였다.

파악!

"크악!"

상반신이 온통 피범벅이 된 막기홍은 처절한 비명을 내지르며 허물어지듯 바닥에 쓰러져 버렸다.

소지산 또한 완전히 무사한 것은 아니었다. 막기홍을 공격하느라 막기선의 검을 막지 못했기에 등에 일검을 맞고 말았던 것이다. 하나 소지산은 눈썹 하나 까닥하지 않고 막기홍을 쓰러뜨린 여세를 몰아 그대로 몸을 회전시키며 검을 앞으로 내찔렀다.

막기선은 소지산이 자신의 공격은 무시한 채 형인 막기홍을 베어 넘기자 이를 부드득 갈며 재차 그를 향해 검을 휘두르려 했다. 하나 그 순간, 눈앞에 섬광이 번쩍하며 무언가 뜨거운 것이 인후혈을 파고드는 느낌에 눈을 부릅떠야만 했다.

비명도 없었다. 목을 검에 관통당한 자세로 막기선은 소지산을 노려보고 있다가 검이 뽑혀 나오자 그대로 뒤로 쓰러지고 말았다.

황하 일대를 주름잡았던 황하삼흉의 말로치고는 너무도 허무한 최후가 아닐 수 없었다. 형제들의 거듭된 죽음에 눈이 뒤집혔기에 예상치 못한 살수에 너무도 어이없이 당하고 만 것이다.

종남파의 비전인 색혼검결로 단숨에 막기선을 제거한 소지산은 등의 부상에도 아랑곳하지 않고 두기춘에게로 달려갔다.

두기춘은 막기홍이 쓰러진 다음에야 비로소 검을 움켜쥔 손을 놓은 채 바닥에 누워 있었다. 아직도 그의 배에는 막기홍의 검이 등 뒤까지 삐져나와 있었으나, 소지산은 그 검을 함부로 뽑을 수가 없었다. 검봉이 구부러진 기형검의 모습을 보고 그 검이 뽑히면 어떠한 참상이 벌어질지 알아차릴 수 있었던 것이다.

그가 할 수 있는 것이라고는 등 뒤로 삐져나온 검 때문에 제대로 눕지도 못하고 바닥에 비스듬히 쓰러져 있는 두기춘의 몸을 자신의 품속으로 끌어안는 것뿐이었다.

"사제!"

그의 애타는 음성을 들었는지 감겨 있던 두기춘의 눈이 천천히 뜨였다. 소지산의 얼굴을 확인한 두기춘의 얼굴에 엷은 미소가 떠올랐다.

"사형……! 왜 이렇게 늦게 왔어?"

두기춘의 얼굴에는 거무스름한 빛이 가득했다. 소지산은 그것이 죽음의 기운이라는 것을 알고 속으로 탄식하지 않을 수 없었다. 지금의 그가 두기춘을 위해 해 줄 수 있는 것은 아무것도 없었다. 이미 손을 쓰기에는 두기춘의 상세가 너무나 극심했던 것이다.

"사제."

"방 사매는 무사해……. 내가 뒤쪽의 동굴에 데려다 놨거든……."

소지산은 입으로 시커먼 피를 흘리면서도 계속 웃고 있는 두기춘을 향해 고마움의 감정이 진하게 담긴 음성을 토해 냈다.

"잘했다."

두기춘의 눈에 아련한 빛이 감돌았다.

"이렇게 사형을 다시 보게 될 줄은…… 몰랐어. 항상 사형을 생각하면 미안하고…… 두려워서 만나지 않으려고 했었는데……."

소지산은 그 말에 입을 굳게 다문 채 아무 대꾸도 하지 않았다.

두기춘은 귀공자같이 수려한 용모와는 달리 홀어머니 밑에서 모진 고생을 하며 자란 사람이었다. 그래서인지 그는 다른 누구보다도 성공에 대한 욕구가 강했다. 결국 그 때문에 진산월이 먹어야 할 만년삼정까지 훔쳐 달아난 문파의 배반자가 되기는 했으나, 그 전에는 누구보다 충실한 종남파의 제자였다. 특히 소지산에게는 마음을 터놓고 지낼 수 있는 유일한 사람이기도 했다.

그런 그의 마지막 모습을 보고 있다고 생각하자 소지산은 가슴이 메어 와 아무런 말도 할 수 없었다.

"사실은 그때…… 내가 종남산을 찾아갔을 때…… 그건 내 본의가 아니었어. 그들이 나를 데리고 간 거야. 거기서 사형들 중 한 사람을 쓰러뜨려야만 화산파에 정식으로 입문시켜 주겠다고 한 거지. 난 그들을 뿌리칠 수 없었어……. 매 사형한테 정말 미안했다고 전해 줘."

소지산은 고개를 끄덕일 수밖에 없었다.

"알아. 너는 그 정도로 막되어 먹은 놈은 아니었지. 모두 알고 있을 거야. 매 사형도 틀림없이……."

그 말을 하면서 소지산은 조금 전에 보았던 회의인의 얼굴을 떠올렸다.

왜 이제야 깨달은 걸까? 헤어진 지 삼 년이 넘었다고 해도 친형제보다 더욱 가까이 지내던 사이였거늘.

두기춘은 소지산의 손을 부러져라 움켜잡았다.

"나 이제 정말 죽는 건가? 내가 죽으면…… 기억해 줄 거지? 비록 나쁜 놈이었지만 그래도 한때는 친한 사이였다고 생각해 줄 거지?"

"넌 나쁜 놈이 아니야. 그건 나도 알고 있지. 다른 사람들도 알고 있어. 단지 너는 길을 잘못 들어섰을 뿐이야."

두기춘의 눈빛이 급격히 흐려졌다.

"이제 사형 얼굴도 잘 안 보여……. 사형. 날 미워하지 마."

"물론이지. 누가 뭐래도 넌 내 사제야."

"그렇지?"

두기춘은 입가에 미소를 남기고 죽었다. 싸늘히 식어 가는 그의 몸을 끌어안으며 소지산은 뜨거운 눈물을 하염없이 흘렸다.

이때 두기춘의 나이는 불과 스물셋.

종남파를 뛰쳐나와 화산파의 일대제자가 된 후 뛰어난 외모와 무공에 대한 탁월한 재질로 주위의 기대를 한 몸에 받았으나, 자신의 실력을 제대로 발휘해 보지도 못하고 결국 종남산의 이름 모를 산자락에서 차디찬 시신이 되어 스러지고 말았다.

훗날 그는 진산월에 의해 종남파의 이십일대 제자로 정식으로 인정받았으며, 비로소 종남파의 뒷산에서 편히 몸을 누일 수 있게 되었다.

제 353 장
모옥괴인(茅屋怪人)

제 353장 모옥괴인 (茅屋怪人)

북망산상열분영(北邙山上列墳塋)
만고천추대낙성(萬古千秋對洛城)
성중일석가종기(城中日夕歌鐘起)
산상유문송백성(山上惟聞松柏聲)

북망산 위에 줄지어 늘어선 무덤들은
오랜 옛날부터 낙양성을 마주 보고 서 있네.
성안에는 밤낮으로 노래와 종소리가 울리는데
산 위에는 오직 소나무와 잣나무 흔들리는 소리만이 들리는구나.

북망산은 낙양의 북쪽에 위치하고 있다. 원래 그리 크지 않은
작고 평범한 산이었는데, 후한(後漢) 이후 많은 왕족과 명사들이

이곳에 묻히면서 언제부터인가 무덤과 죽음을 상징하는 장소가
되어 버렸다.

그래서인지 대낮의 북망산은 유람객들을 거의 찾아볼 수 없고
인적마저 끊겨 다소 황량해 보였다.

그런 북망산의 동쪽 기슭을 거침없이 오르는 한 인영이 있었다.

한쪽 허리춤에 고색창연한 장검을 꽂고 있는 그 사람의 몸놀림
은 유유자적한 듯하면서도 빠르고 경쾌해서 행운유수(行雲流水)
와 같았다. 훤칠한 키에 고적한 눈빛, 왼쪽 뺨의 흉터가 인상적인
그 사람은 당금 강호 제일의 고수로 불리고 있는 신검무적 진산월
이었다.

무림을 좌지우지하는 거대 문파로 떠오르고 있는 종남파의 장
문인이면서 또한 중원 무림의 선봉격인 선반을 맡고 있는 그가 인
적이 드문 북망산에 홀로 모습을 드러낸 것은 기이한 일이 아닐
수 없었다.

무당산을 떠난 후 진산월이 이곳에 오기까지는 육 일이라는 시
간이 흘렀다. 그동안 진산월은 맹가루의 팽가 고택에서 적금쌍마
를 제거한 것 외에도 두 군데를 더 돌아다니며 서장 무림과 연관이
있는 자들을 제거해 왔다. 그중에는 신강에서 명성을 날리던 십육
사의 고수도 있었고, 서장 무림의 끄나풀이 되어 강호에서 암약하
고 있던 자도 있었다. 그리 길지 않은 시간이었지만 상당히 빡빡하
고 고된 여정이어서 동행했던 마적풍은 물론이고 강철 같은 체력
을 지닌 전흠조차 최근에는 다소 지친 모습을 보일 정도였다.

그래서 진산월은 피곤해하는 마적풍과 전흠을 쉬게 하고 혼자

북망산을 오르게 되었던 것이다.

진산월이 북망산에 온 이유는 천봉궁의 총관인 차복승과의 약속 때문이었다. 무당산을 떠날 때 차복승은 북망산에서 한 사람을 만나 말을 전해 달라고 부탁했으며, 대신 유중악의 행방을 알아보겠다고 약속했다.

오늘 저녁에는 낙양에서 이정문을 비롯한 선반의 고수들을 만나기로 했기에, 지금이 아니면 시간을 내는 것이 쉽지 않았다. 그 만남 이후에는 흑갈방을 무너뜨리기 위해 전력을 기울여야 하기에 지금까지보다 더욱 힘든 일정이 기다리고 있을 게 분명했기 때문이다.

진산월은 차복승이 말을 전해 달라고 한 사람이 누구일지 궁금하기는 했으나, 이번 일 자체에는 그리 큰 비중을 두지 않고 있었다. 오히려 그의 머릿속에는 오늘 저녁에 이정문을 만나서 해야 할 일에 대한 생각으로 가득 차 있었다.

그래서인지 북망산의 제법 아름다운 절경도 그리 눈에 들어오지 않았다.

북망산의 동쪽은 다른 곳에 비해 산세가 가파르지는 않았으나 대신 수림이 짙게 우거져서 상당히 뛰어난 경관을 자랑하고 있었다. 하나 산기슭을 지나 안으로 들어가니 주위의 지세가 급격히 험해지며 제법 가파른 벼랑들이 나타나기 시작했다.

그 벼랑들 사이로 하나의 작은 계곡이 모습을 드러냈다. 삼십장은 족히 넘어 보이는 아찔한 절벽 사이에 숨듯이 자리한 그 계곡은 가까이 다가가기 전에는 발견할 수 없을 정도로 은밀한 곳에 위치해 있었다.

계곡 안으로 들어서자 짙은 그늘이 드리워지며 따사로웠던 공기가 급격히 서늘해졌다.

계곡은 폭이 그리 넓지 않아서 장정 두 사람이 간신히 어깨를 맞대고 들어갈 정도였는데, 주위의 수림이 워낙 울창해서 도저히 사람이 살 수 있을 것 같지 않았다.

하나 계곡을 십여 장쯤 들어가자 조금씩 폭이 넓어지더니 급격하게 구부러진 경사로를 지나자 갑자기 시야가 탁 트이며 제법 넓은 공터가 모습을 드러냈다. 공터 뒤쪽에는 가파른 절벽이 삥 둘러 있어 이 일대는 자연스레 작은 분지를 형성하고 있었고, 그 중앙에 모옥 한 채가 세워져 있었다.

그토록 짙게 우거져 있던 수림이 거짓말처럼 사라지며, 낮게 자란 풀밭 한가운데 작은 모옥이 자리하고 있는 광경은 그야말로 세외의 선경(仙境)을 보는 것처럼 아름다웠다.

모옥은 방 한 칸과 부엌으로 보이는 공간이 있는 아주 작고 초라한 것이었으나, 일대의 경관이 워낙 깔끔하고 수려해서인지 다른 어떠한 고루거각보다도 주위의 풍광에 더욱 어울려 보였다.

진산월이 모옥을 향해 걸음을 옮기고 있을 때, 모옥 안에서 나직한 음성이 들려왔다.

"이곳은 사람의 발길이 닿지 않는 곳인데, 어느 고인이 이 외진 곳까지 오셨소?"

그리 크지 않은 음성이었으나, 말꼬리가 분명하고 음성 자체에 기이한 힘이 담겨 있어 듣는 이의 귀에 너무도 선명하게 들려왔다.

진산월은 담담한 음성으로 입을 열었다.

"차씨 성의 노인께 부탁을 받고 온 진 모라 합니다."

굳게 닫혀 있던 모옥의 방문이 소리도 없이 열렸다. 그리고 한 사람이 천천히 그 안에서 걸어 나왔다.

무척이나 체구가 건장한 노인이었다.

나이는 육십 대쯤 되었을까? 꼿꼿하게 곧은 자세에 이목구비가 뚜렷해서 젊은 나이에는 적지 않은 여인들의 방심을 흔들었을 게 분명해 보였다. 반백의 머리카락에 눈가에는 잔주름이 살짝 있지만, 눈빛이 맑고 깨끗해서 나이보다 훨씬 젊어 보이는 인상이었다.

노인은 진산월의 전신을 찬찬히 훑고는 이내 그의 눈을 정면으로 바라보았다.

잠시 두 사람의 시선이 허공에서 마주쳤다. 언뜻 노인의 주름진 눈에 경탄의 빛이 스치고 지나갔다.

"이렇게 기도가 뛰어난 젊은이는 정말 모처럼 보는군. 실례가 되지 않는다면 이름을 알 수 있겠나?"

노인의 행동거지나 말투 하나하나에는 말로 표현하기 어려운 우아함과 고상함이 담겨 있었다. 그것은 결코 하루아침에 이루어지거나 일부러 만들어 낼 수 없는 것이었다.

이런 노인이 호감을 표하는데 굳이 정체를 숨기고 싶은 생각은 들지 않았다.

"종남파의 진산월이라 합니다."

그의 이름을 듣자 노인의 눈이 번쩍 빛나더니 이내 입가에 의미 모를 미소가 떠올랐다.

"그래, 그렇군. 자네가 바로 종남파의 새로운 장문인이라는 바로 그 친구였군."

진산월이 종남파의 장문인이 된 지는 벌써 사 년이 되었다. 그런데 노인은 마치 어제의 일처럼 말하고 있었다.

노인은 이내 자신의 실책을 깨달은 듯 계면쩍은 웃음을 흘렸다.

"그렇지. 벌써 상당한 시일이 흐른 게로군. 이해하게, 이곳에 홀로 있다 보면 종종 세월의 흐름을 잊게 된다네."

노인의 말에서 진산월은 이 노인이 적어도 자신이 종남파의 장문인이 된 후에 이 모옥에 기거하기 시작했으며, 그 이후에는 이곳을 벗어난 적이 없다는 것을 알았다.

이곳은 비록 경관이 좋은 편이기는 하지만, 그렇다고 천하의 절경이라고 하기에는 약간의 손색이 있었다. 언뜻 보기에는 몸에 아무런 이상도 없어 보이는 노인이 이런 외진 곳에서 삼 년이 넘는 세월을 보낸 이유가 무엇인지 궁금하지 않을 수 없었다.

노인은 이내 손으로 안을 가리켰다.

"내 정신 좀 보게, 모처럼 찾아온 손님을 계속 밖에 세워 두고 있었군. 안으로 들어오게. 괜찮다면 차라도 마시면서 천천히 이야기를 나누어 보도록 하세."

"폐를 끼치겠습니다."

"폐라니 당치 않네. 나는 자네 같은 친구가 오기를 정말 오랫동안 기다리고 있었네."

"그 말씀은……."

진산월이 무어라고 하기도 전에 노인은 모옥의 하나뿐인 방 안으로 그를 안내했다.

　방은 단출했고, 별다른 가구도 보이지 않았다. 한쪽에 십여 권의 서책만이 있을 뿐이었고, 잘 개어 놓은 침구와 작은 다탁(茶卓) 외에는 아무것도 없었다.

　노인은 능숙한 솜씨로 다탁에 있는 주전자에 차를 우려내고는 그에게 한 잔 따라 주었다.

　"이 계곡 뒤편에서 따 낸 어린 싹을 우려낸 것일세. 이름은 없지만, 그런대로 마실 만할 걸세."

　진산월은 차분한 태도로 그가 내민 차를 마셨다. 은은하게 스며드는 향기가 무척이나 단아하면서도 정갈하여 마음 깊은 곳까지 깨끗하게 씻어 주는 듯했다.

　"좋은 차로군요."

　노인은 주름진 눈에 살짝 미소를 그려 냈다.

　"천하일미(天下一味)라고 할 수는 없지만, 이런 곳에서 맛보기에는 제법 괜찮은 것이지. 이 차가 아니었으면, 이곳 생활이 무척이나 무미건조했을 걸세."

　"한 잔 더 마실 수 있겠습니까?"

　"물론일세."

　노인은 진산월이 내민 찻잔에 다시 차를 따라 주었다. 잠시 두 사람은 말없이 차를 음미했다.

　차를 몇 잔이나 마신 다음에야 노인은 나직한 한숨을 내쉬었다.

　"후우. 혼자 마시는 차도 좋지만 누군가와 함께 마시는 차는 더욱 좋군. 너무 오랜만의 일이라서 더 그런가 보네."

"정말 잘 마셨습니다."

진산월이 찻잔을 내려놓자 노인의 시선이 그에게로 향했다.

노인은 한동안 의미를 알기 어려운 투명한 시선으로 그를 빤히 쳐다보더니 천천히 입을 열었다.

"정말 침착한 젊은이로군. 자네 같은 나이에 그러한 정력(定力)을 가졌다는 것이 믿기지 않을 정도일세."

"과분한 말씀입니다."

"빨리 용건을 말하고 내 정체에 대해 묻고 싶었을 텐데, 오히려 내가 조바심을 느낄 정도로 차분하니 나로서는 그저 감탄을 금치 못할 뿐일세."

"별말씀을. 모처럼 좋은 차를 마셔서 다른 생각이 나지 않았을 뿐입니다."

"이제 말해 보게. 차 대협이 자네에게 무슨 부탁을 했나?"

"말씀 한마디를 전해 달라고 하셨습니다."

노인의 눈이 번쩍 빛났다.

"그게 무언가?"

"차 대협께선 '결정했다' 라는 한마디를 전해 달라고 하셨습니다."

노인의 눈초리가 한 차례 부르르 떨렸다.

"결정했다?"

"그렇습니다."

노인은 지그시 눈을 감았다. 굳게 닫힌 그의 눈꺼풀이 조금씩 흔들리는 모습이 유난히 시선을 끌었다. 진산월은 그 자리에 단정하게 앉은 채로 묵묵히 노인을 응시하고 있었다.

한참 후에야 노인은 천천히 눈을 떴다. 그때 그의 눈에는 무어라 형용키 어려운 복잡하고 미묘한 빛이 감돌고 있었다.

　노인은 그러한 눈으로 진산월을 바라보았다.

　"자네는 그 말이 무엇을 뜻하는 것인 줄 아나?"

　"모릅니다."

　"그런데도 그 말을 전하러 여기까지 찾아왔단 말인가?"

　"서로 주고받은 게 있었을 뿐입니다."

　"흐음!"

　노인은 한 차례 한숨을 내쉬었다. 마치 무슨 말을 어떻게 해야 할지 고민하는 사람처럼 잠시 복잡한 표정을 짓고 있던 노인은 이윽고 천천히 입을 열었다.

　"자네가 왔을 때부터 짐작은 했었지만, 막상 자네의 입에서 그 말을 듣게 되니 마음속의 격동을 참기 힘들군. 자네는 그 짧은 말 속에 얼마나 많은 의미가 담겨 있는지 상상도 할 수 없을 걸세. 그리고 내가 그 말을 듣게 되기를 얼마나 간절히 원해 왔는지도."

　"……."

　"그것은 나를 비롯한 몇몇 사람들의 오랜 숙원(宿願)이 해결되었다는 소리일세. 그리고 내가 지고 있는 무거운 짐을 이제 내려놓을 때가 되었다는 의미이며, 아울러 그 짐을 이제는 다른 누군가가 대신 짊어져야 한다는 뜻이기도 하지."

　"그게 무슨 말씀이십니까?"

　진산월의 반문에 노인은 다시 의미를 알 수 없는 눈으로 진산월을 응시했다.

"자네는 내가 누구인지 아는가?"

"모릅니다."

노인은 나직하면서도 그 어느 때보다 무거운 음성으로 입을 열었다.

"내가 바로 모용단죽일세."

진산월은 누구보다 침착하고 어떤 일에도 쉽게 흔들리지 않는 부동심(不動心)을 가지고 있었지만, 지금은 놀라지 않을 수 없었다.

모용단죽이라니?

눈앞의 노인이 천하제일의 고수이며 구궁보의 주인인 모용단죽이란 말인가?

일전에 진산월은 구궁보에서 모용봉의 소개로 모용단죽이라고 자처하는 인물을 만난 적이 있었다. 나중에야 자신이 만난 사람이 진짜 모용단죽이 아니라 다른 사람의 분신일 거라는 말을 듣기는 했으나, 그에 대한 어떠한 확신도 가질 수 없었다.

강호의 전설적인 고수인 천수관음에게서 언질을 받고서도 자신이 만났던 자가 가짜 모용단죽이라고 쉽게 확신하지 못했던 것은 그만큼 그때 만났던 인물에 대한 인상이 강렬했기 때문이다.

그자는 진산월이 처음 만나는 놀라운 수준의 고수였으며, 진정한 신분이 무엇이든 절대로 잊힐 수 없는 강한 개성의 소유자였다.

나중에 크고 작은 일이 거듭되면서 진짜 모용단죽의 행방에 대해 여러 가지 의구심을 가지고 있었으나, 이렇게 직접 당사자를 만나게 되리라고는 단 한 번도 생각해 본 적이 없었다. 천봉궁의 총관인 차복숭의 부탁을 받고 무심결에 찾아온 북망산의 이름 모를 계곡에 그동안 아무도 행방을 몰랐던 모용단죽이 기거하고 있을 줄을 누가 상상이나 할 수 있겠는가?

진산월은 한 차례 호흡을 가다듬더니 이내 침착한 음성으로 입을 열었다.

"일전에 모용 공자의 초대를 받고 그의 생일연에 참석하기 위해 안휘성의 구궁보에 간 적이 있었습니다."

자신을 모용단죽이라고 밝힌 노인은 조용히 진산월의 말을 듣고 있었다.

"그곳에서 모용 공자의 안내를 받고 후원의 작은 뜨락에 있는 초막으로 가서 누군가를 만났습니다. 그는 스스로를 모용 대협이라고 자처하더군요. 그와 한 시진 가깝게 담소를 나누고 헤어졌지만, 저는 그에게서 어떠한 이상한 점도 발견하지 못했습니다."

노인은 여전히 아무런 말이 없었다.

"나중에 천수관음 옥 선배님이 찾아와 여러 가지 정황을 들며 제가 만난 그 사람이 가짜라고 말씀하시더군요. 그런데 지금 노인 장께서 모용 대협 본인이라고 하시니 상당히 당혹스럽습니다. 단순히 말씀만으로 누가 옳고 그른지 정확하게 판단 내릴 수가 없다는 게 저의 솔직한 심정입니다."

노인은 묵묵히 고개를 끄덕이더니 이윽고 천천히 입을 열었다.

"솔직히 말해 주어 고맙네. 자네로서는 당연히 가질 법한 의문이겠지."

담담한 듯한 음성이었으나, 그 안에는 필설로 형용하기 어려운 복잡하고 미묘한 감정이 담겨 있었다.

"자네가 이미 구궁보에서 그자를 만났을 뿐 아니라 천수관음까지 만나서 나에 대한 논의를 했을 줄은 몰랐네. 덕분에 이야기하기가 오히려 편해졌군. 참, 그녀는 잘 있는가?"

노인이 묻는 사람이 천수관음이라는 것을 알면서도 진산월은 신중한 표정으로 대답했다.

"서풍에 휘날리는 치마를 입고 계시는 분이라면 확실히 잘 계십니다."

언뜻 노인의 눈가에 희미한 미소가 떠올랐다. 진산월의 의중을 훤히 알고 있다는 의미 같기도 했고, 아련한 무언가를 그리워하는 미소 같기도 했다.

"그래, 서풍에 휘날리는 붉은 치마[西風吹紅裳]. 젊은 시절의 그녀는 붉은 치마에 어울리는 너무도 하얀 얼굴을 가지고 있었지. 내가 마지막으로 보았을 때는 주름 하나 없는 팽팽한 모습이었는데, 그 얼굴에도 이제는 제법 잔주름이 생겼겠군."

진산월은 눈앞의 노인이 적어도 천수관음 옥부용에 대해서는 누구보다도 자세히 알고 있다는 것을 확인했다. 천수관음의 제자인 냉옥환은 모용단죽만이 천수관음을 '서풍취홍상'으로 부른다고 했는데, 그녀의 말이 사실이라면 이 노인은 자신이 말한 대로 모용단죽 본인일 가능성이 농후했다.

"아직도 그분은 주름 없이 고운 얼굴을 유지하고 계십니다."

"허헛. 다행스런 일이군. 적지 않은 세월이 흘렀어도 변하지 않는 것이 아직 남아 있으니 말일세."

노인, 모용단죽은 한 차례 나직한 웃음을 터뜨리더니 이내 진중한 음성으로 입을 열었다.

"자네가 구궁보에서 만난 사람은 백발에 눈가에 주름이 많은 노인이 아닌가?"

"그렇습니다."

"그자는 조익현이라는 인물일세. 혹시 그 이름을 들어 본 적이 있나?"

진산월은 고개를 끄덕였다.

"들은 적이 있습니다."

모용단죽은 다시 물었다.

"그 이름을 누구에게서 들었나?"

진산월은 그 점에 대해서는 별로 숨길 필요가 없다고 생각하고 순순히 대답했다.

"제게 조익현에 대해 말해 준 사람은 천봉궁의 소궁주인 단봉 공주였습니다."

모용단죽의 얼굴에 한 줄기 야릇한 기색이 떠올랐다. 딱 꼬집어 무어라고 말하기 어려운 기이한 표정이었으나, 그것은 너무도 순식간에 사라져 진산월조차도 그의 얼굴을 계속 주시하고 있지 않았다면 알아차리기 어려웠을 것이다.

조익현의 이름을 단봉 공주가 거론한 것에 대해 왜 모용단죽은 저런 표정을 지었던 것일까?

진산월의 뇌리에 의문이 떠오르기도 전에 모용단죽은 재차 질문을 던졌다.

"그녀가 조익현에 대해 무어라고 했는지 말해 줄 수 있나?"

진산월은 자신이 기억하는 바를 사실대로 말해 주었다.

조익현이 철혈홍안의 오빠이며, 천룡궤를 두고 철혈홍안의 남편인 천룡객 석동과 크나큰 싸움을 했다는 것. 그 싸움의 여파가 그 후의 무림에 지대한 영향을 끼쳤으며, 결국 그것은 그들의 후손인 모용단죽과 아난대활불을 거쳐 당금 무림에까지 이어지고 있다는 것. 그리고 철혈홍안이 특별한 의도를 품고 진산월을 통해 천룡궤를 구궁보로 보낸 것까지.

그녀가 밝힌 일들을 말하면서 진산월은 그녀가 말한 내용 하나하나가 정말 중요하고 커다란 의미를 지니고 있다는 것을 새삼 깨달았다.

진산월의 말을 묵묵히 듣고 있던 모용단죽은 석동이 조익현과의 싸움으로 심한 부상을 입고 강호로 돌아왔다가 소림사 인근에서 실종된 후 아직까지도 모습을 나타내지 않고 있다는 부분에서 살짝 눈살을 찌푸렸다. 하나 그의 말이 모두 끝날 때까지 단 한마디도 하지 않고 조용히 듣고만 있었다.

말을 마친 진산월이 가만히 그에게 시선을 고정시키자 모용단죽은 문득 가느다란 한숨을 내쉬었다.

"흐음. 그녀의 말은 상당 부분 진실에 가깝다고 할 수 있겠군. 확실히 나는 천룡객 석동이란 분에게 무공을 배웠으며, 아난대활불과의 싸움에서는 간신히 승리를 거두었으나 야율척을 만난 후로 내 자신의 한계에 대해 절감했지. 나뿐 아니고 적지 않은 사람들이 그러한 점을 절실히 깨달았을 것일세."

진산월은 모용단죽의 말에 몇 군데 묘한 구석이 있음을 깨달았
으나 지금은 아무것도 묻지 않고 그의 말에 귀를 기울이고 있었다.

"지난 백 년간 무림의 모든 일이 두 사람의 싸움의 여파로 인한
것이라는 그녀의 말도 그다지 틀린 말은 아닐세. 그 싸움은 지금
까지도 이어지고 있으며, 결국 내가 구궁보에 머물러 있지 못하고
이곳에 있게 된 것도 바로 그 때문이라고 할 수 있지."

모용단죽의 입가에 한 줄기 고졸(古拙)한 미소가 떠올랐다.

"나는 사실 조익현을 피하기 위해 이곳에 온 것일세. 엄밀히 말
하면 그가 두려워 이곳에 모습을 감춘 채 꽁꽁 숨어 있는 것이지."

그의 음성에는 무어라 형용하지 못할 씁쓸함이 가득 담겨 있었
다.

"사부님과 조익현은 세 번에 걸친 싸움 끝에 두 사람 모두 커다
란 부상을 입게 되었네. 그 상처가 너무 깊어서 그들의 싸움은 오
랫동안 중지될 수밖에 없었네. 결국 두 사람 중 누가 먼저 정상적
인 몸으로 돌아오느냐가 그들 사이의 승부에서 결정적인 핵심 사
안이 되어 버렸지. 만약 사부께서 먼저 몸을 회복했다면 바로 서
장으로 조익현을 찾아갔을 것이고, 두 사람 사이의 승부는 그걸로
끝이 났을 걸세."

"……."

"반대로 조익현이 먼저 상세를 회복한다면 그가 중원으로 사부
님을 찾아왔겠지. 두 사람 사이의 결과가 어떻게 되었을 것 같나?"

모용단죽의 물음에 진산월은 짤막하게 대답했다.

"조익현이 먼저 중원으로 온 것이로군요."

"그렇다네. 조익현은 중원으로 오자마자 사부님의 행방을 알기 위해 나를 찾았고, 나는 그를 피해 몸을 숨길 수밖에 없었네."

천하제일의 고수로 추앙받는 인물답지 않은 부끄러운 일이었음에도 모용단죽은 수치심보다는 착잡함이 더 짙게 밴 음성으로 말을 이었다.

"단순히 겁이 나기 때문은 아니었네. 이미 강호에서 누릴 것을 다 누리고, 살 만큼 다 산 내가 그의 손에 죽을 것이 무서웠겠나? 다만 나로서는 내 목숨보다 더 귀중한 한 가지 사명을 지켜야 했네. 그 사명을 이루기 전에는 결코 그의 손에 죽거나 사로잡혀서는 안 되는 것이었지. 그게 바로 내가 그를 피해 잠적하게 된 진정한 이유일세."

진산월은 묻지 않을 수 없었다.

"그 사명이란 것이 무엇입니까?"

모용단죽의 시선이 진산월을 똑바로 향했다. 지금까지의 담담한 눈빛과는 달리 강한 힘과 염원이 담긴 뜨거운 시선이었다.

"한 사람을 찾는 것일세. 그래서 그에게 한 가지 무공과 한 가지 수법을 전해야 하네."

"그가 누구입니까?"

"특별한 재질을 가진 사람이지. 그 무공과 수법을 익힐 만한 아주 특별한 재질 말일세."

무공에 대한 재질을 따지자면 강호의 누구나가 모용단죽의 손자인 모용봉을 첫손가락에 꼽을 것이다. 그런데 왜 모용단죽은 바로 지척에 있는 모용봉을 두고 스스로 잠적해 버린 것일까?

모용단죽은 진산월의 그러한 생각을 훤히 꿰뚫은 듯 즉시 입을 열었다.

"봉아(峯兒)는 안 되네. 그는 이미 다른 무공을 익혀서 체질이 변했기에 그 무공을 익힐 수 없는 몸이 되었네."

대체 어떤 무공이기에 체질까지 거론된단 말인가?

진산월은 문득 떠오르는 생각이 있어 다시 물었다.

"모용 공자가 구궁보의 천양신공을 익혔기 때문입니까?"

모용단죽은 고개를 끄덕였다.

"그렇다네. 천양신공을 익힌 자는 결코 그 무공을 익힐 수 없네."

그렇다면 왜 모용단죽은 처음부터 모용봉에게 그 무공을 가르치지 않은 것일까?

"그 무공은 사부께서 몸을 회복하는 틈틈이 적지 않은 노력을 기울여 복원한 것일세. 그것이 완성되었을 때는 이미 봉아가 천양신공에 입문한 후였지."

모용봉이 익힐 수 없다면 모용단죽은 물론이고 그의 사부인 석동 또한 익힐 수 없을 것이다.

대체 석동은 무엇 때문에 자신이 익히지도 못할 무공을 오랜 세월에 걸쳐 되살린 것일까? 그가 복원했다는 무공은 과연 무엇이란 말인가?

그리고 모용단죽은 왜 자신에게 이러한 이야기를 하는 것일까? 모용단죽을 찾아가라고 부탁한 차복승은 모용단죽과 어떠한 관계에 있는 것일까?

크고 작은 여러 가지 의문이 진산월의 머릿속을 복잡하게 만들고 있는 가운데, 모용단죽은 그를 똑바로 바라보며 한 자 한 자 힘주어 말했다.

"나는 사 년이 넘는 세월 동안 이곳에서 오직 한 사람이 오기만을 기다려왔네."

"그 사람이 바로 저란 말씀입니까?"

모용단죽은 주저하지 않고 고개를 끄덕였다.

"그렇다네. 자네야말로 내가 기다려 온 바로 그 사람일세. '결정했다'는 차 대협의 말은 바로 그런 의미일세."

단정 지어 말하는 모용단죽의 말에 진산월은 솔직히 약간의 당혹감과 짙은 의구심을 느꼈다.

"왜 저입니까?"

모용봉이 아니더라도 강호에는 무공에 특출 난 재질을 지닌 기재들이 적지 않았다.

진산월은 자신이 결코 남들이 말하는 무공의 천재는 아니라는 것을 알고 있었다. 그가 당금 무림에서 누구나가 첫손가락으로 꼽는 최고의 고수가 된 것은 그가 무림제일의 기재이기 때문이 아니라 그만큼 처절한 노력을 기울였기 때문이다.

거기에 적지 않은 행운도 따라 주었다. 두 가지의 극독에 중독되었다가 두 독의 상충 작용으로 오히려 높은 내공을 얻으면서 기사회생한 것은 그야말로 천운이라고 밖에는 표현할 수 없는 것이었다.

절망감을 떨치려고 올라간 절봉에서 선배 고수의 유진을 얻게 된 것 또한 쉽게 볼 수 없는 절세의 기연이었다.

그러한 몇 가지 운들과 석동(石洞)에서 침식을 잊고 무공 수련에 매진한 각고의 세월이 뒷받침되었기에 지금의 신검무적이 있게 된 것이다.

차복승과 모용단죽이 이러한 세세한 사실들을 알 리가 없었다.

그렇다면 대체 그들은 진산월의 무엇을 보고 그를 적임자라고 판단한 것일까?

그에 대한 모용단죽의 대답은 전혀 예상치 못한 것이었다.

"그것은 자네가 종남파의 제자이기 때문일세. 보다 정확히 말하면 종남파의 무공을 대성한 유일한 인물이기 때문이라고 해야겠군."

진산월의 눈빛이 날카롭게 번뜩였다.

"그게 무슨 말씀이십니까?"

"나를 비롯한 몇몇 사람은 지난 세월 동안 자네 같은 사람이 나타나기를 간절히 기다리고 있었네. 최고 수준의 무공을 지니고 있으면서 조익현과는 아무런 관련이 없는 인물. 또한 그러면서도 종남파의 무공에 해박한 인물을 말일세."

"······!"

"제법 긴 이야기가 될 텐데, 차분히 들어 보게."

이어서 모용단죽의 입에서는 지금까지 상상도 하지 못했던 놀라운 이야기가 흘러나왔다.

백여 년 전, 누군가가 우연히 화산의 깊은 곳에서 길을 잃었다가 신비한 장소에 도달하게 되었다. 그 사람은 그곳에서 아주 오래전에 지어진 듯한 모옥을 보게 되었고, 모옥 안에 하나의 유골과 한 권의 서책, 그리고 정교하게 새겨진 세 개의 미인상(美人像)을 발견했다.

서책을 읽은 그 사람은 곧 놀라운 사실을 알게 되었다. 유골의 주인은 놀랍게도 백 년 전에 강호 무림 제일의 고수로 군림했던 태을검선 매종도였으며, 그 모옥은 매종도가 죽을 때까지 기거한 태을선거였던 것이다.

서책에는 매종도가 은거하면서 창안한 〈천양신공〉이라는 희대의 신공이 적혀 있었다. 그리고 서책 뒤에는 하나의 구절이 덧붙여 있었다.

매종도는 오랜 참오 끝에 자신이 알고 있는 모든 무공을 집대성한 삼 초의 검법을 만들어 냈으며, 그 각각의 검초를 세 개의 미인상에 새겨 놓았다는 것이다.

그 사람은 뜻밖의 행운에 기뻐하며 매종도의 유골을 잘 수습하여 모옥의 뒤편에 묻어 준 후 천양신공을 익히려 했다. 하나 천양신공은 기존의 내공심법과는 전혀 다른 방식의 무공이어서 다른 내공이 어느 경지 이상 접어든 자는 익힐 수가 없는 것이었다.

이미 가전(家傳)의 무공을 절정에 이르도록 익히고 있던 그 사람으로서는 그야말로 청천벽력과도 같은 일이 아닐 수 없었다.

결국 그 사람은 세 개의 미인상에 담긴 절초들을 얻는 것으로 만족할 수밖에 없었다.

하나 그 세 개의 미인상에서 검법을 얻는 일도 결코 쉬운 일은 아니었다. 각기 다른 자세를 취하고 있는 세 개의 미인상은 언뜻 보기에는 평범한 조각상과 다름이 없어서 아무리 눈에 불을 켜고 살펴보아도 그 안에 무공 초식을 숨겨 놓았다는 것을 믿을 수 없을 정도였다.

그 사람은 심지어 미인상을 깨어 그 속을 확인해 보려고 했으나, 그것조차 여의치 않았다. 나중에야 그 사람은 그 미인상이 무림의 전설적인 보물인 취화옥으로 만든 것이며, 그 미인상을 지니고만 있어도 절로 내공이 상승되는 최고의 기보(奇寶)임을 알고는 미인상을 파손하려는 생각을 접어야 했다.

그 후 오랜 세월이 흘러서야 그 사람은 겨우 그 미인상 중 하나의 비밀을 절반쯤 풀게 되었으나, 그때는 이미 그의 머리에는 백발이 수북했고 그의 수명 또한 그리 오래 남지 않게 되었다. 결국 그 사람은 그 미인상의 비밀을 푸는 숙제를 자신의 후예에게 맡기고는 아쉬운 숨을 거두고 말았다.

그 사람에게는 한 명의 아들과 한 명의 딸이 있었는데, 그들은 모두 무학에 천부적인 재능을 지닌 일대의 기남기녀(奇男奇女)들이었다. 특히 그중에서도 아들은 어려서부터 아버지의 고뇌하는 모습을 지켜봐 왔기에 미인상의 비밀을 푸는 것에 자신의 평생을 바치리라 결심했다.

또한 부친이 그토록 원했던 천양신공을 익혀 부친의 숙원을 풀어 주려 했다.

결국 가전의 무공은 여동생에게 전하고, 그는 우선 천양신공을 익히는 것에 매진했다. 천양신공에 입문하여 어느 정도의 성과를 거두자 그는 다시 미인상의 비밀을 푸는 일에 전력을 기울이기로 했다. 세 개의 미인상을 한꺼번에 연구하는 일은 그로서도 불가능한 것이었기에, 그중 아버지가 어느 정도 해석해 놓은 첫 번째 미인상을 들고 폐관수련에 들어간 것이다.

혼자 남게 된 여동생은 당시 천하에서 세 손가락 안에 꼽히는 거부(巨富)의 아내가 되었으며, 그와의 사이에 두 명의 자식까지 보게 되었다.

그녀의 남편은 좋은 남자였으나, 단 한 가지의 단점이 있었다. 무공에 대한 집착이 강한 희대의 무공광(武功狂)이었던 것이다.

강북 제일의 거부가 무공에 미쳐 있다는 게 믿어지지 않는 일이지만, 실제로 그는 무공에 빠져 가업(家業)마저 소홀히 할 정도였다. 어려서부터 무공에 대한 천부적인 재능을 타고났던 그는 돈을 버는 일보다는 무공을 익히는 일에 더욱 큰 재미를 느끼게 되었고, 보다 높은 무공을 얻기 위해서라면 무엇이든 하려고 했다.

그의 그런 무공에 대한 갈증은 점점 더 강해져서 나중에는 그들 사이의 부부 생활에마저 심각한 영향을 끼치게 되었다. 그가 그녀의 가전무공까지 탐을 내며 그녀를 닦달하자, 차마 자신의 가전무공을 줄 수 없었던 그녀는 그를 조금씩 피할 수밖에 없었다.

그리고 그때 그녀의 일생을 뒤바꿔 버리는 일이 일어났던 것이다.

폐관수련에 들어간 그녀의 오빠에게는 어려서부터 결혼을 약속한 정혼녀가 있었는데, 그 정혼녀가 우연히 그녀를 찾아왔다가 그녀의 남편과 눈이 맞게 된 것이다.

두 사람은 그녀의 눈을 피해 밀회를 즐겼으며, 정혼녀에게서 무슨 말을 들었는지 머지않아 그녀의 남편이 그녀를 찾아왔다.

"당신 오빠가 남긴 무공 비급이 있다며?"

"그걸 어떻게 알았어요?"

"그건 당신 가전의 무공이 아니니 나에게 한 번쯤 보여 줘도 되지 않겠소?"

"그건……."

그녀는 몇 번이고 망설였으나, 그의 집요하리만치 거듭된 요구에 결국 어쩔 수 없이 천양신공의 비급을 그에게 보여 주고 말았다.

그는 단번에 천양신공이 희대의 신공절학임을 알아보았다. 다행히 그동안 마음에 드는 내공심법이 없어 어떠한 내공도 절정까지 익히지 않았던 그는 어렵지 않게 천양신공에 입문할 수 있었으며, 그 진경은 가히 놀랄 정도였다.

하나 문제는 천양신공이 아니었다.

어떻게 알았는지 천양신공과 함께 있는 미인상을 거론한 그는 미인상을 보여 달라며 그녀에게 애원했고, 결국 미인상을 내놓을 수밖에 없었다.

미인상을 본 그녀의 남편은 그때부터 사람이 완전히 달라져 버렸다. 오직 그 미인상을 앞에 놓고 끝도 없는 참오를 계속했던 것이다.

그녀뿐 아니라 오빠의 정혼녀까지 몇 번이고 그를 찾아왔다가 헛걸음을 하기 일쑤였다. 그녀의 남편은 주위의 모든 것에도 신경 쓰지 않고 오직 미인상에만 미친 듯이 빠져 있었다.

그제야 그녀는 무공광인 자신의 남편에게 결코 그 미인상을 보여 주어서는 안 되었다는 것을 깨달았으나, 그것은 너무 늦은 판단이었다.

제 354 장

신공비사(神功秘史)

제 354 장 신공비사(神功秘史)

여기까지 이야기를 마친 모용단죽은 굳어 있는 표정의 진산월을 가만히 응시하더니 살짝 화제를 바꾸었다.

"자네는 그들이 누구인지 아는 모양이군."

진산월은 주저하지 않고 입을 열었다.

"태을선거를 처음 찾은 사람이 누구인지는 모릅니다. 하지만 그 외의 사람들은 알겠군요. 아들이 조익현이고 딸은 철혈홍안, 그리고 그녀의 남편은 석동이며, 조익현의 정혼녀는 바로 백모란이 아닙니까?"

"잘 알고 있군. 그들에 대한 말은 누구에게서 들었나?"

"단봉 공주입니다."

엄밀히 말하면 그녀가 말한 내용과는 세부적인 면에서 조금씩 달랐다. 하나 진산월은 다른 것에 신경이 집중되어 있기에 그 점에 대해서는 그리 관심을 두지 않았다.

모용단죽은 나직한 한숨을 내쉬었다.

"그러리라 짐작했네. 그렇다면 그 후의 이야기도 알고 있겠군?"

"폐관에서 돌아온 조익현이 사실을 알고 석동과 커다란 싸움을
벌였으며, 철혈홍안이 크게 분노하여 그들을 두 번 다시 낙양으로
오지 못하게 했다는 말을 들었습니다."

"그렇지. 그 후에 그들이 어떠한 길을 걸어왔는지는 굳이 언급
하지 않겠네. 그건 오늘 이 자리에서 꺼낼 이야기는 아니니 말일
세. 중요한 건 따로 있지."

진산월의 얼굴은 여전히 무겁게 가라앉아 있었다.

모용단죽은 진산월을 보며 희미하게 웃었다.

"무언가 하고 싶은 말이 많은 표정이로군."

진산월의 음성은 담담했으나, 그 안에는 억눌린 무언가가 가득
담겨 있었다.

"천양신공이 본 파의 무공이었군요."

모용단죽은 고개를 가로저었다.

"정확히 말하세. 천양신공은 종남파의 무공이 아니라 태을검선
의 무공일세. 그분이 남긴 유진(遺眞)에 그 무공을 종남파에 전하
라거나 종남파의 소유로 하라는 말이 없었네."

"……."

"그분의 유진을 읽어 보면 천양신공을 종남파의 무공과는 별개
인, 단순한 자신의 창작물로 여기는 의미가 짙게 배어 있네. 선대
의 인물들이 그것을 종남파에 전하지 않은 것은 단순히 그 무공이

욕심나서 억지를 부린 것만은 아니었다는 말일세."

진산월은 아무 대꾸도 하지 않았으나, 모용단죽은 그의 표정만으로도 지금 그의 심정을 확연히 알 수 있었다.

"내 말이 만족스럽지 못한 모양이군. 하지만 이 말을 듣고 나면 조금 생각이 달라질 걸세. 천양신공은 완성된 무공이 아닐세. 치명적인 단점이 있지."

모용단죽은 진산월에게서 시선을 돌려 허공을 응시한 채 낮게 가라앉은 음성으로 말을 계속했다.

"그 단점 때문인지 아니면 미완(未完)의 무공이기에 그랬는지는 모르지만 그분이 그 무공을 종남파에 전할 의향이 없었던 것은 분명한 사실일세."

진산월은 여전히 아무런 말이 없었다. 하나 그의 머릿속은 그 자신도 알 수 없을 정도로 복잡한 생각으로 가득 차 있었다.

천양신공에 단점이 있는지, 그것이 미완의 무공인지는 중요한 게 아니었다.

중요한 것은 그토록 찾아 헤매던 태을검선의 무공이 이미 오래전부터 강호상에 나와 있었으며, 그 무공을 익힌 자들에 의해 강호 무림이 백 년 동안이나 좌지우지되어 왔다는 것이었다. 종남파가 구대문파에서 쫓겨나고 본산마저 빼앗긴 채 오욕과 고통의 나날을 보내고 있는 동안에도 태을검선의 무공을 얻은 자들은 보이지 않는 흑막 속에 모습을 감춘 채 천하를 이리저리 흔들고 있었던 것이다.

그의 유진을 얻기 위해 종남파의 문인들이 그동안 흘려 왔던 그 많은 땀과 눈물을 생각해 본다면 실로 억장이 무너질 일이 아닐 수 없었다.

그중에는 그의 행방을 찾기 위해 장문인의 지위까지 내던진 채 평생을 헌신해 왔던 외로운 나그네도 있었고, 문파가 위태로운 상황에서도 어쩔 수 없이 어린 사제들만을 남겨 둔 채 한겨울의 혹한을 뚫고 눈 덮인 설산을 헤매야 했던 젊은 장문인도 있었다. 고난과 역경을 벗어나기 위한 그들의 모든 노력과 희생이 애초부터 이루어질 수 없는 허망한 몸부림에 불과했다는 것을 알게 되었으니 그 허탈함을 어찌 말로 다 할 수 있겠는가?

그 허탈함과 공허함 속에 짙은 분노와 울분이 배어 있는 것은 너무도 당연한 일일 것이다.

태을검선이 무슨 이유로 천양신공을 종남파에 전하지 못하게 했는지는 모르지만, 그의 유진을 얻은 자들의 행태는 종남파로서는 쉽게 용납할 수 없는 것이었다.

진산월의 표정이 워낙 무겁게 가라앉아 있자 모용단죽 또한 쉽사리 말을 꺼내지 않고 잠시 침묵을 지키다가 다시 입을 열었다.

"자네로서는 서운할 수도 있겠지. 하지만 이제 와서 천양신공에 대한 소유권이 어디에 있느냐를 따지는 것은 무의미한 일일세. 그러기에는 이미 너무 오랜 세월이 지나가 버렸으니 말일세."

모용단죽의 말에도 일리는 있었다. 무려 백 년이 훨씬 넘은 오래전에 벌어진 일이었고, 이제 와서 그 일에 대해 왈가왈부해 보았자 공허한 외침에 불과할 뿐이다.

그 일의 가장 큰 책임은 처음 태을선거를 발견한 사람에게 있겠지만, 이미 흙 속으로 돌아간 자에게 책임을 물을 수는 없는 일이었다. 그의 후손인 조익현에게 지난 일에 대해 따진다는 것도 불가능에 가까운 일이었다.

백 년이란 너무도 긴 세월이었다. 태을검선의 시기까지 계산하면 이백 년이 훌쩍 넘는 장구한 세월이었다. 선대 고수가 만들었다고는 하지만 이미 이백 년이나 지난 무공에 대한 책임 소재를 이제 와서 따진다는 것은 모용단죽의 말마따나 무의미한 일일지도 몰랐다.

하지만 그렇다고 어찌 그 일을 잊을 수 있겠는가?

"중요한 건 천양신공에 한 가지 치명적인 단점이 존재한다는 것일세. 그 때문에 정말 여러 가지 일들이 일어났지. 그 여파는 자네가 상상하는 그 이상일 걸세."

모용단죽은 또다시 천양신공의 단점을 거론했다. 이쯤 되니 진산월도 모용단죽이 진정으로 하고 싶었던 말이 무엇인지 알게 되었다.

"그 단점이 무엇입니까?"

진산월이 자신의 말에 관심을 보이자 모용단죽의 얼굴에 한 줄기 씁쓸한 미소가 떠올랐다. 막상 그 단점에 대한 말을 하려니 지난 세월의 고초가 눈앞에 선연히 떠오르는 모양이었다.

"천양신공은 천하에서 가장 양강(陽剛)한 무공일세. 그건 누구도 부인할 수 없는 사실이지. 그래서 천양신공에 입문하고 일정한 경지에 다다르면 그때부터 한 가지 부작용이 생겨난다네. 바로 너무 강한 신공의 위력 때문에 체내의 양기가 고갈되어 버린다는 것이지."

"……!"

"삼성(三成)을 넘어서면서부터 양기의 부족에 시달리게 되고, 오성(五城)을 넘게 되면 남자로서의 구실을 할 수 없게 되네. 설사 양강의 영약을 먹더라도 모두 천양신공의 기운으로 빨려 들어가 몸속에 양기가 남아나지 않게 되는 것일세."

뜻밖의 말에 진산월은 놀라지 않을 수 없었다.

천양신공은 천하제일고수인 모용단죽의 상징과도 같은 최고의 신공절학이었다.

모용단죽이 구궁보를 세운 이후 얼마나 많은 강호의 고수들이 그 신공의 한 자락이라도 얻기 위해 구궁보 주위를 기웃거렸던가?

자신조차도 임영옥이 모용 공자를 통해 구궁보의 절학을 얻게 되었다는 것을 알았을 때 일말의 부러움을 느끼지 않았던가?

그 절세의 신공인 천양신공에 이러한 치명적인 단점이 있으리라고 그 누가 상상이나 할 수 있겠는가?

그제야 진산월은 모용단죽의 얼굴에 떠올라 있는 씁쓸하고 착잡한 빛이 이해되었다. 아울러 그가 왜 정혼녀였던 천수관음과 맺어지지 못하고 구궁보에 홀로 칩거하게 되었는지도 알 수 있었다.

모용단죽은 평생 어떤 여인과도 혼인을 하지 않았고, 사소한 염문이 난 적도 없었다. 기품 있는 용모에 천하제일고수라는 명성 때문에 많은 여인들의 구애를 받았던 것을 생각하면 쉽게 이해되지 않는 일이었다. 그 때문에 강호 무림에는 모용단죽에 대한 크고 작은 온갖 소문들이 퍼져 있었지만, 진상은 전혀 의외의 것이었다.

모용단죽은 천양신공을 익힌 부작용으로 여인을 안을 수 없는 몸이 되었던 것이다.

"천양신공을 얻기 전에 그 점에 대해서는 듣지 못했습니까?"

진산월은 석동이 그러한 단점도 알려 주지 않고 천양신공을 전했는지 의문을 표했다.

"천양신공의 부작용에 대해서는 무공에 입문하기 전에 충분히 들었지만, 또한 신공을 대성하면 그러한 부작용에서 벗어날 수 있을지 모른다는 말에 용기를 내었지. 솔직히 당시의 나로서는 그러한 단점에도 불구하고 신공을 익히겠느냐는 제안을 무조건 받아들일 수밖에 없었네. 설사 그 결과가 이러한 것임을 미리 알았더라도 말일세."

"……."

"나는 신공의 경지가 높아지면 상태가 호전될 것이라는 은근한 기대를 하고 있었는데, 아무리 노력해도 그 부작용을 벗어날 수 없었네. 결국 천양신공이 팔성(八成)에 이른 즈음에야 비로소 더 나이를 먹기 전에 무언가를 해야 한다고 깨닫게 되었지. 구궁보를 세우고 후계를 키울 생각으로 본가의 직계 중 가장 재질이 뛰어난 후손 하나를 입양한 것도 그즈음의 일일세. 그 아이가 누구인지는 굳이 말하지 않아도 알 것이라 생각하네."

진산월은 부지불식간에 고개를 끄덕였다.

모용단죽의 후손은 천하에서 오직 한 사람뿐이었다.

모용봉이 모용단죽의 친손자가 아닐 거라는 의심은 그동안 적지 않은 사람들 사이에서 은밀히 퍼져 있었다. 이제 모용단죽의 입으로 직접 그 소문이 사실임을 알게 된 것이다. 모용봉 또한 천양신공을 익히고 있으니, 그의 몸 상황도 모용단죽과 다름이 없을 것이다.

진산월은 뜻하지 않게 두 조손의 가장 큰 비밀을 알게 된 셈이었다.

그때 문득 진산월의 뇌리에 아주 오래전의 일 하나가 문득 떠올랐다. 자신을 공격했다 오히려 비명에 사라진 운자추에 관한 일이었다.

운자추는 운문세가의 소가주이면서 또한 신목령의 삼호로 암약했던 인물이었다. 그는 임영옥이 태음신맥을 지니고 있음을 알고 쾌의당에 청부하여 그녀를 납치하려다 실패하고 말았는데, 어도진의 작은 객잔에서 진산월을 암습하면서 임영옥이 그나마 모용 공자에게 넘어간 것이 다행이라는 말을 한 적이 있었다.

당시 진산월은 그의 말이 무슨 뜻인지를 몰라 어리둥절했었는데, 이제 보니 운자추는 그때 이미 모용 공자가 천양신공을 익히고 있기에 여인을 취할 수 없는 몸이라는 것을 알고 있었던 모양이었다.

모용봉에 대한 비밀을 알게 되자 진산월의 마음은 자신도 모를 정도로 복잡하게 헝클어졌다. 모용봉은 비록 최고의 고수에게서 최고의 절학을 배워 강호의 누구나가 부러워하는 태양 같은 존재가 되었지만, 대신 남자로서 가장 중요한 무언가를 상실하고 만 것이다.

적지 않은 세월 동안 진산월은 그를 보며 질투를 느꼈고, 경쟁심을 키워 왔으며, 운명과도 같은 거대한 그림자가 짓누르는 무게를 감당해야 했다. 아직까지도 그의 마음 깊숙한 곳에는 모용봉에 대한 희미한 적의와 시기심이 도사리고 있었다.

그런데 이제 그의 비밀을 알고 나니 그러한 모든 것들이 부질없는 것처럼 여겨졌던 것이다.

진산월의 얼굴에 한 줄기 고소가 떠올랐다. 모용봉이 남자의 구실을 할 수 없다는 것에 묘한 안도감을 느끼는 자신의 모습에 쓸쓸함을 금할 수 없었던 것이다.

구궁보에서 보았던 모용봉의 언행 하나하나가 전혀 다른 의미로 전해져 오는 것 같았다.

진산월은 모용단죽에게 천양신공을 얻은 것을 후회하지 않느냐고 묻고 싶었으나, 이내 그 말을 속으로 삼켰다. 자칫 그의 자존심을 해치는 말이 될지도 모르기 때문이었다.

모용단죽은 확실히 비상한 사람이었다. 진산월의 얼굴 표정이 살짝 변한 것만으로도 그의 마음을 알아본 것처럼 조용한 음성으로 말을 내뱉었던 것이다.

"후회 같은 건 없네. 나는 당시에 내가 할 수 있는 최선의 선택을 한 것이고, 그 결과를 기꺼이 받아들였네. 봉아도 그랬을 것이라 생각하네. 그러니 혹시라도 그 아이를 동정하거나 하지는 말아주게."

"동정이라니, 그럴 리 있습니까?"

"자네 표정에서 왠지 그 아이를 잘 알고 있는 듯한 느낌이 들어서 한 말일세. 아무튼 그 부작용은 오랫동안 사부를 고민케 했지.

그러다 결국 천양신공의 너무 강한 위력이 문제의 원인이라 생각하고, 그 원인을 제거할 결심을 하게 된 걸세."

"……."

"지난 세월 동안 사부는 천양신공을 철저히 해부하여 몸속의 양기를 모조리 빨아들이는 효과를 제어하려 했고, 결국 천양신공이 하나의 내공심법에서 파생된 것임을 알게 되었네. 그게 무엇인지 알겠나?"

진산월은 주저하지 않고 대답했다.

"본 파의 구양신공(九陽神功)이 아닙니까?"

모용단죽의 입에서 언뜻 고졸한 미소가 스치고 지나갔다.

"역시 자네도 천양신공이 혹시 구양신공과 같은 무공이 아닐까 의심하고 있었군. 그러니 자연스레 그런 대답이 나왔을 게야."

진산월은 굳이 부인하지 않았다.

천양신공에 대해 알면 알수록 이미 오래전에 실전되었던 구양신공과 여러 가지 면에서 유사한 점이 엿보였던 것이다. 물론 구양신공에 체내의 양기를 모조리 빨아들이는 부작용 같은 건 없었다. 구양신공은 비록 양강의 무공이기는 하지만, 천하의 어떤 내공심법보다도 충후하고 정순해서 부작용 따위는 전혀 없는 신공절학이었다.

그 구양신공을 종남파 사상 가장 완벽하게 익힌 사람이 바로 태을검선이었다.

"구양신공은 종남파 최고의 무공인 육합귀진신공을 지탱하는 여섯 가지 기둥 중 하나일세. 다시 말해서 육합귀진신공을 얻기 위해서는 구양신공 외에도 다섯 가지의 신공을 더 익혀야만 한다는 것이지."

모용단죽의 입에서 뜻밖의 비사(秘史)가 흘러나왔다.

"태을검선은 다른 신공 없이 순수하게 구양신공만으로 육합귀진신공을 익힐 방법을 연구했고, 그래서 탄생한 것이 바로 천양신공일세. 구양신공을 보완하여 온전히 육합귀진신공을 얻기 위해 만들었기에, 구(九)에 하나(一)를 더했다는 의미에서 천(天)양신공이라 이름 붙이게 된 것일세."

육합귀진신공은 오랫동안 종남파 최고의 비전으로 알려진 전설적인 무공이었다.

그 신공을 처음 완성한 사람은 매종도의 스승인 유백석이었으며, 신공을 익힌 사람 또한 그를 포함하여 종남오선 중의 세 사람뿐이었다.

익힌 사람이 단지 네 명에 불과할 뿐임에도 육합귀진신공은 종남파를 대표하는 최고의 신공절학으로 인정받게 되었다. 그만큼 가히 하늘도 놀라고 땅도 꺼지게 할 만한 가공할 위력을 지니고 있었던 것이다.

종남오선 이후 수많은 종남파의 고수들이 육합귀진신공을 되살리기 위해 불철주야 노력했던 것도 그 길만이 기울어져 가는 종남파를 되살리는 첩경이라는 확고한 믿음이 있었기 때문이다.

육합귀진신공에 대한 전설은 종남파는 물론이고 당시 그 신공을 경험하거나 목격했던 강호의 여러 고수들에 의해서 알음알음 전해져 왔으며, 당금에 이르러서는 누구도 그 진정한 실체를 알지 못하는 신비와 전설의 무공이 되어 버렸다.

　육합귀진신공은 종남파 최고의 신공 여섯 가지를 규합한 것으로 알려져 있는데, 실제로 그 신공들을 어떻게 운용하여 하나의 신공으로 완성하는지는 당시에도 극소수의 몇몇 사람 외에는 누구도 알지 못했다. 종남오선의 실종 이후에는 그 여섯 가지의 신공들 중 상당수가 실전되어 아예 익히려는 시도조차도 불가능한 일이 되어 버렸다.

　그런데 종남오선의 실질적인 최고 고수인 매종도가 단지 하나의 신공만으로 육합귀진신공을 익히는 방법을 연구했었다니 어찌 놀라지 않겠는가?

　한편으로는 지극히 매종도다운 일이라는 생각과, 그의 그러한 노력의 결과물이 종남파가 아닌 다른 사람의 손에 들어갔다는 아쉬움, 그리고 그 신공이 치명적인 단점을 지닌 미완의 무공이라는 것에 대한 어떤 안도감 같은 여러 가지 감정들이 동시에 일어났다.

　모용단죽은 진산월의 그런 심정을 아는지 모르는지 천양신공에 대한 이야기를 계속했다.

　"태을검선은 구양신공의 위력을 최대한 증폭하여 다른 다섯 가지의 신공이 가진 힘에 견줄 수 있도록 만들었는데, 그 과정에서 익히는 사람의 체내에 있는 모든 양기까지 빨아들이는 부작용이 생겨난 것일세. 태을검선은 실제로 이 신공을 만들어 놓고 그 자신은 미처 익히지도 못하고 세상을 떠난 게 분명하네. 그래서 만에 하나 이 신공에 잘못된 점이 있을 것을 우려해 종남파에 전하라거나 종남파의 무공으로 인정한다는 말을 남기지 않았던 걸세.

지금 생각하면 확실히 그의 우려는 지극히 타당한 것이었음이 증명된 셈이지."

모용단죽은 태을검선이 천양신공의 단점을 미처 알지 못했을 거라고 말했지만, 진산월의 마음속에는 한 줄기 의구심이 떠올랐다.

과연 그럴까?

태을검선은 종남파 사상 최고의 고수였으며, 적지 않은 무림인들 사이에서 어쩌면 고금 최강의 고수였을지도 모른다는 평가를 받고 있는 불가일세(不可一世)의 인물이었다. 그의 비범함은 종남파에 남아 있는 여러 가지 기록만으로도 충분히 짐작할 수 있는 일이었다.

그러한 무학의 일대종사가 과연 자신이 만든 무공에 그런 커다란 단점이 있다는 것을 몰랐을까?

문파를 떠나 화산의 외진 곳에서 목숨이 다할 때까지 연구를 거듭하던 그 결과물이 사실은 남자에게는 너무도 치명적인 후유증을 남긴다는 것을 정말 알지 못했을까?

만일 그렇지 않다면 자신의 거처에 그런 무공을 남겨 놓은 매종도의 진정한 의도는……?

진산월의 생각은 더 이상 이어지지 않았다. 왜냐하면 그때 모용단죽의 다음 음성이 들려왔기 때문이다.

"사부께서는 오랜 시간의 노력 끝에 마침내 천양신공의 토대가 되는 구양신공을 복원하는 데 성공하셨네. 쉽지 않은 일이었지만, 그분의 천양신공의 화후가 절정에 이르렀기에 가능한 일이었지."

석동이 구양신공을 복원했다는 모용단죽의 말은 진산월의 마음을 격동시키기에 충분한 것이었다.

태을검선의 실종 이후 종남파에서는 구양신공을 완성한 자가 나타나지 않았다. 분명 종남오선 시절에는 적지 않은 고수들이 구양신공을 익히고 있었음에도 불구하고 어찌 된 일인지 태을검선이 사라진 후 구양신공을 완성한 자는 아무도 없었다. 그 후로 언제부터인지 구결마저 사라져 버려 이제는 그야말로 이야기 속에서나 들을 수 있는 상상의 무공이 되어 버렸다.

그런 구양신공을 다시 되살렸다니 아무리 침착하고 냉정한 진산월이라도 가슴이 설레지 않을 수 없었던 것이다.

모용단죽은 힘이 담긴 눈으로 진산월의 얼굴을 똑바로 응시했다.

"이제 내가 왜 자네를 적임자라고 하는지 알겠나? 비록 오랜 세월이 걸리고 적지 않은 우여곡절이 있기는 했지만, 천양신공에서 복원된 구양신공이 늦게나마 다시 종남파로 되돌아간다는 의미가 담겨 있는 것일세."

"……!"

"하지만 그렇다고 그냥 종남파에 전한다는 것은 아무런 의미가 없는 일이지. 자네에게는 미안한 이야기지만, 그때의 종남파는 거의 문파로서의 존재 가치를 상실한 상태였네. 그리고 우리의 목적은 어디까지나 조익현의 야욕을 제지하는 것이었으니 말일세."

모용단죽의 음성은 그 어느 때보다 묵직하게 가라앉아 있었다.

"조익현이 강호로 돌아온 시기는 공교롭게도 구양신공이 복원된 지 얼마 후였네. 당시 사부는 아직 과거의 부상을 완전히 회복하지 못한 상태였고, 우리는 어쩔 수 없이 사부를 대신해 조익현을 막을 방법을 모색해야 했네. 여러 가지 방법이 검토되었지만, 구양신공을 익힐 만한 새로운 적임자를 찾는 일이 다른 무엇보다 중요한 일이 되었네. 조익현의 입김이 닿아 있지 않으면서도 그와 능히 자웅을 겨루어 볼 만한 최고의 인재를 말일세.”

진산월은 한 가지 의문이 들어 묻지 않을 수 없었다.

“구양신공이 비록 천하의 절학이긴 하지만, 그걸 익힌다고 해서 조익현을 꺾는다고 자신할 수 있겠습니까?”

석동과 양패구상을 하고도 석동보다 먼저 상세를 회복했다면, 현재의 조익현은 석동을 능가하는 실력의 소유자라는 의미였다.

당금 무림의 제일고수라는 모용단죽조차도 그가 두려워 스스로의 거처를 버리고 인적도 없는 외딴 계곡에 숨어 지내는 상황인데, 과연 이백 년 전의 무공 하나를 익혔다고 그를 상대할 수 있겠는가?

의외로 모용단죽은 선뜻 그 의문에 수긍을 했다.

“확실히 구양신공은 그 위력만 놓고 봤을 때는 천양신공보다 뛰어나다고 할 수 없네. 그것만으로는 조익현을 상대할 수 없지.”

“그렇다면…….”

“내가 조금 전에 한 말을 떠올려 보게. 그러면 해답을 찾을 수 있을 걸세.”

진산월은 누구 못지않게 총명한 인물이었으므로, 즉시 그 말에 숨은 뜻을 알아차렸다.

“모용 대협의 말씀은 구양신공과 함께 전하기로 했다는 수법에 묘용이 있다는 뜻이로군요."

모용단죽의 얼굴에 한 줄기 감탄의 빛이 떠올랐다.

"과연 똑똑한 친구로군. 바로 그렇다네. 그 수법을 익히면 능히 조익현과 자웅을 겨루어 볼 수 있네. 좀 더 정확히 말하자면, 오직 그 수법만이 조익현을 상대로 승리할 가능성이 있는 유일한 무공인 것일세."

"그것이 무엇입니까?"

"그것은 하나의 합격진일세."

뜻밖의 말에 진산월의 눈빛이 예리하게 빛났다.

"합격진이라면 상대가 있어야 한다는 말이로군요."

"상대는 준비되어 있네. 아주 오래전부터 말일세. 우리에게 필요했던 것은 그와 손을 맞출 또 다른 한 사람이었지."

진산월은 잠시 생각에 잠겨 있다가 담담한 음성으로 입을 열었다.

"그 합격진을 배우기 위해서는 구양신공을 익혀야 하는 것이로군요."

모용단죽은 그 말에 묵묵히 고개를 끄덕였다.

진산월의 표정은 여전히 무심했으나, 그 음성만큼은 여느 때보다 낮게 가라앉아 있었다.

"구양신공을 복원한 이유도 바로 그 합격진 때문이었겠군요. 그리고 같이 합격진을 배울 또 한 사람은 틀림없이 칠음진기를 얻은 여인이겠지요?"

모용단죽은 거대한 호수처럼 고요하게 가라앉아 있는 진산월의 얼굴을 가만히 응시하다가 의미 모를 한숨을 내쉬었다.

"자네는 그 합격진이 무엇인지 알아차린 모양이군."

"본 파의 장문인으로서 본 파의 무공을 모를 수는 없지요. 설사 그것이 아주 오래전에 실전된 것이라고 할지라도 말이지요."

"그렇다네. 내가 말한 수법은 바로 종남파의 비전인 음양쌍반진(陰陽雙盤陣)일세. 현재의 조익현을 감당할 수 있는 방법은 오직 음양쌍반진을 완성하는 것뿐일세."

음양쌍반진!

한때 강호일절로까지 불리던 종남파 최고의 합격진이었으나, 이미 오래전에 실전되어 이제는 이름으로만 남아 있는 무공이었다.

실전된 음양쌍반진을 모용단죽이 알고 있다는 것도 기이한 일이었으나, 비선 조심향 이후 익힌 사람이 없다고 알려진 칠음진기를 익힌 여인이 이미 준비되어 있다는 말은 더욱 놀라운 일이 아닐 수 없었다.

"그 여인은 비선의 후인입니까?"

진산월의 물음에 모용단죽은 고개를 끄덕였다.

"맞네. 그녀가 칠음진기를 익힌 것도, 음양쌍반진의 구결을 알고 있는 것도 바로 그런 이유일세. 우리는 그녀의 짝이 될 만한 자를 찾기 위해 상당히 많은 고심을 했지. 그리고 여러 가지 상황을 고려하여 최종적으로 자네를 적임자로 선정한 것일세."

"그녀가 누구입니까?"

지금까지 진산월의 말에 순순히 응해 주던 모용단죽이 이번에는 어찌 된 일인지 쉽게 입을 열지 않았다. 진산월이 물처럼 고요한 눈으로 그의 얼굴을 한동안 바라본 후에야 비로소 모용단죽은 천천히 입을 열었다.

"백모란. 경성홍안이라는 이름으로 알려진 백 년 전의 천하제일미녀 백모란이 바로 비선의 절학을 이은 후인일세."

제 355 장
작전모의(作戰謀議)

제355장 작전 모의(作戰謀議)

낙양의 밤거리는 불야성(不夜城)을 이루고 있었다. 여기저기 걸려 있는 형형색색의 등(燈)과 북적이는 사람들의 물결이 거리를 한층 더 시끌벅적하게 만들고 있었다.

낙양의 동쪽에 있는 불망원(不忘院)은 원래는 하(河)씨 성을 가진 부자의 별장이었다. 그 부자가 나이를 먹자 젊었을 때 사별(死別)한 아내를 그리워하며 별장의 가장 좋은 자리에 사당(祠堂)을 짓고 별장 이름도 불망원이라고 바꾸게 되었다.

부자가 죽은 후 그의 아들이 건재할 때까지는 그런대로 잘 관리가 되었으나, 손자 대에 이르러서 가세가 기울자 관리를 하지 않고 찾아오는 사람도 거의 없어서 폐가(廢家)처럼 변하고 말았다.

그런데 오늘은 왠지 좀처럼 인기척이 없던 불망원에 적지 않은 사람들의 모습이 보였다.

해가 어둑어둑해질 때부터 한두 인영이 보이기 시작하더니 밤이 깊어 갈수록 점차로 나타나는 사람들의 수가 급격히 많아졌다. 그들의 동작은 하나같이 은밀하고 신속했으며, 서로 안면이 있는지 새로운 인물이 나타날 때면 소리 없이 반갑게 인사를 주고받기도 했다.

이경(二更)이 가까워 올 무렵에는 그 수가 거의 서른을 넘을 정도였는데, 그럼에도 누구 하나 큰 소리로 떠들거나 시끄러운 행동을 하는 사람이 없어 불망원 일대는 고요한 정적에 잠겨 있었다.

그때 다시 어둠을 뚫고 하나의 인영이 불망원 앞에 모습을 드러냈다.

그 사람은 훤칠한 키에 새하얀 백삼을 입은 청년이었는데, 유난히 깊게 가라앉아 있는 눈빛과 왼쪽 뺨의 깊은 흉터가 무척이나 인상적이었다.

백의 청년은 잠시 불망원 주위를 둘러보더니 훌쩍 신형을 날려 불망원 안으로 들어갔다. 그의 동작이 어찌나 표홀하고 날렵했던지 그의 몸이 불망원 안으로 사라질 때까지도 아무런 소리나 기척이 들리지 않았다.

백의 청년이 나타나자 불망원의 여기저기에 모습을 감추고 있던 자들이 일제히 그의 곁으로 다가왔다.

"오셨습니까, 진 장문인?"

백의 청년은 다름 아닌 당금 무림의 제일검객으로 명성이 높은 신검무적 진산월이었다. 그가 오늘 이곳에 온 것은 선반의 집결지가 바로 이 불망원이었기 때문이다.

이미 도착해 있던 선반의 고수들이 앞을 다투어 인사를 하자 진산월은 짧게 답례하고는 그들 중 한 사람에게로 시선을 고정시켰다.

"모두 도착했소?"

그의 시선을 받은 사람은 선반의 부반주를 맡고 있는 산수재 이정문이었다.

"현조의 조장인 복호도 팽 소협을 제외하고는 모두 왔소."

언뜻 진산월의 얼굴에 의아한 빛이 떠올랐다. 진산월이 복호도 팽철영을 본 것은 선반의 출정식이 처음이었으나, 잠깐 만난 것만으로도 그가 얼마나 충후하고 신의를 중시하는 인물인지 알 수 있었기에 설마 그가 약속을 어기고 모임 장소에 나오지 않으리라고는 생각지 못했던 것이다.

"팽 소협의 신상에 무슨 일이라도 생긴 거요?"

"현조의 다른 고수들과 함께 낙양까지는 무사히 도착했는데, 오늘 오후에 가문의 급한 연락을 받고 나갔다가 아직 돌아오지 않았다고 하오."

진산월은 이정문의 정보력이 얼마나 뛰어난지 알고 있기에 재차 그에게 물었다.

"무슨 일 때문인지 알고 있소?"

이정문은 그의 기대를 배반하지 않았다.

"사실은 요즘 흑갈방이 검보에 이어 하북팽가의 영향권까지 동시에 건드리고 있어서 두 문파 사이의 갈등이 점차 고조되고 있소. 아마도 그 때문이 아닐까 하오."

"팽 소협을 다시 팽가로 불러들이려는 거요?"

"그보다는 좀 더 큰 걸 바라는 것 같소."

이정문은 에둘러 말했으나, 진산월은 어렵지 않게 그의 말속에 숨은 뜻을 알아차렸다.

'선반의 힘을 빌리려 할지도 모른다는 거로군.'

선반은 진산월 한 사람만으로도 능히 천하의 어떤 세력도 무시하지 못하는 존재가 되어 버렸다. 설사 그를 제외한다 해도 선반의 서른세 명 중 누구 하나 뛰어난 고수가 아닌 자가 없었고, 한 문파의 기대주이거나 장래가 촉망되는 후기지수들이었으니 그 힘은 어떤 문파라도 능히 감당할 수 있을 만큼 강력한 것이었다.

팽철영 한 사람의 힘은 미비하지만, 그를 통해서 진산월이 이끄는 선반의 도움을 얻을 수 있다면 하북팽가로서는 천군만마를 얻는 것과 같을 것이다.

진산월은 언제 돌아올지 모르는 팽철영을 무작정 기다릴 수 없어 일단 다른 조의 조장들을 불러 앞으로의 일을 의논하기로 했다.

무당산에서 이곳까지 오는 동안 육 일이라는 시간이 흘렀다. 그리 길지 않은 시간이었지만, 그동안 중원 무림과 서장 무림 간의 충돌이 조금씩 격화되어 세상의 분위기는 상당히 뒤숭숭해져 있었다. 게다가 선반이 무당산에서 낙양까지 이동하면서 중원의 곳곳에서 암약하고 있던 서장 무림의 무리들을 색출하면서 적지 않은 소요가 일어났기에, 이제는 조만간 서장 무림과 거대한 싸움이 벌어지리라는 것을 누구라도 어렵지 않게 알 수 있을 정도였다.

진산월은 각 조의 조장을 맡고 있는 소신승 정화와 창천신룡 남해일, 옥검랑군 마종의에게서 각 조가 무당산에서 이곳으로 이동해 올 때까지의 과정을 전해 듣고 잠시 생각에 잠겼다.

그들은 서장 무림에 포섭된 것으로 의심되는 문파를 한두 군데씩 지나쳐 왔는데, 그중 절반 이상이 실제로 서장 무림과 연결된 것으로 확인되어 한바탕 혈전을 벌여야 했다. 그 와중에 죽거나 크게 부상을 입은 사람은 없었으나, 서장 무림의 마수(魔手)가 중원의 곳곳에 뻗쳐 있음이 확실해졌기에 자연히 마음이 무거울 수밖에 없었다.

'하수인(下手人)들을 제거해 봐야 어차피 미봉책에 불과할 뿐이다. 보다 근본적인 원인을 없애지 않는 한 이런 일은 끝없이 반복될 것이다.'

문제는 그 근본 원인이 정확히 무엇이냐 하는 것이었다.

서장과 중원은 그 지리적 여건이나 문화의 차이로 인해 그동안 크고 작은 싸움을 벌여 왔다. 하나 그 충돌이 이토록 심화된 것은 아난대활불이 천룡사의 무리들을 이끌고 중원을 쳐들어온 후부터였다.

아난대활불은 조익현의 제자였으므로 결국 그는 조익현의 사주를 받고 중원을 침공했다는 말이었다. 그렇다면 조익현을 제거한다면 모든 일이 해결되는 것일까?

지금 서장 세력을 이끌고 있는 자는 아난대활불의 후예로 알려진 야율척이었다.

하나 이상하리만치 야율척과 조익현과의 관계는 강호에 거의 알려지지 않았다. 조익현과 야율척의 그간의 행보를 유심히 살펴보면 어딘지 모르게 묘한 엇갈림과 비틀림이 있음을 알 수 있었다.

진산월은 그것이 단순히 야율척과 조익현의 강한 개성 때문인지, 아니면 그들 사이에 또 다른 무엇이 있는지 궁금했다.

과연 조익현이 제거된다면 야율척은 어떤 반응을 보일 것인가? 반대로 야율척이 쓰러진다면 그 후에도 조익현은 여전히 중원을 노릴 것인가?

처음으로 진산월은 그들 두 사람 사이에 어떤 의구심을 느꼈다. 그것이 과연 무엇인지는 정확히 알 수가 없지만, 정말 중요한 것일지 모른다는 예감이 그의 뇌리를 스치고 지나갔다.

서장 무림의 전초 세력은 흑갈방이다. 단순한 전초 세력 정도가 아니라 서장의 고수들이 대거 투입되었기에 '작은 서장 무림'이라고 해도 틀린 말은 아닐 것이다.

만약 흑갈방을 무너뜨릴 수만 있다면 서장 무림에 커다란 타격을 주는 것은 물론이고, 중원을 노리는 야율척의 야심도 적지 않게 뒤흔들 수 있을 것이다.

이정문은 자신이 조사한 흑갈방의 정보와 그들의 수뇌들에 대해 털어놓았다.

"현재 흑갈방은 검보는 물론이고 하북팽가의 세력권까지 같이 넘보고 있소. 두 문파가 모두 하북성에 있을 뿐 아니라 친분이 두터운 편이기에 함께 상대하려는 모양인데, 그 때문에 하북성 전체가 크게 요동을 치고 있소."

진산월은 물론이고 다른 조장들 또한 눈을 빛내며 이정문의 말에 귀를 기울이고 있었다.

"흑갈방의 방주는 흑의사신 위태심이란 자인데, 한때 서장 제일의 지자로 불렸던 천애치수 단목초의 제자이며 또한 최고의 전략가로 알려진 인물이오. 부방주는 그와 마찬가지로 단목초의 제자이며 또한 그의 사제인 화면신사 백석기라는 자요."

이정문은 두 사람에 대해 간략하게 설명하고는 다시 말을 이었다.

"흑갈방에는 천지쌍노라 불리는 두 명의 봉공이 있는데, 그들은 개개인이 측량할 수 없을 정도로 고강한 무공을 지닌 절세의 고수들이오. 그들 중 한 명에게 검보의 전대 보주였던 검왕 서문노선배께서 패했다고 하니 얼마나 가공할 실력을 지닌 자들인지 미루어 짐작할 수 있을 거요."

서문동회가 흑갈방의 봉공 중 한 사람에게 패했다는 말에 이미 그 사실을 알고 있는 진산월을 제외한 다른 사람들은 모두 놀라지 않을 수 없었다. 서문동회는 전성기 시절에는 강호 무림에서 가장 강한 열 명의 검객 중 하나로 꼽힐 정도로 뛰어난 검법의 소유자였기에 그들은 새삼 흑갈방에 대해 경각심을 가지지 않을 수 없었다.

"그들의 무공 흔적으로 보아 우리는 그들이 야율척의 등장 이전에 서장의 최고 고수로 군림했던 천산이괴가 아닐까 추측하고 있소."

"……!"

"그들 외에 여섯 명의 호법과 열두 명의 순찰이 있는데, 모두 뛰어난 실력자들이기는 하지만 그중에서도 특히 그들의 우두머리인 수석호법과 총순찰이 요주의 인물들이오. 수석호법은 혼천마군(混天魔君) 탁세호(托世虎)란 자인데 십이기 중에서도 세 손가락 안에 꼽히는 무서운 고수이고, 총순찰은 십육사에서도 첫째 둘째를 다투는 무영천자(無影天子) 비일염(費一炎)이오. 호법들 중에는 팔황일독 표성락과 낭아신검 채병익이 경계해야 할 자들이고, 순찰 중에는 혈전사마 노씨 형제를 주의하면 될 거요."

이정문이 하나둘씩 흑갈방 수뇌들의 정체를 밝힐 때마다 중인들의 표정은 조금씩 어두워졌다. 그들 개개인의 면면이 결코 호락호락하지 않기에 과연 자신들의 힘으로 그들을 상대할 수 있을지 걱정이 들었던 것이다.

그런 그들의 마음을 훤히 꿰뚫어 본 듯 이정문이 조용한 음성을 내뱉었다.

"무공 실력만 놓고 본다면 천지쌍노 외에는 우리가 그럭저럭 감당할 수 있소. 그리고 천지쌍노를 상대할 사람은 이미 정해져 있으니, 그들로 인해 너무 노심초사할 필요는 없소."

그 말에 중인들은 퍼뜩 고개를 돌려 진산월을 바라보고는 이내 무심결에 고개를 끄덕였다. 자신들이 누구와 함께 있는지를 새삼 깨달은 것이다.

진산월은 그들의 그런 심정을 아는지 모르는지 담담한 표정으로 이정문의 말을 듣고 있었다.

"이번에 무당산의 집회가 끝난 후 그들 중 상당수가 한곳으로 집결하고 있다는 것을 확인했소. 아마 무림맹에서 자신들을 노린다는 것을 눈치채고, 그 전에 먼저 검보와 하북팽가를 공격할 속셈인 듯하오."

알려진 면면으로 보아 만약 흑갈방의 수뇌들이 모두 모인다면 검보와 하북팽가로서는 절대로 그들의 공세를 막을 수 없을 것이다.

절로 마음이 급해진 창천신룡 남해일이 급히 물었다.

"그들이 모인다는 곳이 어디요?"

"하북성 형수(衡水)요."

형수라면 검보가 있는 보정의 지척이었다.

"그럼 큰일 아니오?"

남해일이 다급한 표정으로 묻자, 이정문이 침착한 음성으로 대꾸했다.

"아직 그들 수뇌가 모두 모이려면 이삼일의 시간이 있소. 게다가 그들이 모두 모인다 해도 본격적으로 공격을 시작하려면 며칠 더 시간이 소요될 거요. 이곳에서 부지런히 말을 달리면 늦지 않을 테니, 너무 걱정하지 마시오."

낙양에서 형수까지는 이틀이면 충분히 도착할 수 있는 거리였다.

그제야 남해일을 비롯한 중인들의 굳었던 표정이 다소 풀어졌다.

이정문은 그런 그들을 한 차례 둘러보고는 다시 입을 열었다.

"하지만 무작정 안심할 수만은 없소. 그들이 한자리에 모인다면 아무리 진 장문인이 있다 해도 우리의 전력만으로 흑갈방 전체를 상대할 수는 없소. 우리의 전략은 어디까지나 그들이 모두 모이기 전에 수뇌들만을 각개 격파하는 것임을 잊지 말아야 하오."

소신승 정화가 나직하게 불호를 외웠다.

"아미타불. 이 시주께서 그렇게 말씀하시는 걸 보니 이미 세워둔 복안이 있는 것 같군요."

이정문의 입가에 살짝 미소가 걸렸다.

"정화 스님의 혜안은 정말 피할 수 없구려. 확실히 그들의 수뇌들을 효과적으로 제거하기 위한 몇 가지 방책을 생각해 둔 것이 있기는 하오. 하지만 그 방책이 얼마나 성공을 거둘지는 나로서도 확신할 수 없소. 워낙 변수가 많고 그들의 행동을 예측하기 힘들어서 꼭 계획대로 일이 진행된다고 장담할 수 없는 상황이오."

듣고 있던 남해일이 눈을 빛내며 열띤 음성으로 말했다.

"신기묘산으로 이름이 높은 부반주께서 세운 계획이라면 적지 않은 효과를 볼 게 틀림없소. 진인사대천명(盡人事待天命)이라 했으니, 우리는 우리가 할 수 있는 일을 최선을 다해 수행하고 그 결과를 겸허히 받아들이는 되는 거요."

"남 소협의 말씀이 옳소. 사실 흑갈방의 세력이 생각보다 너무 거대해서 그들을 어떻게 상대하나 막막했는데, 부반주의 신묘한 계략에 진 장문인과 우리의 힘이 합쳐진다면 능히 감당할 수도 있겠다는 자신감이 드는구려."

침묵을 지키고 있던 마종의까지 나서서 이정문이 세웠다는 방책에 대한 기대감을 숨김없이 드러내자 이정문은 어쩔 수 없다는 듯 고개를 절레절레 흔들며 씁쓸하게 웃었다.

"나를 너무 높이 떠받들어 주니 머리가 어지러울 정도요. 이러다 떨어지면 더 큰 충격을 받을 테니, 벌써부터 걱정이 앞서는구려."

그의 엄살기가 담긴 말에 긴장감이 감돌았던 장내의 분위기가 잠시 부드러워졌다.

그때 다시 한 사람이 불망원 안으로 불쑥 모습을 드러냈다.

그는 다름 아닌 복호도 팽철영이었다. 늦은 시각까지 돌아오지 않아 은근히 걱정을 하던 중인들은 그의 뒤늦은 출현에 안도하는 모습들이었다.

팽철영은 진산월을 비롯한 선반의 고수들에게 정중하게 머리를 조아렸다.

"저 한 사람 때문에 여러 군웅들을 기다리게 한 것에 진심으로 사과드립니다. 본가의 어른들과 이야기가 생각보다 길어져서 늦고 말았습니다."

이정문이 그에게 다가오며 물었다.

"하북팽가에서 어느 분들이 오신 것이오?"

"둘째 숙부님과 막내 숙부님께서 오셨소."

이정문은 강호 정세에 능한 인물답게 단번에 팽철영이 말한 자들이 누구인지 알아차렸다.

"그렇다면 그 유명한 팽가오도(彭家五刀) 중 두 분이나 낙양까지 오셨단 말이구려."

팽가오도는 하북팽가의 많은 고수들 중에서도 최고의 실력자로 이름 높은 뛰어난 도객들로, 팽철영은 그들의 우두머리인 진산도(震山刀) 팽대형(彭大炯)의 아들이었다.

팽가오도 중 둘째는 오호단문도 팽대회였고, 다섯째는 웅풍도(雄風刀) 팽대집(彭大集)이었는데, 그들 모두 강호의 어디에 내놓아도 뒤지지 않는 절정의 고수들이었다. 그중에서도 오호단문도 팽대회는 하북팽가의 얼굴과도 같은 인물로, 크고 작은 행사에 팽가를 대표해서 참석하기에 강호에 그 명성이 널리 알려져 있었다.

팽대회가 직접 낙양까지 와서 팽철영을 만났다는 것을 알게 되자 이정문의 눈에 언뜻 기광이 어른거렸다.

"오호단문도 팽 대협까지 오실 정도면 필히 중한 이야기가 오고 갔을 텐데, 자세한 내막을 알 수 있겠소?"

팽철영은 이미 팽대회에게서 어떤 일이 있어도 신검무적과 선반의 협조를 얻어야 한다는 지시를 받았기에 이정문의 질문에 오히려 기꺼워하며 선뜻 입을 열었다.

"흑갈방과의 마찰이 점차로 심해져서 언제라도 혈풍이 불 수 있을 정도로 위기가 고조되고 있는 상황인데, 공교롭게도 이틀 후에 본가에서 분가한 작은할아버님의 회갑연이 벌어지게 되었소. 본가에서는 그날 흑갈방에서 무언가 수작을 부려 오지 않을까 우려하고 있소."

"팽 소협의 작은할아버님이라면 쾌도로 명성이 높은 섬전신도(閃電神刀) 팽도엽(彭道燁) 대협이 아니시오?"

"그렇소. 그분이 본가에 계신다면 다행인데, 몇 년 전에 본가에서 나와 형수에 새로 거처를 잡으셨소. 그런데 공교롭게도 최근들어 형수 인근에 흑갈방의 고수들이 곧잘 모습을 드러내고 있어서 본가의 어른들이 불안함을 느끼시는 것 같소."

형수라는 말에 일행의 표정이 모두 무겁게 굳어졌다. 팽철영이 의아한 눈으로 쳐다보자 이정문은 흑갈방의 수뇌들이 형수로 집결하고 있다는 사실을 알려 주었다.

그 말을 들은 팽철영의 낯빛이 핼쑥하게 굳어졌다.

"그게 사실이라면 그들의 목적은 바로 작은할아버님의 회갑연일 거요. 그들은 그날 회갑연에 오는 본가의 고수들을 제거하여 본가에 커다란 타격을 주려는 게 분명하오."

이정문은 흑갈방의 수뇌들이 단순히 팽도엽 한 사람만을 노리고 형수로 모여들지는 않았을 거라고 생각했지만, 팽철영의 말에도 일리가 있음을 인정했다.

"그들의 집결지가 검보나 팽가의 본거지가 아니라 형수라고 해서 다소 의아해했는데, 아무래도 그들은 일석이조의 효과를 노리는 것 같소. 팽 대협의 회갑연에서 팽가의 정예들을 쓰러뜨리고 뒤이어 보정의 검보를 노린다면, 팽가에서는 검보를 도울 여력이 없을 테고 검보 혼자의 힘으로는 도저히 그들을 막을 수 없을 거요."

"그렇다면 큰일이 아니오? 이미 본가의 고수들 중 상당수는 작은할아버님의 회갑연에 참석하기 위해서 본가를 나섰을 거요. 아무리 빨리 그들에게 연락을 취한다 해도 기일 내에 발길을 돌리게 할 수는 없을 거요."

선반의 누구보다도 신중하고 침착한 팽철영이지만 가문의 위기가 눈앞에 보이는 듯하자 불안하고 당황해하는 모습이 역력했다.

중인들은 머릿속으로 수십 가지의 복잡한 생각들이 종횡으로 교차되는지 각자 표정이 여러 차례 변했다.

원래 계획대로라면 형수로 모여드는 흑갈방의 수뇌들을 미리 잠복하여 각개 격파할 생각이었는데, 이틀 후의 회갑연이 그들의 목표라면 아무래도 일정이 빠듯하여 그들을 중도에서 제거하는 일은 어렵게 되었다.

당초 예상보다 이틀이나 앞당겨지는 일정이 어떠한 변수로 작용할지는 모르지만, 원래 세워 놓았던 계획보다 훨씬 불리해진다는 것은 분명한 사실이었다.

그렇다고 회갑연을 취소하거나 연기하라고 할 수도 없었다. 무림에 공표한 회갑연을 흑갈방의 습격이 두려워 취소한다는 것은 팽도엽 본인은 물론이고 하북팽가 전체의 위신에 치명적인 손상이 가는 일이었다. 오히려 회갑연에 참석하기 위해 모였다가 갑작스런 취소에 당황한 군웅들이 흑갈방의 공격에 제대로 대응하지 못하고 일패도지할 가능성도 농후했다.

이정문은 얼굴이 붉게 상기되어 있는 팽철영을 향해 물었다.

"팽가에서는 몇 분이나 회갑연에 참석할 예정이시오?"

"조금 전에 오셨던 두 분 숙부님 외에 팽가오도의 다른 숙부님 한 분과 그분들의 제종 남매, 작은할아버님의 종제(從弟)분들까지 스물다섯 분 정도가 참석하신다고 들었소."

팽도엽은 전대 가주의 친동생이어서 팽가에서도 항렬이 가장 높은 편이었고, 본신의 무공이 뛰어날 뿐 아니라 인물됨이 호쾌해서 따르는 사람들도 적지 않았다. 그러니 팽가오도 중에서도 세 사람이나 회갑연에 참석하려는 것이다.

하북팽가가 아무리 고수가 많다고 해도 그 인원이 모두 변을 당한다면 가문의 안위가 뿌리부터 뒤흔들릴 게 분명하니, 팽철영이 저토록 불안해 하는 것도 무리는 아니었다.

그렇다고 무작정 불리하기만 한 것은 아니었다.

팽도엽 본인뿐 아니라 팽가오도의 세 사람이라면 상당한 전력이었다. 그들 외에도 주위의 다른 문파에서도 적지 않은 하객들이 참석할 테니 그들까지 합친다면 아무리 흑갈방이라도 만만히 볼 수는 없을 것이다.

이정문은 주위의 여러 가지 상황을 어떻게 하면 자신들에게 이롭게 이용할 수 있을지 생각에 생각을 거듭하다가 문득 고개를 돌려 진산월을 바라보았다.

그때까지도 진산월은 아무 말없이 침묵을 지키고 있었는데, 얼굴 표정이나 태도가 평상시와 다름이 전혀 다름이 없었다. 그 태연한 모습을 보자 이정문은 혼자 머리 빠지게 고생한다는 생각에 왠지 억울한 마음이 들었다.

"반주께서는 지금의 상황이 어떻다고 보시오?"

선반을 끌고 있는 책임자로서 느긋하게 구경하고만 있지 말고 좋은 의견이라도 있으면 내놓으라는 뜻이 담긴 물음이었다.

진산월은 담담한 음성으로 입을 열었다.

"나쁘지 않다고 생각하오."

팽철영과 다른 사람들이 모두 움찔하는 가운데, 이정문은 눈을 빛내며 재차 물었다.

"그렇게 생각하는 이유가 뭐요?"

"적어도 우리는 그들의 목표가 어디인지 정확히 알게 되었소. 막연히 그들이 모이기를 기다리는 것보다 훨씬 더 상대하기 수월해진 셈이오."

"그렇긴 하지만, 자칫 잘못하면 그만큼 많은 무림인들이 피해를 입을 가능성도 늘어나는 게 아니겠소?"

"그러니 그러기 전에 그들을 먼저 쳐야 하오."

이정문의 눈이 살짝 찌푸려졌다.

"말은 쉽지만, 시일이 너무 촉박해서 이대로 밤을 지새워 달려도 늦지 않게 도착할 수 있을지 의문이오. 그런데 그들이 어떤 수작을 부릴지 알고 먼저 친단 말이오?"

"그걸 알아내는 게 당신의 일이오."

이정문의 얼굴이 구겨졌다.

"또 이번에도 나란 말이오?"

"당신 외에는 그 일을 할 자가 없다는 건 당신이 더 잘 알고 있지 않소? 좀 더 당신의 전력을 다해 보시오."

"나는 지금도 최선을 다하고 있소."

진산월은 고개를 저었다.

"아직은 그렇다고 할 수 없소."

이정문은 어이없다는 표정을 지었다.

"그게 무슨 말이오? 내가 최선을 다하고 있는지 아닌지 진 장문인이 어떻게 안단 말이오?"

진산월은 담담한 눈으로 이정문을 응시했다. 별다른 빛이 담겨 있지 않은 차분한 시선이었으나, 이정문은 왠지 자신의 몸속 구석구석까지 환하게 상대의 눈에 드러난 듯한 기분이 들었다.

"육 소저는 지금 어디에 있소?"

뜻밖의 물음에 이정문의 몸이 한 차례 움찔했다.

"갑자기 그녀의 행방은 왜 묻는 거요?"

"육 소저는 특별한 일이 없는 한 늘 당신의 곁에 있었는데, 최근에는 볼 수가 없구려. 아마도 그녀는 당신의 지시를 받고 다른 곳에 가 있는 모양인데, 혹시 그곳이 형수가 아니오?"

이정문은 머리를 세게 얻어맞은 사람처럼 표정이 일그러졌다.

"진 장문인은 나보다 더 나에 대해 잘 알고 있는 사람 같구려."

"당신이 얼마나 치밀한 성격인지는 이미 겪어 봐서 알고 있소. 흑갈방의 수뇌들이 형수에 모여들고 있다는 것을 알면서도 당신이 형수에 대해 아무런 조치도 취하지 않았을 리가 없지. 아마 당신은 팽 대협의 회갑연이 있다는 것도 알고 있고, 흑갈방에서 그것을 노리고 형수에 집결한다는 것도 알고 있었을 거요. 그러니 이미 그에 대한 대비책도 연구해 두었을 게 분명하오."

팽철영이 도저히 참지 못하고 물었다.

"진 장문인의 말씀이 사실이오?"

이정문은 아무 대답도 하지 않고 단지 얼굴을 잔뜩 찡그리고 있을 뿐이었다. 그 때문에 가뜩이나 강퍅했던 얼굴이 더욱 볼품없게 변했다.

진산월은 일그러진 이정문의 얼굴을 조용한 눈으로 바라보며 낮게 가라앉은 음성으로 말했다.

"그러니 이제 다른 사람의 애를 그만 태우고 당신이 구상한 계획을 말해 보시오. 당신 말대로 우리에게는 시간이 별로 없지 않소?"

이정문은 고개를 절레절레 흔들며 쓰디쓴 웃음을 흘렸다.

"정말 진 장문인은 당해 낼 수 없구려. 확실히 나는 팽 대협의 회갑연이 흑갈방을 제거할 절호의 기회라고 생각하고, 이미 그에 대한 계획을 세워 두었소."

그는 다른 사람들이 무어라고 말하기 전에 재빨리 뒷말을 이었다.

"진 장문인의 말씀대로 육난음을 비롯한 이십팔숙의 상당수가 이미 형수에 잠입해 있소. 그러니 우리가 제일 먼저 해야 할 일은 더 늦기 전에 부지런히 형수로 가서 그들과 합세하는 것이오."

제 356 장
전운밀포(戰雲密布)

제356장 전운밀포(戰雲密布)

형수의 강변은 초여름의 향취에 흠뻑 젖어 있었다.

형수의 오른편을 지나는 경항대운하(京抗大運河)에서 파생된 강은 비록 강폭이 그리 넓지 않으나 주위 경관이 수려하고 수량이 제법 많아서 유객(遊客)들의 발길이 끊이지 않는 곳이었다.

강변을 따라 걷다 보면 형수로 들어서기 전에 좌측으로 특이한 모양의 탑이 유난히 시선을 끄는데, 이 탑이 바로 보운탑(寶雲塔)이었다.

오후의 햇살이 점차 서쪽으로 기울어 가고 있을 무렵. 석양의 긴 그림자를 밟으며 보운탑이 자리한 보운사(寶雲寺)의 경내로 들어서는 한 인영이 있었다.

이마가 유난히 넓고 비쩍 마른 체구에 누런 황의를 입은 삼십

대의 중년인이었다. 옆으로 쭉 찢어진 눈에 입술이 얄팍해서 다소 신경질적으로 생긴 황의인은 연신 주위를 힐끔거리고 있었는데, 그때마다 두 눈에서 날카로운 빛이 번뜩이는 것으로 보아 제법 상당한 내공을 지닌 고수임이 분명해 보였다.

황의인은 주위를 스쳐 가는 향화객(香火客)들을 힐끔거리며 보운사의 후원 쪽으로 걸음을 옮겼다. 붉은 벽돌로 이루어진 담벼락을 돌아 후원으로 들어서자 갑자기 인적이 뚝 끊기며 사람들의 웅성거리는 소리도 거의 들리지 않을 정도로 조용해졌다.

작은 화원과 정원이 있는 후원의 한쪽에는 제법 울창한 죽림(竹林)이 있었는데, 황의인은 조금도 망설이지 않고 그 죽림 속으로 걸어 들어갔다.

죽림을 지나자 제법 단아한 건물 한 채가 모습을 드러냈다. 이곳은 원래 보운사의 노승들이 기거하는 곳으로, 나이를 먹어 거동이 불편한 노승들의 취향에 맞게 사람들의 시선에서 벗어나 있을 뿐 아니라 주위가 늘 고요한 정적을 유지하고 있었다.

하나 얼마 전부터 기거하던 노승들이 다른 곳으로 거처를 옮겨 아무도 살지 않는다는 것은 누구도 알지 못했다.

황의인이 막 건물을 향해 다가서려 할 때였다.

입구 근처에서 서성이고 있던 한 사람이 그의 앞으로 불쑥 모습을 드러냈다. 덩치가 커다란 흑의 장한이었는데, 험상궂은 얼굴에 두 눈에는 번갯불 같은 신광이 이글거리고 있어서 담이 약한 사람은 보기만 해도 오금이 저릴 정도로 무서운 인상이었다.

흑의 장한은 황의인을 기다리고 있었는지 그를 향해 턱을 까닥거렸다.

"늦었군."

황의인은 한 차례 어깨를 으쓱거렸다.

"예기치 못한 일이 있었소."

"그게 무슨 일인가?"

황의인은 흑의 장한의 질문에 대답하지 않고 오히려 되물었다.

"총순찰께선?"

"와 계시네."

"그럼 일단 안으로 들어갑시다. 간단한 이야기가 아니라서 말이오."

황의인이 먼저 안으로 들어가자 흑의 장한이 기광이 번뜩이는 눈으로 그의 등을 쏘아보았다. 사람의 전신을 난도질할 듯한 무시무시한 눈빛이었다.

"호가호위(狐假虎威)라더니, 총순찰의 신임을 조금 얻었다고 함부로 위세를 떠는군."

흑의 장한은 험악한 눈으로 한동안 그 자리에 우두커니 서 있다가 황의인을 따라 건물 안으로 걸음을 옮겼다.

입구를 지나자 작은 대청이 나타났다. 대청은 그다지 넓지 않았으나 한때 노승들의 거처임을 나타내듯 정갈하고 단아했다.

대청 안에 앉아 있던 몇 사람이 들어오는 두 사람을 향해 시선을 돌렸다.

가장 중앙에는 비쩍 마른 체구에 유난히 하관이 긴 중노인이 앉아 있었는데, 눈빛이 어찌나 차가웠던지 마치 얼음으로 된 빙인

(氷人)을 보는 것 같았다.

중노인의 우측으로는 체구가 좋은 삼십 대 후반에서 사십 대 중반의 중년인 세 명이 나란히 앉아 있었고, 좌측으로는 이십 대 후반의 청년 두 사람이 앉아 있었는데, 장내의 분위기가 경직되어서 얼핏 보기에도 그들 사이에 묘한 긴장감이 흐르고 있음을 어렵지 않게 짐작할 수 있었다.

들어온 두 사람 또한 각기 다른 방향으로 향했다. 흑의 장한은 세 명의 중년인들 옆으로 갔고, 황의인은 두 청년이 있는 곳으로 몸을 움직였다.

"오셨습니까?"

두 명의 청년이 자리에서 일어나 그를 향해 인사를 하자 황의인은 그들을 향해 고개를 끄덕이고는 이내 중앙에 앉은 중노인을 향해 공손하게 인사를 했다.

"죄송합니다. 미처 예상치 못한 일이 생겨 그걸 조사하느라 조금 늦었습니다. 많이 기다리셨는지요?"

조금 전에 자신을 대할 때와는 달리 정중하게 사과부터 하는 그의 모습을 본 흑의 장한의 얼굴에 못마땅한 표정이 스치고 지나갔다.

중노인은 거의 알아차리기 힘들 만큼 살짝 고개를 끄덕거렸다.

"일이 생겼으면 확인해 보는 게 당연하지. 늦은 건 신경 쓰지 말게."

"감사합니다."

"예상치 못한 일이란 게 어떤 건가?"

황의인은 한 차례 주위를 둘러보더니 이내 나직한 목소리로 입을 열었다.

"오늘 저는 보정에서 형수로 이르는 길을 집중적으로 조사했습니다. 그 길은 검보에서 이곳으로 오는 중요한 길목이기에, 혹시라도 검보에서 팽가의 회갑연에 참석하려 한다면 반드시 지나야 하는 길이었습니다."

중노인은 묵묵히 그의 말에 귀를 기울이고 있었다.

"정오가 지날 무렵에 검보쌍기 중 일인인 사공언이 검보의 고수들 다섯 명과 함께 지나가는 걸 보고 그들의 뒤를 밟았습니다."

"사공언과 동행한 자들은 누구인가?"

"오대검객 중의 은명검 방구홍과 검보칠숙 중의 비표랑객(飛豹浪客) 조형(祖螢), 서천명도(曙天明刀) 하일초(賀日草)라는 자들이었습니다. 그 외 두 명은 사공언의 호위인 것 같더군요."

"서문장천이 무리를 했군. 남의 회갑연에 자신의 왼팔과도 같은 사공언도 모자라 오검과 칠숙 중에서 세 사람이나 보내다니 말이야."

"아무래도 이번 회갑연에서 팽가와의 공조를 확실히 하려는 의도가 아니겠습니까?"

"그렇겠지. 그래서 어떻게 했나? 단순히 그들의 뒤만 쫓다 오지는 않았을 것 같은데?"

"원래는 그들이 팽가로 들어가는 것을 확인한 후 바로 돌아올 생각이었습니다. 그런데 마지막으로 팽가를 한 바퀴 둘러보는 와중에 우연히 팽가의 후미진 쪽문에서 나오는 한 사람을 발견했습니다."

"그자가 누군가?"

황의인의 음성이 한층 더 묵직해졌다.

"파운수 추동생이었습니다."

중노인의 눈에서 섬전같이 예리한 빛이 번뜩였다.

"추동생이라면 성숙해의 이십팔숙 중 한 놈이 아닌가?"

"이십팔숙 중에서도 이정문의 총애가 각별해서 그의 주위를 떠나지 않는다고 알려진 자입니다."

"이정문의 최측근이라……."

"그래서 불현듯 떠오르는 생각에 그의 뒤를 은밀히 추적했습니다. 그자는 남쪽 거리를 따라 내려가더니 오가장(吳家莊)으로 들어가더군요."

"오가장?"

"이곳에서 십 리쯤 떨어진 곳에 위치한 장원인데, 알아보니 전직 고관이 관직에서 은퇴한 후에 머무르던 곳이라고 합니다."

"흠……."

"저는 오가장 밖에서 두 시진 가까이를 기다렸습니다. 그리고 마침내 발견했지요."

"무얼 말인가?"

중노인이 호기심 어린 표정으로 묻자 황의인은 슬쩍 주변 사람들을 둘러보았다. 모두의 시선이 자신에게 고정된 것을 확인한 황의인은 이내 낮고 분명한 음성으로 말했다.

"오가장으로 들어가는 이정문입니다."

짤막한 말이었으나, 그 순간 중노인은 물론이고 다른 사람들의 얼굴이 모두 홱 변했다.

"이정문이 오가장에 와 있다고?"

"그렇습니다. 그가 오가장으로 들어가는 것을 보고 오느라 늦게 된 겁니다."

중노인이 허공을 응시하며 이를 부드득 갈았다.

"이정문……! 제 발로 죽을 자리를 찾아왔구나."

한동안 전신으로 진득한 살기를 뿜어내던 중노인이 황의인을 돌아보며 한결 부드러워진 음성으로 말했다.

"역시 내 눈은 잘못되지 않았군. 탐랑(貪狼)의 코는 예민해서 어떠한 상대도 놓치지 않는다고 하더니, 이번에 제대로 솜씨를 보였군그래."

중노인의 칭찬에 황의인의 얼굴에 한 줄기 만족한 웃음이 떠올랐다.

황의인은 탐랑 고력기(庫力基)라는 자로, 서장의 최고수들인 십이기나 십육사에 속해 있지는 않았지만 명석한 두뇌와 빠른 신법으로 청해성 일대에서는 나름대로 적지 않은 명성을 날리는 인물이었다.

고력기의 옆에 있는 청년들은 그의 의제들로, 흑호(黑虎) 장홍패(藏紅牌)와 백표(白豹) 탑소극(搭少極)이라는 자들이었다. 이들 두 명과 고력기를 합해 청해삼수(靑海三獸)라 칭했다.

그들과 마주 보고 앉아 있는 흑의 장한과 세 명의 중년인들은 노(路)씨 성을 가진 친형제들로, 사람들은 그들을 혈전사마라 불렀다. 혈전사마 노씨 형제는 대막 일대에서 주로 활동했는데, 서장 십육사에 속할 정도로 대막에서는 거의 제왕과도 같은 존재들이었다.

명성이나 나이로 보아 혈전사마는 청해삼수보다 몇 단계 윗길의 고수들이었다. 그럼에도 청해삼수의 우두머리인 고력기는 그들에게 제대로 된 선배 대접을 해 주지 않고 자신과 비슷한 항렬로 취급을 했다.

노씨 형제는 그것이 총순찰인 무영천자 비일염이 자신들을 경계해 그들을 비호해 주고 있기 때문이라고 생각했다.

사실 노씨 형제의 입장에서는 억울할 만도 했다. 그들이 비록 일대일로는 비일염의 적수가 되지 않지만, 네 사람이 합치면 충분히 그를 감당하고도 남았기에 그의 밑에서 일개 순찰로 머무르는 현실이 마음에 들 리 없었다. 그런 데다 설상가상으로 눈에 차지도 않던 청해삼수가 비일염을 등에 업고 자신들을 함부로 대하고 있으니, 대막 최고의 실력자로 군림해 오던 그들로서는 그야말로 가슴이 터져 나갈 것처럼 불만이 가득할 수밖에 없었다.

아마 방주인 위태심의 신신당부가 아니었다면 진즉에 순찰 자리를 뿌리치고 대막으로 돌아갔을 것이다.

중노인은 서장 십육사 중의 일인인 무영천자 비일염이었다. 십육사 중의 최고수인 서천노사가 거의 활동을 하지 않고 있는 상황이기에 실질적으로는 그가 십육사의 제일인자라고 할 수 있었다.

그래서인지 그는 같은 십육사의 고수들을 자신의 아래로 보고 은근히 경시하거나 소홀히 대하고는 했는데, 혈전사마에게는 유독 그런 경향이 심했다.

그것은 네 명이나 되는 그들이 자칫 인원수를 믿고 자신의 권위에 대항할지도 모른다는 경계심의 일환이기도 했으나, 그 때문에 흑갈방 순찰들 사이의 분위기가 상당히 경색된 것은 분명한 그의 실책이었다.

하나 지금은 비일염은 물론이고 노씨 형제들조차 두 눈에 살기를 번득이며 얼굴을 붉게 상기시키고 있었다.

이정문은 서장의 고수들에게는 철천지원수나 마찬가지였다.

서장인들의 존경과 사랑을 한 몸에 받던 서장제일지자 천애치수 단목초가 그의 계략에 의해 살해되었기 때문이다.

서장의 일반인들은 단목초를 향해 직접 살수를 쓴 감종간을 '천하의 배역자(背逆者)'라고 욕했지만, 서장의 고수들은 감종간보다는 그를 배후에서 조종한 이정문을 진정한 원흉으로 보았다. 감종간이 비록 스승을 살해한 패륜을 저질렀지만, 이정문의 계략에 빠져 어쩔 수 없이 저지른 일이라고 생각했기 때문이다.

그래서 서장의 고수들 중에는 이번 중원과의 일전에서 다른 사람은 몰라도 이정문만큼은 반드시 제거하려고 마음먹은 자들이 적지 않았다.

하나 이정문은 꼬리를 감춘 신룡(神龍)처럼 행적을 알기 어렵고 일정한 거처가 없어서 그동안 서장의 누구도 그에게 제대로 된 공격을 가하지 못했다. 그런데 그토록 찾기 어렵던 이정문이 바로 지척에 있음을 알게 되었으니 어찌 흥분하지 않을 수 있겠는가? 냉정하고 차가운 성정으로 유명한 비일염조차 순간적으로 숨이 거칠어질 정도였다.

하나 비일염은 이내 평상시의 신색을 회복하고는 고력기를 향해 입을 열었다.

"본 방의 주축들이 모두 집결하고 있는 상황에서 이정문의 행방을 알게 된 것은 실로 커다란 행운이라 하지 않을 수 없네. 속히 방주께 알려 이번 기회에 기필코 그놈의 머리통을 목에서 떼어 내고야 말겠네."

그의 입에서 흉악하기 그지없는 소리가 나오는데도 누구도 눈을 찌푸리는 사람이 없을 정도로 서장 무림인들의 이정문에 대한 원한은 크고 깊었다.

고력기가 눈을 빛내며 물었다.

"방주께서 근처에 와 계십니까?"

"물론이네."

"어디에 계십니까?"

"가깝다면 아주 가깝고, 멀다면 아주 먼 곳에 계시네."

비일염의 뜻 모를 말에 고력기가 알 듯 말 듯하다는 표정을 지었다.

대청을 나온 비일염이 향한 곳은 건물 밖의 죽림이었다. 죽림을 나온 비일염의 신형이 갑자기 빨라졌다.

휙!

한 줄기 그림자가 어른거렸다 싶은 순간, 그의 몸은 어느새 죽림 밖의 담장 너머로 사라지고 있었다.

잠시 후에 다시 그가 모습을 드러낸 곳은 보운사의 가장 구석에 있는 작은 건물이었다. 아무런 현판도 달려 있지 않은 이 건물은 보운사의 주지인 명정(明靜) 스님의 거처였다.

명정 스님은 원체 조용한 것을 좋아하는 성격인 데다 불심(佛心)이 깊어서 불경을 읽는 것에 대부분의 시간을 보낸다고 알려져 있었다. 그래서인지 외부로의 출입은 물론이고 외인과의 접견도 거의 없어서 보운사의 승려들 외에는 그의 모습을 알고 있는 사람이 거의 없는 형편이었다.

그럼에도 보운사가 지금의 성세를 유지하고 있는 것은 기이한 일이 아닐 수 없었는데, 많은 사람들은 보운사의 경내에 있는 특이한 모양의 보운탑 때문이라고 생각하고 있었다.

건물 앞으로 다가간 비일염은 한 차례 헛기침을 하고는 가볍게 문을 두드렸다.

"나요."

지금까지 보였던 날카롭고 차가운 모습과는 달리 묵직하고 신중한 음성이었다.

"들어오게."

비일염은 문을 열고 안으로 들어갔다.

탁자 하나와 의자 서너 개, 그리고 한쪽에 작은 침상이 놓여 있는 아담한 방이었다.

의자에는 두 사람이 앉아 있었는데, 한쪽은 인자한 얼굴의 주름이 자글자글한 노승이었고, 다른 한쪽은 짙은 흑의를 입은 날카로운 인상의 청년이었다. 흑의 청년의 나이는 삼십 대 초반 정도 되어 보였는데, 두 눈이 유난히 맑고 차가워서 쉽게 다가가지 못할 위엄 같은 것이 느껴졌다.

노승이 조용히 웃었다.

"이 시각에 연락도 없이 불쑥 찾아온 것을 보니 무언가 중요한 소식이라도 있는 모양이군."

보는 사람으로 하여금 마음이 편안해지게 만드는 온화한 웃음 이었으나, 그것을 본 비일염의 표정은 오히려 딱딱하게 굳어졌다.

"그렇게 웃지 마시오. 당신의 조천소(嘲天笑)를 보는 날이면 자다가도 깜짝깜짝 놀란단 말이오."

"허허……! 자네의 담이 그렇게 약한 줄은 미처 몰랐네. 앞으로는 자제하도록 하지."

말과는 달리 노승이 더욱 환하게 웃자 비일염은 눈을 찌푸리며 고개를 돌려 버렸다.

노승은 보운사의 주지인 명정이었다.

하나 그의 진실한 신분은 서장 십이기 중의 일인인 혼천마군 탁세호였다. 탁세호는 온화하고 자상한 외모와는 달리 일단 손을 쓰면 상대를 살려 두지 않는 무서운 손속의 고수였다. 그의 무공은 서장에서도 정평이 나 있어서 많은 사람들이 십이기 중에서도 최고 수준일 거라고 믿고 있었다.

특히 그의 조천소는 보는 것만으로도 상대의 심령을 뒤흔드는 절세의 마공(魔功)이어서 적지 않은 고수들이 무심결에 그 마공에 홀려 제대로 대항도 해 보지 못하고 그의 손에 비명횡사하곤 했다.

탁세호는 이내 웃음을 멈추고 비어 있는 의자를 가리켰다.

"이리 앉게. 주인 된 입장에서 손님을 서 있게 할 수는 없지."

의자에 앉으면서도 비일염의 표정은 그리 밝아지지 않았다. 자신이 십육사를 대표하고 있다고 생각하는 비일염은 십이기에게 은근한 경쟁심을 가지고 있었다. 우연히 이를 알아차린 탁세호가 이런저런 수법으로 그를 자극하고는 했는데, 아직은 탁세호와 싸워 이길 자신이 없는 비일염으로서는 그의 도발에 그저 몸을 사릴 수밖에 없었다.

지금도 사전에 경각심을 가지고 있었기에 탁세호가 조천소를 펼치는 순간 바로 알아차릴 수 있었지만, 자칫 무심코 있었으면 한바탕 낭패를 면치 못했을 것이다. 물론 특별한 원한이 없는 탁세호가 살수를 쓰거나 목숨을 위태롭게 하지는 않겠지만, 조천소에 홀려 커다란 실수를 하거나 엉뚱한 짓을 벌인다면 그 창피스러움을 어떻게 감당할 수 있겠는가?

더구나 이 자리에는 그들만 있는 것이 아니었다.

비일염의 시선이 그동안 한마디도 하지 않고 묵묵히 앉아 있는 흑의 청년에게로 향했다.

"방주. 찾았소이다."

뜬금없는 말이었으나, 그 순간 흑의 청년의 두 눈에서 횃불 같은 신광이 번뜩이고 지나갔다.

"이정문 말이오?"

"그렇소."

"그가 어디에 있소?"

"이곳에서 십 리쯤 떨어진 오가장에 있다고 하오."

이어 비일염은 자신이 이정문의 행방을 알게 된 경위를 소상하게 밝혔다.

흑의 청년은 입술을 굳게 다문 채 그의 말을 듣고만 있었다.

이야기를 모두 마친 비일염은 은근한 눈으로 그를 바라보았다.

"이번이 이정문의 멱줄을 딸 절호의 기회요. 그는 아마 자신의 행방이 우리에게 노출된 줄은 상상도 못 하고 있을 거요. 내게 맡겨 준다면 오늘 밤 자정이 되기 전에 이정문의 머리통을 방주 눈앞에 가져다 놓겠소."

흑의 청년은 아무런 대답이 없이 생각에 골몰해 있었다.

비일염이 다시 무어라고 입을 열려는 순간, 탁세호가 불쑥 끼어들었다.

"이정문이라……. 월척을 낚았군. 하나 고기가 너무 크면 오히려 낚시꾼이 먹히는 일도 종종 벌어지는 법이지."

비일염이 눈을 가늘게 뜨고 그를 힐끔거렸다.

"탁 형이 끼어들 일은 아니오."

탁세호는 느긋하게 웃었다.

"허허. 내 직위가 수석호법임을 잊은 모양이군. 수석호법이란 방주를 대신하여 이런 일을 해결하라고 만들어 놓은 자리란 말일세."

"이정문 정도 되는 고기라면 충분히 내 손으로 낚아 올릴 수 있소. 굳이 탁 형까지 나서지 않아도 되오."

탁세호는 여전히 여유만만했다.

"그거야 자네가 결정할 문제가 아니지."

"그럼……."

순간적으로 욱하여 그럼 누가 결정하느냐고 물으려던 비일염은 황급히 입을 다물었다. 자신이 또다시 탁세호의 격장지계에 빠질 뻔했음을 깨달은 것이다.

이 자리에서 이정문과 관련된 일을 결정할 수 있는 자는 오직 한 사람, 흑의 청년뿐이었다. 왜냐하면 흑의 청년이야말로 천애치수 단목초의 제자이며, 흑갈방의 방주인 흑의사신 위태심이기 때문이었다.

위태심은 단목초의 제자들 중에서도 단목초의 신임이 각별했던 인물이었다. 그러니 단목초를 살해한 원흉인 이정문에 대한 원한이 다른 누구보다도 클 수밖에 없었다.

이정문의 행방을 찾았다는 비일염의 말을 들은 순간부터 위태심의 얼굴은 차갑게 굳어져 아무런 표정도 떠올라 있지 않았다. 묵묵히 허공의 한 점을 응시하고 있는 그의 모습은 마치 돌로 된 조각상을 보는 것 같았다.

얼핏 보기에는 아무 생각 없이 멍하니 있는 것 같아도, 그에 대해 조금이라도 알고 있는 사람이라면 지금이 그의 두뇌가 어느 때보다 맹렬하게 회전하고 있는 순간임을 알아차릴 것이다.

위태심은 전략의 천재로서, 계략을 꾸미고 작전을 짜는 일에는 다른 누구보다 뛰어난 인물이었다. 심지어 그의 사부인 단목초조차도 '일을 꾸미는 것에는 나도 그를 당하지 못한다'고 인정할 정도였다.

그런 위태심에게는 한 가지 버릇이 있는데, 머리를 굴릴수록 몸의 움직임이 줄어든다는 것이었다. 집중하면 집중할수록 움직임이 적어져서 마침내는 지금처럼 꼼짝도 않고 상념에 잠기게 되는 것이다.

비일염과 탁세호도 이 점을 잘 알고 있기에 그의 사색을 깨뜨리지 않고 조용히 침묵을 지키고 있었다.

세상에 무서운 사람이 없고 서장에서는 제왕과도 같은 존재로 군림하는 무영천자와 혼천마군의 이런 모습은 낯설기 그지없는 것이었으나, 그것은 그만큼 위태심이 서장인들에게 차지하는 비중이 지대하다는 것을 상징적으로 보여 주는 광경이라고 할 수 있었다.

위태심이 깊은 상념에서 깨어난 것은 그로부터 상당한 시간이 흐른 후였다. 그때까지도 비일염과 탁세호는 입을 굳게 다문 채 정적을 유지하고 있었다.

위태심은 두 사람을 향해 살짝 고개를 숙였다.

"내가 또 두 분의 귀한 시간을 적지 않게 뺏은 모양이오."

탁세호가 예의 온화한 미소를 지어 보였다.

"별말씀을. 방주께서 사색에 잠기는 모습은 그야말로 한 폭의 그림을 보는 것 같아서 아무리 보아도 지겨운 줄을 모르겠소."

비일염이 뒤질세라 재빨리 입을 열었다.

"탁 형의 말씀이 맞소. 나도 방주께서 말하기 전에는 언제 이렇게 시간이 훌쩍 지나갔는지 전혀 모르고 있었소."

"그렇다면 다행이지만, 젊은 여인도 아니고 나이 드신 두 분이 나를 뚫어지게 보고 있었다고 생각하니 왠지 얼굴이 뜨거워지는

구려."

위태심의 농담에 탁세호는 소리 내어 껄껄 웃었다.

"허허. 방주의 입담이 갈수록 좋아지는구려. 그나저나 이번 일에 대해 마음의 결정을 내리셨소?"

"결정이랄 게 있겠소? 어차피 이정문의 행방을 안 이상 그를 제거하지 않을 수 없는 일 아니오?"

"그런데 무슨 생각을 그리 깊게 하셨소?"

위태심은 대수롭지 않은 듯한 음성으로 말했다.

"이번 일이 과연 우연히 운(運)이 좋아서 벌어진 것인지, 아니면 또 다른 무언가가 있는 것인지 잠시 고민을 했소."

"또 다른 무언가라니?"

"어떤 일은 단순히 운이 좋다는 것만으로는 치부할 수 없는 것도 있으니 말이오."

위태심의 말속에 묘한 뜻이 있다고 생각하는지 탁세호가 은근한 음성으로 재차 물었다.

"운이 아니라면 무엇을 말하는 거요?"

"우연(偶然)이 아니라면 필연(必然)이겠지요."

탁세호의 얼굴이 처음으로 심각하게 굳어졌다.

"방주는 이번 일이 단순히 운이 좋아서가 아니라 누군가의 계획에 의해 발생한 것이 아닐까 의심하고 있는 거요?"

"그저 그럴 가능성에 대해 검토해 본 것뿐이오."

탁세호의 눈이 번쩍 빛났다.

"그래서 어떤 결론을 내렸소?"

탁세호는 물론이고 비일염도 바짝 긴장한 표정으로 위태심의 입에서 나올 말을 기다렸다.

위태심은 전혀 표정의 변화가 없이 담담한 음성으로 입을 열었다.

"운이 좋은 것이라면 모처럼 찾아온 그 운을 놓치지 않도록 꼭 움켜잡아야겠소."

"운이 아닌 다른 것이라면?"

"그 또한 넓게 보면 운 좋은 일에 해당하는 일이오. 누군가가 술수를 부린 것이라면 그것을 이용하는 것으로 얼마든지 상대를 옭아맬 수 있으니 말이오."

탁세호는 무릎을 탁 쳤다.

"결국 이번 일은 어떻게 보든 우리에게는 좋은 일이란 말이구려."

위태심의 얼굴에 처음으로 엷은 미소 같은 것이 떠올랐다. 무어라 형용하기 어려운 복잡하고 야릇한 미소였다.

"그렇소. 우연이든 필연이든 일단 이정문의 행방을 알아낸 것만으로 우리는 무척 좋은 운을 가지게 된 것이오. 물론 이정문 본인에게는 지독한 불운(不運)이 되겠지만 말이오."

(군림천하 35권에서 계속)

군림천하 34권 발매 기념
카카오톡 플러스친구 이벤트!

참여 방법 : 카카오톡 – 플러스친구 – 파피루스 검색(ipapyrus)

친구 추가 후 1:1 채팅

[군림천하 이벤트 참여] 메시지 보내기 – 참여 완료!

이벤트 기간 : 2017년 6월 5일 ~ 2017년 6월 30일

※ 위와 같은 방법을 통해 메시지를 보내 주신 분 중 **총 3분**을 추첨하여 **군림천하 전권**을 보내 드립니다.

고품격 판타지 무협 레이블
〈파피루스〉 SNS 개시!

핫(Hot)한 인기작부터
새롭게 론칭되는 작품들과 여러 이벤트까지!

파피루스 작품들의 모든 정보를
실시간으로 받아 보고 싶다면...

파피루스	🔍

파피루스 애독자 여러분의 많은 관심 부탁드리겠습니다!

진문영 스포츠 판타지 장편 소설

CENTER
FORWARD

센터 포워드

지금까지의 축구는 잊어라!
스포츠 판타지 정점!

오갈 곳이 없는 고아, 최상우
어느 날 그에게 다가온 특별한 기회!

[슈팅 능력치가 상승했습니다.]

드리블, 패스, 슈팅, 크로스······
끊임없이 올라가는 능력치!

사상 최강의 센터 포워드가 되어
그라운드를 지배하라!